KB066232

다무라 도시코

田村俊子

다무라 도시코

田村俊子

이상복 최은경 옮김

어문학사

다무라 도시코(田村俊子)

본 간행 사업은, 고려대학교 글로벌 일본연구원 〈일본 근현대 여성문학연구회〉가 2018년 일본만국박람회기념기금사업(日本万国博覧会記念基金事業)의 지원을 받아 기획한 것이다.

EXPO'70 FUND
（公財）関西・大阪21世紀協会

차례

생 혈

生 血

1

아키지는 말없이 세수하러 나갔다. 유코는 아키지의 발소리를 들으며 그냥 멍하니 툇마루에 서 있었다. 남보랏빛 지리멘*으로 된 히토에기누**의 옷자락이 멋드러지게 발뒤꿈치를 감싸고, 쓰마사키***가 조금 들어가 흘러내려 있다.

어젯밤 잠잘 때 머리 위로 덮어쓴 얇은 이불을 아직 걷지 않은 듯한 뿌연 하늘아래로 마당 구석구석에 피어있는 빨간 꽃 하얀 꽃이 황홀하게 눈꺼풀을 드러내고 있다.

툇마루에서 한쪽 발을 내디딘 유코의 발바닥으로 축축이 젖은

---

* 지리멘(縮緬) : 견직물의 한가지. 바탕이 오글오글하게 된 평직의 비단.
** 히토에기누(単衣) : (옛날)남녀가 정장할 때 속옷으로 입던 홑옷.
*** 쓰마사키(褄先) : 기모노의 옷자락 좌우의 끝.

땅에서 불어오는 비단결 같은 바람이 살포시 스쳐 지나갔다.

유코는 바로 옆에 있는 어항을 쳐다봤다. 갑자기 흥미가 생긴 듯한 표정으로 그곳에 웅크려 앉았다.

베니 시보리[*]
히가노코[**]
아케보노[***]
아라레 고몽[****]

한 마리 한 마리 손가락으로 가리키며 금붕어의 이름을 붙였다. 새벽녘 하늘의 하얀빛이 어항에 비치자 곳곳에 은박을 뿌려놓은 듯 수면 위가 반짝였다. 히가노코가 물살을 가르며 헤엄쳐 휙 도망쳤다.

유코는 어항 옆에 놓여 있던 보라색 시네라리아 꽃잎을 따서 물속에 넣었다. 아직 이름을 붙이지 않은 빨간 금붕어는 작은 주둥이가 꽃잎에 닿자 놀란 듯 바로 큰 지느러미를 흔들며 어항 바닥으로 도망쳤다. 은박이 여기저기서 살랑살랑 흔들렸다.

---

[*] 베니 시보리(紅絞り) : 연지 빛의 홀치기염색한 것과 같은 색깔을 상징함.
[**] 히가노코(緋鹿の子) : 진홍색에 흰 얼룩무늬의 홀치기염색한 것과 같은 색깔을 상징함.
[***] 아케보노(曙) : 새벽하늘과 같은 색깔을 상징함.
[****] 아라레 고몽(霰小紋) : (싸락눈이 내리는 듯한) 희고 작은 알갱이의 무늬를 상징함.

유코는 무릎을 세우고 앉아 그 위에 왼팔을 올리고, 오른쪽 팔꿈치를 받쳐서 손바닥으로 이마를 눌렀다. 축 늘어진 머리 무게를 지탱하기 어려운 듯 가녀린 손목은 휘어져 보였다. 눈초리 쪽으로 엄지손가락이 닿아 눈이 험상궂게 치켜 올라갔다.

히치리멘* 모기장 자락을 입에 물고 유코가 울고 있다. 남자의 바람에 펄럭이는 이요스다레** 에 부딪치고 시선은 창문 밖 거리의 등불들을 바라보고 있다. 남자는 갑자기 웃으며 말했다.

"어쩔 수 없잖아."

금붕어의 비릿한 냄새가 풍겼다.

무슨 냄새인지도 모른 채 유코는 가만히 그 냄새를 하염없이 맡고 있었다.

'남자 냄새.'

문득 이런 생각이 들자 유코는 오싹 소름이 돋았다. 그리고 손가락 끝에서 발끝까지 찌릿찌릿하게 뭔가가 전해져 오는 것처럼 떨렸다.

"싫다. 정말 싫어."

칼을 쥐고 뭔가에 대항하고 싶은 듯한 심정. 어젯밤부터 몇 번이나 그런 기분에 사로잡혔다.

---

* 히치리멘(緋縮緬) : 바탕이 오글오글한 붉은 비단.
** 이요스다레(伊予簾) : 이요지방에서 생산되는 조릿대로 엮은 발.

유코는 한 손을 어항 속에 쑥 집어넣어 증오하듯이 금붕어를 붙잡았다.

'눈을 찔러 버릴 거야.'

그렇게 생각하고 맨몸에 걸친 히토에기누의 옷깃을 여민 금색 핀을 뽑으면서 잡은 금붕어를 물 위로 건져 올렸다. 유리 어항의 흰 선이 흐트러지듯 물이 출렁거린다.

깨알 같은 눈알을 겨누어 핀 끝으로 푹 찌르자 바로 금붕어는 손목 언저리에서 꼬리지느러미를 푸드득거렸다. 비린내 나는 물보라가 유코의 쥐보라색 오비*에 흩어졌다. 금붕어를 핀 안쪽으로 대다가, 핀 끝에 자신의 집게손가락이 찔렸다. 손톱 끝에 루비 모양의 작은 핏방울이 맺혀 올라왔다.

금붕어 비늘은 파랗게 빛나고 있었다. 붉은 얼룩이 말라 윤기가 없어졌다. 금붕어는 위를 향해 입을 쩍 벌린 채 죽어 있었다. 꽃무늬의 무용 부채를 펼친 듯한 모양이었던 꼬리지느러미는 힘없이 오므라들어 축 늘어졌다.

유코는 그것을 잠시 들여다보고 있다가 정원으로 던져버렸다. 징검돌 위에 놓인 죽은 금붕어 위로 때마침 한순간 반짝이며 밝은 빛이 엷게 금붕어를 감싸고는 사방으로 퍼져 흩어졌다.

유코는 객실로 들어갔다. 아직 꺼지지 않은 전등 불빛이 방안에

---

* 오비(帶) : 두꺼운 견직물로 만든 일본 옷의 허리에 두르는 띠. 또는 띠 모양의 것.

가득 차고 그 옅은 황빛의 반사가 유코의 이마를 뜨겁게 달구었다.

유코는 창 아래에 놓인 커다란 전신거울 앞에 바싹 다가앉아 상처 난 집게손가락을 입에 물었다. 주르륵 배어 나온 눈물이 두 눈을 적셨다.

유코는 소맷자락을 얼굴에 대고 울었다. 울어도 울어도 슬프기만 했다. 그러나 자신의 뺨을 사랑하는 이의 가슴에 대고 폭 안겨 있을 때와 같은 그런 감미로움이 눈물에 엷은 색조를 띠며 흘러내린다.

'방금 손가락을 입술에 물었을 때 내 손가락에 내 입술의 따뜻함이 느껴졌다. 그것이 왜 이렇게도 슬픈 것일까?'

유코는 그렇게 생각하면서 괴로워서 울었다.

'한없이 운다. 흘릴 수 있는 눈물을 다 쏟아내 버리면 갑자기 숨이 끊어져 버리는 것은 아닐까? 숨이 끊어지려고 나올 수 있는 눈물이 모두 흐르는 것은 아닐까?'

이런 생각이 날 정도로 울었다. 더 이상 눈물이 나지 않을 만큼 실컷 울고 난 뒤, 연꽃에 에워싸여 잠자듯, 꽃이슬에 숨이 막혀 죽을 수 있다면 기쁠 것이다. 뜨거운 눈물! 설령 살갗을 다 태울 정도의 뜨거운 눈물로 몸을 씻는다고 해도 자신의 몸은 원래대로 되돌릴 수 없다. 이제 원래대로 되돌리지 못한다.

유코는 갑자기 입술을 깨물며 얼굴을 들어 거울 속을 보았다. 유코의 형상을 뚜렷이 비춘 채 거울 표면의 빛은 조금도 흔들리지 않았다. 남보랏빛의 무릎이 헐어서 붉은 것이 보였다.

유코는 그것을 잠자코 바라보았다. 그리고 그 지리멘 한 겹 밑의 자신의 피부를 생각했다.

모공 하나하나에 바늘을 푹 찔러 넣어 작은 살을 하나씩 도려내도 자신에게 한번 가해진 더러움은 도려낼 수가 없다.

세수하러 갔던 아키지가 수건을 들고 돌아왔다. 그리고 유코를 보자 말없이 옆방으로 들어갔다. 어느 샌가 하녀가 들어와 있는 것이 보였고, 하녀와 이야기하고 있는 아키지의 목소리가 들렸다.

하녀는 곧 방을 치우러 들어왔다. 유코를 보며 살짝 미소를 지었지만 유코는 돌아보지도 않았다. 그리고 유코는 만성적인 피곤한 꿈에서 깨어날 때처럼 힘없이 흐트러진 채로 옆으로 비스듬히 앉으면서 머리를 흔들며 어린아이처럼 훌쩍거렸다.

여관의 유리문을 여닫으며 아침 청소를 하는 시끄러운 소리가 들렸다. 전차가 끼익 하고 소리를 내며 지나갈 때 유코는 문득 여관이 사람들의 왕래가 많은 대로 쪽의 주택가에 있다는 생각이 들어 두려워졌다.

'여관을 어떻게 빠져나가면 좋을까? 하녀에게 뒷문으로 나가게 해 달라고 부탁해 볼까.'

유코는 소매에서 한시*를 꺼내 가늘게 쭉 찢어서 상처 난 손가락을 싸맸다.

---

* 한시(半紙) : 반지. 붓글씨 연습 등에 쓰는 일반 종이(세로 약 25㎝, 가로 약 33㎝).

2

두 사람은 물빛 양산과 새하얀 파나마모자를 나란히 하고 햇볕이 쨍쨍 내리쬐는 한낮의 거리를 걷고 있었다.

구김살투성이인 두 사람의 옷은 마치 강렬한 햇볕에 모든 의욕을 빼앗겨 버린 듯 색채도 선명하게 보이지 않았다. 뜨거운 땡볕 아래 벌이라도 서는 것처럼 후줄근한 차림을 한 두 사람은 타는 듯한 한낮의 태양 속을 그저 묵묵히 걸어갔다. 두 사람의 목 언저리는 햇살에 노출되어 불에 달군 인두에 데인 듯했고, 하얀 버선은 벌써 바싹 마른 먼지로 뒤덮여 옅은 적갈색으로 물들어 있었다.

두 사람은 골목길로 들어섰다.

좁은 차양 아래로 바람이 잘 통했고, 지면은 구덩이 속처럼 축축하게 젖어 있었다. 우물 건너편 모퉁이 집의 칠흑 같은 어두운 봉당에서는 때 묻은 수건을 목에 두른 여자가 베를 짜고 있었다. 두 사람은 막다른 곳의 돌계단을 올라갔다. 다 오르자 유코는 돌담 부근으로 가 무코지마向島의 둑을 바라보았다.

강도 둑도 더위에 진절머리가 난 듯이 금빛만을 일렁일 뿐 그림자 하나 움직이지 않았다. 쉴 새 없이 내리쬐는 여름 땡볕을 튕겨내 듯이 함석지붕 위로 검은 연기가 아지랑이처럼 피어올랐다. 숨 막힐 듯 더워 보이는 집들을 보자, 유코는 금세 눈이 부셔서 그늘진 쪽으로 시선을 옮겼다. 아키지는 포석鋪石 위에 서서 신사神社 앞에 있는 종을 딸그랑딸그랑 흔들고 있는 술집 게이샤 같은 아가씨의 뒷모습을 쳐다보고 있었다.

덕망이 높은 임금을 모신 불당 안쪽은 검은 막을 드리운 듯 어두컴컴했다. 군데군데 놓인 은색의 기물* 들이 뭔가를 암시하듯, 신비로이 하얗게 빛나고 있었고, 커다란 촛대의 테두리를 에워싸고 있는 양초들은 상하좌우로 깜빡거리며 켜져 있었다. 마치 지금의 폭염을 몹시 원망하는 기도의 불빛처럼 보인다. 고행을 하기위해 단식하는 스님의 일념에 찬 눈빛 그 반짝이는 광채처럼, 가냘픈 양초 끝에서 한 줄기 빛이 번뜩인다.

거기에는 두세 사람의 모습이 보였다.

두 사람은 정면에 있는 돌계단을 내려왔다. 불볕이 내리쬐며 그늘이 전혀 없는 거리는 햇볕에 바랜 뜨거워진 동판으로 온통 뒤덮인 듯, 보는 눈길도 내쉬는 숨결도 숨이 막힐 것 같아 힘들다.

유코는 양산을 낮게 썼다.

"이제 헤어져야만 해. 이제 정말 헤어져야만 해."

유코는 몇 번이나 되뇌었다. 남자와 헤어져서 어젯밤 일을 혼자 곰곰이 생각하지 않으면 안 될 것 같아 초조해졌다. 하지만 유코는 아무래도 남자에게 먼저 말을 꺼낼 수가 없었다. 양손과 양발

---

* 기물(器物) : 살림살이에 쓰는 온갖 그릇.

에 강한 쇠고랑이 채워진 것 같이 몸이 조금도 자유롭지 않았다.

유코는 문득,

'나에게 유린당한 여자가 떨고 있다. 말도 걸지 않고 있다. 그리고 무더위 속에서 끌려 다니고 있다. 이 여자는 어디까지 쫓아올 작정일까?'

라고 생각하고 있는 건 아닌가하는 느낌이 들었다. 유코는 가만히 이마의 땀을 닦았다.

좀 전의 게이샤처럼 보이는 아가씨가 둘 사이를 지나 앞질러 걸어갔다. 그림 문양의 주홍색 양산 아래로 고개를 숙이고 있다. 깃고대*가 뒤로 당겨져 있어 훤히 드러난 가느다란 목 뒷덜미가 녹아버릴 듯 투명하여 새하얗게 보였다.

거친 화살 깃 모양의 얇은 감색 비단 옷자락이 새하얀 맨발을 휘감고는 흐트러지고, 또 다시 휘감고는 흐트러졌다. 가이노구치**로 맨 보라색 하카타산博多産 오비 끝이 위를 향하고 있었다.

얇고 긴 소맷자락을 끌며 걷는 여자의 아름답고 앳된 모습을 유코는 작열하는 하늘 아래에서 물끄러미 바라보았다. 그리고 부러워했다. 이렇게 어젯밤의 몸을 폭염에 그대로 드러낸 자신에게 불볕에 썩어가는 물고기 냄새 같은 악취가 나는 것 같았다. 유코는

---

* 깃고대 : 옷의 깃을 붙이는 자리. 어깨 솔 사이로 목 뒤에 닿는 곳.
** 가이노구치(貝の口) : (일본 옷에서) 남자의 가쿠오비(角帶, 두 겹으로 된 빳빳하고 폭이 좁은 남자용 허리띠)나 여자의 반폭 띠를 매는 방법 중의 하나.

누군가가 자신의 몸을 집어 던져버렸으면 하는 기분이 들었다.

두 사람은 잠자코 걸어갔다. 막다른 넓은 길에서 좁은 뒷골목으로 향했다.

빨간 풍경을 매단 얼음가게가 갈대발의 그림자를 적시고 있다. 민소매의 쥬방* 만 입은 여자가 검게 그을린 팔을 내밀어 아이에게 기다유** 를 가르치고 있는 집안의 모습이 밖에서 훤히 보이는 집도 있었다.

툇마루가 낮은 잡화점에서는 찌든 기름 냄새가 났다. 아키지가 앞장서서 메밀국수 가게 뒤로 돌아 공원으로 빠져나왔다.

푹푹 찌는 햇살 아래 아미타불 신당의 붉게 칠한 색이 질그릇 색으로 변해보였다. 용두관세음의 분수가 딱 멈춰 있었다. 물뿌리개의 물만큼도 떨어지지 않았다. 폭염으로 물이 말라붙어 동상의 전신을 바싹 태우고 있었다. 높은 곳에 자리하고 있는 관세음 입상을 올려다보고 있자니 유코는 머리카락이 불꽃에 타들어가는 듯한 느낌이 들었다.

선명한 푸른 색깔로 물들인 유카타에 빨간 오비를 매고, 새하얗게 분을 바른 여자들이, 땀이 찬 발에 유카타 옷자락이 엉겨 붙

---

* 쥬방(襦袢) : 일본 옷의 속옷 (맨몸에 직접 입는 짧은 홑옷).
** 기다유(義太夫) : 다케모토 기다유(竹本義太夫)가 창시한 죠루리(浄瑠璃)의 한 파. 샤미센(三味線)을 반주로 하여 이야기를 엮어 나감.

어 벌어진 천 사이로 빨간 게다시*를 팔랑거리며 지나갔다. 웃통을 벗고 아미쥬방** 하나만 걸친 남자가 부채를 부치며 지나갔다. 물이 나오지 않는 분수 주위에도 여러 사람들이 모여 있었다.

그곳에 모인 사람들은 두 사람을 뚫어져라 빤히 쳐다보았다. 아키지는 그것이 불쾌한 듯 시선을 피했다. 유코는 그런 비열한 시선으로 자신들을 쳐다보며 지나가는 사람이나, 지금 자신의 처지나 별반 다를 게 없다고 생각했다. 그들이 보고 싶어 한다면 얼마든지 자신을 보여주고 싶었다. 어차피 자신 역시도 그 사람들에게 신기할 리 없는 부패된 육체에 싸인 인간이라고 생각했다.

아키지는 다시 걷기 시작했다. 유코는 왠지 자기의 몸을 무언가에 내맡기고 싶은 기분이 들었다. 반항적인 뻔뻔스러운 말을 하고 싶은 생각도 들었다. 하지만 역시 남자에게 말하기는 싫었다.

하나야시키*** 앞의 인파를 지나 곡예단 앞에 이르렀다.

"들어가 볼까."

아키지는 이렇게 말하며 유코의 의사는 개의치 않고 들어가려고 했다. 유코는 잠자코 뒤따라 들어갔다.

높은 가설극장 2층은 어두컴컴했다. 기둥도 방석도 휘감긴 듯

---

* 게다시(蹴出し) : 여자가 고시마키(腰巻き, 여자가 일본 옷을 입을 때 아랫도리의 맨살에 두르는 속치마) 위에 걸쳐 입는 것. 옷자락을 올리고 걸을 때 고시마키가 보이지 않게 하려고 입음.
** 아미쥬방(網襦袢) : 무명실·명주실·삼실 등으로 그물 같이 만든 여름 속옷.
*** 하나야시키(花屋敷) : 여러 사람들이 구경할 수 있도록 꽃이나 식물로 조성한 정원.

자리도 모두 식은땀이 베인 듯 습기로 축축이 젖어 있다.

2층에는 드문드문 대여섯 명 정도의 사람들이 있었다. 그 사람들은 모두 다시는 볼 수 없는 보물이라도 발견한 듯한 표정으로 난간을 꼭 붙잡고 아래에서 행해지는 곡예를 바라보고 있다. 아키지는 마치 편하게 있을 곳이라도 찾아낸 듯한 모습으로 얇은 방석을 허리에 갖다대었다. 그리고 유코의 얼굴을 보며 미소 지었다.

뭔가 방울 같은 것이 딸랑딸랑 울렸다. 살색 셔츠를 입은 남자아이가 힘찬 목소리로 다음 공연의 줄거리를 말했다. 밖에 드리운 광고 천막이 조금씩 오르내릴 때마다 밖에 서서 위를 향해 보고 있는 사람의 얼굴에 무대가 가려서 조금 어두워졌다. 머리를 이초가에시* 로 잡아 당겨 맨 상기된 얼굴에 분을 바르고, 분홍빛 셔츠를 입은 여자아이 네댓 명이 양손을 겨드랑이에 낀 채 서 있었다.

아이들은 빨간색·하얀색의 링을 가지고 공에 올라타 걷기 시작했다. 링을 발에서부터 손으로 빠져나가게 하거나 어깨로 빼내면서 올라타고 있는 공을 굴렸다. 흰 분을 바른 작은 귓불을 보자 유코는 슬퍼졌다. 유코는 뒤에 관람석 같이 조금 높은 곳으로 가 걸터앉아 옻칠한 부채를 오비에서 꺼냈다.

부채질할 때마다 어디선가 맡아 본 듯한 향기가 풍겼다. 바깥

---

* 이초가에시(銀杏返し) : 여자 머리 트는 모양 중 하나. 정수리에서 모은 머리를 좌우로
  갈라 반원형으로 틀어 맨 것.

으로 늘어뜨린 막이 조금 올라갈 때 거기에 모인 사람들의 머리 뒤편에서 연못 수면에 걸쳐, 쏘아 붙이는 듯한 날카로운 한낮의 햇볕이 유코의 눈에 확 들어왔다. 곡예를 하는 사이사이에 재주를 부리는 소녀들과 몸집이 큰 남자들이 멍하니 잠자코 서서 바깥의 관객을 바라보고 있는 모습은 어슴푸레한 가설극장에 권태감을 느끼게 했다.

문득 정신을 차리자 옥색 하카마를 입은 후리소데* 차림의 여자아이가 무대에 나타났다. 여자아이의 크고 풍성한 머리숱으로 된 쓰부시시마다**에 보랏빛 사슴 장식이 꽂혀 있었다.

여자아이는 무대 위에 반듯이 누워서 발끝으로 우산을 돌렸다. 가느다란 손목을 보호하기 위해 새하얀 토시를 동여매고 있었다. 무대 양편으로 긴 소맷자락이 드리워졌다. 접힌 우산을 발로 펴고 우산의 가장자리를 발로 받아서 빙글빙글 팔랑개비처럼 돌리고 또 돌렸다. 정강이 보호대도 새하얗다. 그리고 조그마한 흰 버선. 옥색 비단으로 된 남자 하카마의 주름이 때때로 흐트러졌고, 늘어뜨린 긴 소맷자락이 흔들거렸다. 그때 말석末席의 샤미센***의 줄을 당겨서는 얽히게 하고, 얽히게 해서는 다시 끌어당기는 듯한 곡조

---

* 후리소데(振り袖) : 소맷자락이 긴 소매. 또는 그런 긴 소매의 일본 옷.
** 쓰부시시마다(潰し島田) : 여자 머리 모양의 한 가지. 시마다마게(島田髷)의 밑동을 눌러 찌부러뜨린 것처럼 낮게 틀어 올린 것.
*** 샤미센(三味線) : 일본 고유의 음악에 사용하는 세 개의 줄로 된 현악기.

가 유코의 가슴을 꽉 조였다.

여자아이는 무대에서 내려오자 빙긋 웃으며 가볍게 인사하고 바로 안쪽으로 들어가 버렸다. 머리 모양이 다 망가져 엉망이 됐다. 노시메*의 긴 소매가 눈에 선했다.

아키지는 다른 사람들처럼 난간에 매달려 아래를 보고 있었다. 그 가느다란 목덜미를 유코는 가만히 바라보았다.

무대에 나온 또 다른 여자아이는 누워서 발을 위로 들어 그 위에 통을 많이 쌓아 올렸다. 또 그 위쪽에 올려놓은 천수통**속으로 남자아이가 들어가기도 하고 물 곡예를 하기도 했다. 그와 비슷한 곡예를 여러 명의 아이들이 돌아가며 하고 있었다. 유코는 보고 있는 것만으로도 너무 지쳐서 자신의 몸이 땀 속으로 녹아들어 가는 듯한 기분이 들었다. 자신은 무언가 슬퍼해야 할 만한 일이 있다고 생각했다.

그러나 유코는,

"될 대로 되라. 될 대로 되라."

고 말하고 싶은 기분이 들었다. 또,

'기분이 매우 침울해질 때 그러한 침울 뒤에는 반드시 사람의 그림자가 보인다.'

---

* 노시메(熨斗目) : 노(能), 교겐(狂言)의 무대 의상의 한 가지. 그다지 신분이 높지 않은 남자 역의 의상.
** 천수통(天水桶) : 방화용의 빗물통.

고 생각하자 가설극장 안에 있는 사람들이 정겹게 느껴졌다. 옥색 비단의 남자 하카마가 유코의 눈앞에서 사라지지 않았다.

아키지는 같은 곡예가 계속 반복되어도 돌아가자는 말을 하지 않았다. 유코도 가설극장을 나가고 싶지 않았다. 모처럼 어두운 둥지를 발견했고 또 밝은 빛을 정면으로 쬐는 것은 괴로웠다. 밤이 될 때까지 이대로 있을 수 있으면 좋겠다는 생각을 했다. 유코는 높은 곳에 걸터앉아 아무 생각 없이 그냥 멍하니 반쯤 잠들어 있었다.

찌는 듯한 탁한 공기가 때때로 유코의 몸을 어루만지며 스쳐 지나갔다. 드문드문 힘없는 박수 소리가 "짝짝" 하고 아래의 객석 쪽에서 들려왔다.

"푸드덕."

그 순간 갑자기 날갯짓하는 소리가 가까이서 들렸다.

멍하게 있던 눈꺼풀이 확 뜨이는 느낌이 들었다. 유코는 뒤를 돌아보면서 바로 일어섰지만 아무것도 보이지 않았다.

등을 돌린 채 유코는 빛바랜 기둥에서 더러움이 때처럼 쌓인 돗자리의 가선 부분을 물끄러미 쳐다보았다. 문득 그 뒤의 벽에 붙은 널빤지에서 커다란 물고기의 꼬리와 지느러미 같은 검은 것이 움직이고 있는 것이 보였다. 유코는 가만히 그 움직이는 것을 바라보았다. 이윽고 움직이지 않게 되었을 때 유코는 부채로 그 검은 것을 가만히 찔러보았다. 부채를 잡아당기자 그 검은 것은 점점 널빤지의 바깥으로 질질 끌려 나온다. 대수롭지 않게 그대로 한 자

정도 쭉 끌어 당겨서 그 윤곽을 힐끗 보고는 그것이 박쥐의 한쪽 날개인 것을 알았다.

유코는 부채를 툭 떨어뜨렸다. 그리고 앉아 있는 아키지의 옆에 달려가 섰지만 아키지는 눈치 채지 못했다. 유코는 몸속의 피가 얼어붙은 것 같은 느낌을 받으며 다시 벽에 붙어 있는 널빤지 쪽을 돌아보았다. 이제 검은 날개는 보이지 않았다. 그 옆의 벽 틈새로 해질녘 연노랑 빛의 햇살이 흘러들어오고 있었다.

두 사람은 가설극장을 나왔다. 벌써 흰 바탕의 유카타에 물속 같은 서늘한 그림자가 드리우는 저녁때가 되었다. 아키지는 역시 말없이 걸어갔다. 유코는 현기증이 날 정도로 배가 고파졌다. 남자에게 아무 말도 하지 않고 도중에 가버려야지, 그런 생각도 하는데 무릎 뒤쪽이 땀에 젖어 옷에 끈적끈적하게 달라붙는 게 불쾌해서 견딜 수가 없었다.

'이 여자는 어디까지 따라오는 걸까.'

유코가 남자의 모습이 그렇게 보인다고 생각했을 때, 남자가 말했다.

"뭘 좀 먹어야지."

"나는 돌아가고 싶어요."

"돌아간다고?"

"네."

　남자는 다시 말없이 걸어갔다. 두 사람은 연못의 다리를 건너서 산에 오르자, 길가의 얼음가게에 있는 의자에 서로 약속이라도 한 듯이 앉았다. 두 사람 앞으로 정원수에 뿌린 물방울이 흩날렸다. 두 사람은 언제까지나 떠나지 않을 듯 그곳에서 움직이지 않았다.

　해가 저물 무렵이 되자 샤워를 마친 사람들이 세탁해 놓은 깨끗한 유카타로 갈아입고 여기저기서 걸어 다녔다. 두 사람은 하루 종일 땀에 찌든 몸을 이끌고 또 인왕문仁王門에서 말이 다니는 길 쪽으로 발걸음을 옮겼다. 두 사람은 강가를 걷다가 자갈 하치장에서 초저녁의 어둠이 내리기 시작한 스미다 강의 강변을 내려다보았다.

　유코는 자갈 더미에 꽂힌 말뚝에 기대어 이제 자신의 몸을 남자가 끌어안고 어디든지 데려가주면 좋겠다고 생각했다.

　'박쥐가 옥색 비단의 남자 하카마를 입은 여자아이의 생혈生血을 빨고 있다. 생혈을 빨고 있다.'

　남자가 손을 잡자 유코는 깜짝 놀랐다. 그때 집게손가락 끝에 감겨 있던 종이가 어느새 벗겨져 버린 것을 알았다. 비릿한 냄새가 물씬 풍겨왔다.

미이라의 립스틱

木乃伊の口紅

1

세찬 바람이 불어와 유난히 키가 큰 노송나무 꼭대기가 휘청휘청 바람에 흔들렸다. 1월 초순 석양의 하늘은 옅은 노란빛을 띠며 탁하게 흐려져 있고, 펜으로 그린 듯한 벌거벗은 나뭇가지 사이로 청자색 오층탑 지붕이 드러나 있었다.

미노루는 오늘 아침 일찍 어디라고 정한 곳도 없이 일자리를 찾아 나선 남편의 행선지를 생각하면서 팔짱을 낀 채 이층 창가에 서서 하늘을 바라보고 있었다. 옆쪽 벽에 얼룩 같은 직사각형의 옅은 저녁놀이 뿌옇게 드리워져 있었지만, 몇 시간 사이에 그것도 사라져버리고, 밖은 엷은 어둠의 그림자가 모든 사물들을 지워가고 있다. 미노루는 저녁식사를 위해 두부를 사야 한다는 생각을 하고 있었지만 밑으로 내려가는 것이 귀찮아 두부장수의 휘파람소리가 두세 집 앞을 지나갈 때까지 호루라기소릴 들으면서도 내려가지 않고 계속 석양의 하늘을 바라보고 있었다.

날씨가 좋은 날이면 우에노 숲에는 지금쯤 갈색의 아지랑이가 길게 피어나 있을 것이다. 하루 종일 숲의 나뭇가지와 친해져 있던 그날의 하늘이 헤어질 때는 장난치듯 보랏빛 입김을 그 주변 일대에 내뿜은 것이라고 생각한 미노루는 하늘을 쳐다보고 있었다. 오늘 저녁은 나무도 지붕도 윤기 없는 색으로 하나같이 뒤엉키어, 조용히 휘감겨 오는 옅은 어둠의 그림자 때문에 보이지 않게 되었다. 미노루는 그것을 쓸쓸한 풍경이라 생각하며 시선을 돌리자 때마침 뒤쪽 거문고 선생님 집의 격자문에서 밖으로 나온 여자아이가 미노루의 얼굴을 올려다보고 미소를 지으면서 고개 숙여 인사를 했다. 미노루는 이 여자아이의 얼굴을 볼 때마다 작년 여름, 소나기가 오던 어느 날 저녁노을이 질 때 남편 어깨에 손을 얹고 함께 숲 쪽을 바라보고 있는 것을 이 여자아이에게 들켜 부끄러워했던 기억이 떠올랐다. 지금도 그 생각이 여자아이의 미소 짓는 얼굴과 함께 문득 떠올라서, 미노루는 어딘지 모르게 어린 여자아이 같은 몸짓으로 답례를 했다. 그리고선 바로 서둘러서 덧문을 잡아 밑으로 내렸다.

두부장수의 호루라기소리가 길 저쪽 어디선가에서 들리고는 있지만, 다시 여기까지 오지는 않았다. 미노루는 밑의 객실 덧문도 단단히 잠그고 거실의 전기도 끄고 문 쪽으로 나가보았다.

눈앞의 공동묘지에 새 묘표*가 두세 개 늘어나 있었다. 묘지 한쪽에 모퉁이의 은행나무까지 한 줄의 은색 종이를 붙여 늘어놓은 듯한 새하얀 골목길에는 사람의 그림자도 없었다. 갈비뼈가 보일 정도로 야윈 개가 석양의 어슴푸레한 그림자에 섞고 같은 하얀색을 보이며, 작은 가지를 입에 물고 뛰어다니며 놀고 있다. 그리고 선 남편이 돌아올 쪽을 바라 보고 있는 미노루의 발밑으로 다가오더니 강아지는 미노루와 같은 방향으로 앉아 묘하게 꼬리 끝을 흔들면서 멀리 은행나무 쪽을 쳐다본다.

"메이."

미노루는 엎드려 있는 강아지의 머리를 내려다보면서 낮은 소리로 불렀다. 그러나 강아지는 미동도 하지 않고 얼굴만 위로 돌려 미노루를 볼 뿐 바로 얼굴을 비스듬히 하여 살아 있는 생물의 소리가 완전히 사라져가는 조용함 속에서 무언가 신비한 소리에 반응하는 듯 그 작은 귀를 움직였다.

수많은 무덤이 있는 묘지 쪽에서는 인간의 머리카락 한올 한올의 모근 속까지 쑤셔대는 것 같은 차가운 바람이 불어왔다.

자신 앞에 가로놓인 골목길의 오른쪽을 응시하며 왼쪽을 뒤돌아보고 있던 미노루는 두세 집 앞의 하숙집 처마등을 쳐다보았다. 어두컴컴한 동네에 겨우 한줄기 빛을 모으고 있는 듯한 쓸쓸한 등

---

* 묘표(墓標) : 묘비 따위와 같이 무덤 앞에 세우는 표시물.

불만을 마음에 남기고 미노루는 안으로 들어갔다.

요시오가 돌아왔을 때는 우수수 가랑비가 내리기 시작했다. 보통 사람보다 작은 머리와, 어깨 품이 너무 커서 균형이 잡히지 않은 양복 어깨를 미노루 쪽으로 향하고, 요시오는 젖은 신발을 벗었다. 처진 머리카락을 손으로 쓸어 올리며 밝은 거실로 들어온 요시오는 그대로 안방까지 들어와 안고 있던 보자기 꾸러미와 함께 자기 몸도 내던지 듯이 누웠다.

"틀렸다, 틀렸어. 어딜 가도 원고를 사주질 않아."

"괜찮아요. 어쩔 수 없잖아요."

미노루는 요시오가 보따리를 들고 돌아왔기 때문에 분명 팔지 못했을 거라고 생각하고 있었다. 미노루는 몇 시간이나 걸어 다닌 요시오가 비에 젖어 헤매는 작은 참새처럼 가엾게 느껴졌다.

"배고프죠?"

"아무것도 못 먹었어. 책방을 몇 군데나 찾아다니느라."

요시오는 배를 깔고 엎드려 다다미에 얼굴을 대고 말하고 있었기 때문에, 그 소리가 뭔가에 싸여 있는 것처럼 미노루에게 들렸다.

요시오가 없는 동안 미노루는 혼자서 식사 할 기분이 들지 않아, 오늘도 밖에 나가 있는 요시오와 마찬가지로 아무것도 먹지 않고 있었다. 그래서 요시오가 식사하자는 말을 듣고 기뻐서, 미노루는 급히 부엌으로 나가 분주히 움직이기 시작했다. 식사 준비가 될 때까지 요시오는 그 모습 그대로 움직이지 않았다.

2

"나는 어차피 쓸모없는 인간이야. 나에게는 당신을 먹여 살릴 힘이 없어."

잠자코 식사를 마친 요시오는 젓가락을 내려놓고, 퉁명스럽게 말하고는 다시 누워버렸다. 그 말에 대답하지 않은 미노루는 밥상을 치우고, 장롱 앞에 서서 생각을 하며 서랍 안의 물건을 이것저것 꺼내 쌓아 놓았다.

"이봐, 다녀올 거야?"

"네, 어쩔 도리가 없잖아요."

미노루는 보자기 꾸러미를 싸고서는, 평상복 위에 코트를 걸치고 요시오의 베개 맡에서 무릎에 있는 끈을 묶었다.

"그럼 다녀올게요. 혼자 있어도 괜찮죠? 외롭지 않지요?"

미노루는 무릎을 꿇고 요시오의 이마를 어루만졌다. 요시오의 좁은 이마는 차가웠다.

"나도 같이 갈게."

"그럼, 옷을 갈아입어야지, 양복은 이상할지도 몰라요."

요시오가 양복을 벗고 있는 동안 미노루는 거울 앞에 가서 목도리를 하고 와서 큰 보따리를 안고 서 있었다. 미노루는 혼자라면 차를 타고 다녀올 텐데, 이 사람과 같이 가게 되면 빗속을 걸어가야 할 거라고 생각했다. 하지만 아무 말도 하지 않았다.

미노루는 무거운 보따리를 한손으로 안은 채 문을 잠그고 선반에서 우산을 내리기도 했다. 보따리가 방해되어 그것을 방 가운데 놓고서는 어디 두었는지 몰라 여기저기 찾아다니기도 했다.

두 사람은 우산을 하나씩 들고 정원의 나무문을 통해 밖으로 나왔다.

"집 잘 지키고 있어. 맛있는 것 사다줄 테니까."

빗방울이 떨어지는 어두운 정원 한구석에 있는 흰 강아지의 모습을 발견한 미노루는 그렇게 말했다. 강아지는 두 사람이 나가고 없을 때는 언제나 집안에 갇혀 있는 것에 익숙해져 있었다. 영리한 강아지는 두 사람이 나가는 소리에 상황을 알아채고 붙잡혀 묶이기 전에 알아서 툇마루 밑으로 기어들어가려고 했다.

문을 닫고 밖으로 나가도, 죽은 듯 조용히 있는 강아지의 모습이 미노루는 계속 마음에 걸려 신경이 쓰였다. 조금 걸었을 때 요시오는 그제서야 알아차렸다는 듯이 미노루의 보따리를 받아들려고 했다.

"들어줄게."

빗속의 정류장에는 늦어진 전차를 기다리는 사람들이 많았다. 방금 내리기 시작한 비지만, 흙도 나무도 사람의 옷도 전부 축축하게 젖은, 정취를 품은 찬 공기 속에 조용히 내리고 있었다.

미노루는 보따리를 외투 속으로 안고 있는 요시오와 멀찌감치 떨어져서 그 옆으로 가지 않았다. 전차에 타고서도 두 사람은 몰락한 인생인 듯한 자신들을 마음속으로 서로 끊임없이 주시했다. 부부라는 인연을 맺고 있는 두 사람은 많은 사람들의 시선이 모인 불빛이 밝은 전차 안에서, 서로의 얼굴을 바라보는 것을 피하고 있었다. 미노루는 때때로 요시오의 외투 밑으로 보자기 끝이 삐져나와 있는 것을 보았다. 앞이 좁은 외투자락은 무릎 앞에서 벌어져 궁핍하게 보였다. 미노루는 얼굴을 돌려, 요시오의 그 초라한 모습을 떠올리며 전차 밖의 비에 젖어 있는 등을 바라보았다.

자신을 불쌍히 여기는 듯이 눈 깜빡거리며 흔들려 떨어지는 우산 물방울의 그림자에 어른거린다. 미노루는 나카초*

의 어느 뒷골목에서 나왔다. 모퉁이에 있는 어떤 상점의 불빛 앞에서 우산을 똑바로 들고 기다리고 있던 요시오의 옆으로 왔을 때, 미노루의 얼굴은 어딘지 모르게 속삭이듯 웃고 있다.

"잘됐어?"

---

* 나카초(仲町): 에도 후카가와(江戸深川)의 유곽 지명.

"잘됐어요."

무겁고 큰 보따리가 두 사람 사이에서 없어지고 가벼운 지폐가 미노루의 코트 안쪽 주머니에 있다는 사실이, 두 사람으로 하여금, 세상의 평범한 인간이 된 것 같은 느낌이 들게 했다. 엄청나게 큰 전차가 물방울을 흩뜨리며 바로 눈앞을 천천히 가로질러 스쳐 지나가는 동안, 지금까지 어딘가에 밀쳐놓았던 두 사람 사이의 의무적인 친근감을, 이때 서로에게 되돌려 놓아야만 한다는 표정으로 미노루는 요시오의 얼굴을 쳐다보며 살짝 웃었다.

"뭐라도 좋아."

요시오도 턱 끝을 한손으로 만지며 웃으면서 말했다. 그렇지만 요시오의 눈에는 미노루의 웃는 얼굴이 적의를 품고 있는 것처럼 느껴져 언짢은 기분이 들었다.

"너무 추워서, 뭔가 마시지 않으면 못 견딜 것 같아요."

미노루는 요시오보다 앞서 걸었다. 건너편을 보니 모든 가게 앞이 비에 젖어 불빛이 뿌옇게 보였다. 지우산紙雨傘* 이 도로의 불빛을 차단했다, 진흙길에 난 사람들의 게다 흔적과 자동차 바퀴 자국에 띄엄띄엄 불빛에 반사된 흙탕물이 튕기고 있었다.

두 사람은 구청 앞에 작은 양식당으로 들어갔다.

가게 안에는 손님이 한 사람도 없었다. 거울 앞에 가서 얼굴을

---

* 지우산(紙雨傘) : 대오리로 만든 살에 기름먹인 종이를 바른 우산.

비춰 보고 있는 미노루를 요시오가 불러, 두 사람은 난로 앞에 어깨를 나란히 하고 앉아 손을 비비고 있었다. 미노루는 요시오가 주눅이 들어 난처할 때, 자신의 빈곤함을 바닥까지 들어내며 비참하게 미노루를 바라보는 버릇이 있다는 것을 알고 있었다. 풀린 듯한 눈꺼풀을 찌푸리고, 얼굴 근육에는 축쳐진 곡선을 그리면서 멍하니 난롯불을 바라보고 있는 요시오를, 미노루는 자기의 어깨로 일부러 밀어 넘어뜨리듯이 쿡 찔렀다. 그리고서 요시오의 얼굴을 보면서,

"볼품없는 행색을 하고 있다는 거 아세요?"

라고 말하며 웃었다.

요시오는 자기의 초라함을 비웃는 듯한 여자의 태도에 반감을 가지고 가만히 있었다. 이런 때에도 자기만 초라하게 보이지 않겠다는 듯이 흰 분으로 자신을 밝게 포장하려고 하는 여자의 마음가짐이 싫었다.

요시오는 문득, 미노루와 함께 살기 전 잠시 동안 동거했던 창기 출신의 여자를 생각해냈다. 그 여자는 매일 밤 남자의 술 상대를 했지만, 가난할 때에는 두 사람이 같이 슬퍼하고, 그리고 일에 지친 요시오를 자신의 눈물로 닦아주는 따뜻한 마음을 가지고 있었다. 사람들에게 손가락질 받는 일을 하고 있는 여자였지만 미노루처럼 직접,

"어떻게든 될 거예요."

라는 식으로 자포자기하는 듯한 말은 하지 않았다.

"왜 그래요? 말도 없이."

미노루는 자신의 몸을 흔들흔들 거리면서, 일부러 요시오의 어깨에 부딪히면서 웃었다.

"난 오늘 불쾌한 일이 있었어."

요시오는 난로 앞으로 몸을 굽히면서 그렇게 말했다.

"무슨 일이에요?"

요시오는 매우 우울한 기분으로 말을 하는데, 미노루의 대답은 매우 색기色氣를 띠며 들떠 있었다.

"제기랄, 내 작품의 평이 나와 있었어."

"뭐라고요."

"진부하며, 지금 이런 것을 들고 나오는 이유를 알 수 없다는 거야."

미노루는 소리 내어 웃었다.

"어쩔 수 없네요."

"어쩔 수 없다니?"

요시오는 장소도 의식하지 않고 큰소리를 치며 미노루를 노려보았다. 미노루는 잠자코 뒤돌아보았다. 사람이 없는 식당 안을 멀리 비스듬히 바라본 미노루의 눈에 식탁의 흰 천 조각이 옆으로 쏠리어 보일 뿐이었다. 그리고 각각의 식탁 위에 놓여 있는 유리그릇에 비친 불빛이 미노루에게는 지금 뭔가에 대해 생각하고 있는 마음속의 조용히 의미를 부여하고 있는 미소의 그림자처럼 보였다. 미노루는 얼굴을 정면으로 돌려 혼자서 또 웃었다.

"당신도 그렇게 생각하고 있는 거로군."

"그래요."

요시오의 부석부석하게 부은 눈꺼풀은 더욱 찌푸린 눈과, 미노루의 얇은 눈꺼풀을 팽팽하게 당기는 눈이 오랫동안 서로를 응시하고 있었다.

미노루는 그 작품의 원고를 읽었을 때,

"재미있네요, 좋아요."

라고 말하며, 요시오에게 돌려주었다. 요시오가 자신의 일에 자기만의 가치를 느끼고 있는 만큼, 미노루도 자신의 일에 호의를 가지고 있다고 생각하고 있었다. 그러나 갑자기 냉담한 어조로, 사회로부터 받은 모멸과 마찬가지로 쌀쌀맞은 태도를 미노루가 보이는 것이 요시오에게는 뜻밖이었다. 경제적인 어려움에 처한 남자에 대한 경박스러운 여자의 모멸이, 이런 곳에도 용솟음치고 있는 것이라고 요시오는 그렇게 해석할 수 밖에 없었다.

"당신은 아주 동정심이 없는 말을 하는 사람이군."

잠시 후 그렇게 말한 요시오의 눈은 빨개졌다. 종업원이 가지고 온 접시를 미노루는 몸을 옆으로 돌려받으면서 아무런 말도 하지 않았다.

3

"당신은 그렇게 나를 형편없는 인간이라고 생각하고 있군."

두 사람은 정류장에서 나와, 컴컴한 언덕길을 뭔가 이야기하면서 걷고 있었다. 유리창에 빗방울이 떨어지는 모습을 비추고 있는 가로등의 불빛은, 마치 한구석에서 울고 있는 우울한 두 사람의 그림자처럼 보였다.

두 사람이 생활을 유지할 만한 직업도 못 찾고, 문학가로서의 알량한 권위도 몇 년 동안 세상과도 점점 멀어져가는 것이 요시오는 아무리 생각해도 한심스러웠다. 그리고 여러 해에 걸쳐 자신이 한 일에 대해 외면하는 세상이 미우면서, 그 외면하는 사람 중에 한 사람이 미노루라는 사실에도 화가 났다. 한 사람이 다른 사람을 향해 돌을 던지면 상대 여자는 내던진 쪽으로 그 마음이 기울어진다는 것을 생각할 때 요시오는 눈앞의 여자에게 어떤 욕을 퍼부어도 모자랄 거라는 기분이 들었다. 방금 전 미노루의 냉소가 요시오의 가슴 한가운데를 날카로운 톱니와 톱니 사이에 꽉 물려있는 것처럼 떨어지지 않았다.

"당신은 잘도 그런 형편없는 인간과 한 곳에 있을 수 있군. 보잘 것 없는 남자를 잘도 자기 남편이라고 말하고 있었어. 바보 취급하고 있는 남자 앞에서 잘도 웃는 얼굴을 하고 지내고 있군. 당신은 창녀보다 천박한 여자야."

요시오는 계속 그렇게 말하며 성큼성큼 걸어갔다. 미노루는 말
없이 뒤를 따라갔다. 미노루가 입은 기모노의 옷자락이 완전히 젖
어, 버선과 게다 뒤에 딱 붙어서 걸음걸이를 불편하게 했다. 발 빠
른 요시오를 도저히 따라갈 수 없었다.

미노루가 겨우 집에 들어갔을 때 요시오는 이미 나가히바치*
앞에 누워있었다. 미노루는 사온 빵을 작은 봉지에서 꺼내서 봉당
** 안까지 쫓아 들어온 메이에게 찢어서 던져주었다. 그러면서 일부
러 불이 켜진 요시오가 있는 쪽은 한참 동안 보지 않고 있었다.

"이봐!"

요시오는 날카로운 소리로 미노루를 불렀다.

"왜 그래요?"

그렇게 말하고 나서, 미노루는 강아지를 쓰다듬으며,

"혼자서 외로웠지?"

라고 말하면서 그곳으로 들어가서 나오지 않았다. 요시오는 갑
자기 일어나 미노루의 무릎에 머리를 대고 있는 강아지의 옆구리
를 발로 찼다.

---

* 나가히바치(長火鉢) : 직사각형 상자 모양의 나무로 된 화로(물을 끓이는 그릇 등이 딸려
  있어 거실에 두고 씀).
** 봉당(土門) : 재래식 한옥에서 안방과 건넌방 사이의 마루를 놓은 자리에 흙바닥을
  그대로 둔 곳.

"밖으로 나가."

요시오는 허상궂은 얼굴로 '나가'라는 듯이 턱을 쑥 내민 모습으로, 그대로 그곳에 우뚝 서 있었다. 강아지는 자기를 찬 요시오의 발밑까지 다가와서는 버선 끝을 이빨로 물고 장난을 걸려고 했다.

"저쪽으로 가 있어."

미노루는 강아지 목걸이를 잡고서 자기 앞까지 끌어 당겨 비 내리는 격자문 밖으로 내던지듯 끌어냈다. 그리고서 문을 닫고 안으로 들어와 아까처럼 난로 앞에 누워 있는 요시오 앞에 앉았다. 미노루는 눈물과 함께 끓어오르는 호흡을 입을 다물고 참고 있는 듯한 표정으로 얼굴을 위로 향했다.

"헤어지는 게 어때?"

요시오는 그렇게 말하고 고개를 들었다.

방종한 피가 흐르는 이 여자의 무거운 몸이, 앞으로 몇 십 년이라는 긴 세월을 자기의 빈약한 팔 안에 달라붙어 살 것을 생각하면 요시오는 참을 수 없었다. 결혼하여 일 년 남짓한 불안한 생활을 하면서 여자의 진실이 담긴 상냥한 말을 들은 적은 한 번도 없다고 생각했다. 돌이켜 보면, 그 가난한 생활의 중심에는 언제나 문란한 피로 물든 여자들의 웃는 얼굴만이 선명하게 떠올랐다. 그리고 부드러운 피부를 가진 여자의 몸이 언제나 자기의 눈앞에 어떤 냄새를 풍기며 어슬렁거리고 있었다.

"나 같은 놈한테 붙어 있어 봐야 당신은 아무것도 할 수 없어."

나는 마누라를 먹여 살릴 능력이 없어. 나조차도 먹고 살 힘이 없으니까."

"알고 있어요."

미노루는 확실하게 그렇게 말했다. 입을 연 순간 그 눈에서 눈물이 쏟아졌다.

"그러니까 헤어지자고. 지금 헤어지는 것이 서로를 위한 길이야."

"난 나대로 일을 할게요. 조만간에."

둘은 잠시 말이 없었다.

밤이 되니 이 집 앞 공동묘지에서 사람의 목숨을 저주하는 원한을 품은 속삭임이 비를 통해서 전해져 오는 듯이, 신경을 자극하는 두려움이 문득 말없는 둘 사이를 지나갔다.

"일이라니, 뭘 한다는 거야. 당신은 이미 틀렸어. 당신이야말로 나보다 가망이 없어."

요시오는 그렇게 말하고, 미노루와 같은 시대에 같은 문예 일을 시작한 다른 여자를 예로 들며, 지금도 현재의 예술계를 화려하게 장식하고 있는 여자들을 칭찬했다.

"당신은 안 돼. 내가 시대에 뒤떨어져 있는 거라면 당신도 그러니까."

미노루는 말없이 울고 있다. 불행하게도 타고난 재질도 없는, 같은 때에 예술세계에서 활동해온 한 남자와 여자가 서로에게 인정을 받지 못하고, 궁핍한 생활에 지친 마음과 마음을 서로 비난하고 있는 것을 생각하면 울지 않고서는 견딜 수 없었다.

"당신은 왜 우는 거야?"

"그냥 슬퍼지잖아요. 복수할 거예요. 당신을 위해서 난 세상에 복수할 거예요. 꼭 그럴 거야."

미노루는 울면서 그렇게 말했다.

"그런 말은 도움이 안 돼. 일하겠다면 지금부터 해봐. 이런 못난 남편을 의지하고 놀고 있는 건 무엇보다 당신의 가치를 떨어뜨리는 일이야. 당신이 할 수 있다는 자신이 있으면 스스로를 위해서라도 일하는 게 좋아."

"지금은 일을 할 수가 없어요. 기회가 오지 않으면. 그건 무리 아닌가요?"

미노루는 눈물이 고인 눈을 들어 요시오의 얼굴을 보았다. 요시오가 확인할 수 없는 깊숙한 곳으로 언젠가 혼자서 파고 들어갈 때가 있는 거라고, 말하는 기세가, 미노루의 눈 속에 나타나 있는 것을 보자 요시오의 가슴에는 다시 반감이 일어났다.

"주제넘은 소리하지 마. 무슨 말을 해도 실제로 행하려하지 않잖아. 그것보다 헤어지는 편이 나아."

요시오는 끝장낼 것처럼 말하고 안쪽의 방으로 스스로 잠자리를 준비하러 가버렸다.

미노루는 거기서 남편의 움직이는 모습을 말없이 보고 있었다.

요시오는 붙박이장에서 한손으로 이불을 꺼내더니 그것을 비스듬히 펴서 옷을 입은 채로 이불 속으로 파고 들어갔다. 그 차가울 것 같은 이부자리를 쳐다보고 있던 미노루는 자신들이 온기도 없는 곳에서 긴 시간 동안 다투고 있던 것을 알아채자 갑자기 추워졌다. 그러나 팔짱을 낀 채로 차가워진 발끝을 옷자락으로 감싸면서 언제까지나 당지* 발린 문에 기대어 있었다.

걸핏하면 남자가 혼자 힘만으로 도저히 이어갈 수 없는 생활고에서 여자를 빼내버리려고 생각하고 있는데, 이렇게 매달릴 수밖에 없는 자신을 생각하니 미노루의 눈에는 또다시 눈물이 맺혔다.

미노루가 지금까지 생각하고 있던 남자라고 하는 인간의 힘을, 지층으로 치면 요시오의 힘은 그 한 층에도 미치지 못한다는 것을 미노루는 알고 있었다. 그 미약한 남자의 힘에 언제까지나 매달려 있고 싶지는 않았다. 자신도 뭔가를 하지 않으면 안 된다는 괴로운 생각에 사로잡혔다. 그렇지만 미노루는 아무 일도 할 수 없었다. 요시오가 방금 미노루에게 말한 것처럼, 미노루는 요시오 앞에서 무엇이든 해보일 만한 역량을 가지고 있지 않았다. 자신의 내장을 물어뜯어 버리고 싶을 정도로 분해하면서도, 아무것도 할 수 있는 일이 없었다. 미노루는 어쩔 수 없이 이 능력 없는 남자에게라도

---

* 당지(唐紙) : 중국에서 닥나무 껍질과 어린 대나무로 만든 종이의 하나. 찢어지기 쉬우나 먹물이 잘 흡수되어 묵객(墨客)들이 애용하였다.

의지하지 않으면 안 되었다.

미노루는 한숨을 쉬면서 일어나, 요시오의 침상 쪽으로 저벅저벅 걸어갔다. 그리고서 그가 덮고 있던 이불을 오른손으로 밀어제쳤다.

"나도 자야 되니까 이불주세요."

두 사람에게는 같이 잘 수 있는 침구 하나밖에 없었다. 요시오는 그 소리를 듣고 바로 일어나 베개 앞에 안경을 찾아 침상에서 나가면서,

"혼자서 자."

라고 말하며 다시 거실 쪽으로 나갔다. 그 남자의 뒷모습을 잠시 보고 있던 미노루는 뭉쳐 있는 듯한 이불을 정성스럽게 펴서 고치고, 자기의 베개를 가지고 와서 이불 속으로 들어갔다.

이부자리로 들어간 미노루는 끈기 없고 융통성 없는 남자와 잔꾀 많고 끈덕진 여자의 마음이 언제나 맞지 않아, 서로 매일 치고받고 다투며 찌르는 것 같은 싸움이 끊임없이 계속된 날들을 돌이켜 생각해보았다. 거기에는 자신의 홍화 꽃송이처럼 흐트러지는 순간의 감정을 달래줄 정겨운 남자의 마음은 어디에도 찾아볼 수 없었다.

4

요시오가 겨우 직업을 갖게 된 것은 벚꽃이 필 무렵이었다. 생활비를 벌기 위해 야위고 힘없는 몸으로 도시 한복판까지 걸어가는 요시오를 미노루는 강아지를 데리고 매일 아침 정류장까지 배웅했다. 때로는 그 전차의 창을 향해 연인처럼 입술에서 키스를 보내는 하얀 손끝이 따뜻한 햇살을 가리는 일도 있었다. 미노루는 강아지에게 말을 걸면서 묘지를 지나 집으로 돌아오는 것이 일상이었다. 그리고서는 이층 창문을 열고, 아이의 손톱 끝이 사람의 육체를 조금씩 긁어내리는 듯한 따가운 햇살에 이마를 드러내놓고 종일 책을 읽으며 지냈다. 독서를 하면서 머릿속에 유입되는 새로운 문자도 혼자서 음미할 때가 많았다. 그리고 페이지에서 페이지로 예술의 향기가 묻어나는 여러 가지 광경에 종잡을 수 없이 부풀어가는 동경심은, 구겨진 비단처럼 시들어 말라버린 미노루의 마음을 멀리 환상의 세계로 조용히 이끌어 갔다. 미노루는 흥분해서 조금만이라도 상처 나면 피가 흐를 것처럼 발끈 달아오른 볼을 하고 묘지가 있는 곳을 걸어 다녔다. 소맷자락에 닿은 장미의 작은 가지 끝에도 마음을 뺏길 정도로 미노루의 마음은 모든 것이 그리워서 눈물이 흘렀다. 끓어오르는 감정을 억누를 수도 없게 되어 누군지도 알 수 없는 비석에 볼을 갖다 대본 적도 있었다. 특별해 보이는 청록의 소나무와 군집을 이룬 만발한 벚꽃, 그리고 해 질 녘 하늘로 물들여진 웅달진 덴노지天王寺 근처를 미노루는 눈물을 글썽이며 왔다 갔다 했다.

어느 날 밤 두 사람은 우에노의 산을 터벅터벅 걷고 있었다. 벚꽃이 핀 하얀 밤하늘은 옅은 황색으로 맑아 보였다. 숲 속의 등불은 술에 취해 흐릿한 아름다운 여자의 눈처럼, 어슴푸레한 꽃 사이에서 화려한 빛으로 눈짓하고 있었다.

"좋은 밤이에요."

라고 말한 미노루는 생각을 몸짓으로 해 보이려는 듯한 몸동작을 하고 떠들며 걷고 있다.

봄이 되어 벚꽃이 피면, 이 산의 숲 속에 숨겨져 있는 몇 천 명의 사랑의 속삭임이 조용한 산 여기저기서 벚꽃의 꽃잎 하나하나에 그 부드러운 여운을 전하기 시작할 거라고 생각했다. 그러자 미노루의 가슴은 묘하게 울렸다. 미노루는 삿갓모양으로 가지를 낮게 늘어뜨린 벚꽃나무 밑에서, 일부러 양팔을 벌려 서 보기도 했다. 그리고서 미노루는 꽃향기에 섞인 코트의 묵은 향수 냄새를 맡는 듯한 느낌으로 자칫하면 잡지도 못하고 사라져 버릴 것 같은 향기를 한발 한발 쫓고 있었다.

요시오는 요시오대로 팔짱을 끼고 내키지 않는 얼굴로 미노루와 떨어져 걷고 있다. 빈곤하다는 생각이 요시오의 머릿속을 떠나지 않아, 밤에 꽃 속을 거닐어도 아무 감흥이 일어나지 않았다. 오랫동안 궁핍해서 외출복을 마련할 여유가 없었던 미노루는 평상복 위에 코트만 걸치고 걷고 있었다. 그 남루한 미노루의 모습을 뒤에서 봤을 때, 요시오 눈에는 이런 환경에서 꿈을 포기하지 않는 미노루의 모습이 추하고 미련하게 보였다.

"이제 돌아가지 않겠어?"

요시오는 그렇게 말하고는 발걸음을 멈췄다.

두 사람은 둥글게 둘러싸여 있는 연못 건너편의 불빛을 산 위에서 보면서 잠깐 동안 서 있었다. 그 등불이 소리 내어 떠들고 있는 듯한 생각이 들 정도로 멀리 샤미센*의 울림이 두 사람의 가슴을 들뜨게 했다. 미노루는 그 순간, 오래간만에 부드러운 기모노 옷자락의 중후함을 생각하니 그리워졌다.

"요시와라**에서 친목회를 한다는군."

요시오는 그렇게 말하고 걷기 시작했다. 불빛이 하늘을 불그스름하게 물들이고 있는 큰길 쪽을 뒤로 하고, 둘은 계곡 쪽으로 발걸음을 돌렸다.

멀리 동네에서 연주하고 있는 악대의 시끄러운 소리가 산의 차가운 공기와 어우러져 두 사람의 귓전을 관세수***

---

* 샤미센(三味線) : 일본의 전통악기로 세 개의 줄이 있는 현악기.
** 요시와라(吉原) : 도쿄에 있던 유곽.
*** 관세수(観世水) : 물이 소용돌이치는 모양의 무늬

처럼 느슨하게 덮쳐 와서는 벚꽃 속으로 흩어졌다.

미노루의 가슴에는 봄이라는 따스함이 가득히 흘러넘쳤다. 그리고 이 산 밖에는 봄밤에 술 취해 들떠서 소란스럽게 수런거리는 사람들의 세계가 있을 거라고 생각했다. 그 속으로 발을 내디딜 수 없는 자신의 처지를 알았을 때, 미노루는 뭐라고 형용할 수 없을 만큼 쓸쓸해졌다.

"어떻게든 하루 정도는 다른 사람들처럼 돌아다녀 보고 싶어요."

미노루가 그렇게 말하려고 요시오 쪽을 봤을 때, 마침 두 사람 옆으로 하늘의 구름과 같이 조용하게 미호노마쓰바라* 위를 한 대의 차가 지나갔다. 어두침침한 벽에 붙인 니시키에** 를 들여다보는 듯이, 휘장 옆으로 빨간색의 짙은 유젠*** 무늬의 아름다운 색이 두 사람의 눈앞을 가로막았다. 그리고 봄의 교만을 머금은 차의 휘장은 흔들흔들 몇 시간이고 눈앞에서 사라지지 않았다.

미노루는 그때부터 아무 말도 하지 않았다. '잠자코 있는 이 남자가 지금 어떤 꿈속에 마음의 모든 응어리를 풀고 있는 것일까'라고 생각하면서 미노루는 말없이 계속 걷고만 있었다.

---

* 미호노마쓰바라(三保の松原) : 시즈오카 기요미즈시 남동부에서 준하만(駿河湾) 안쪽으로 돌출한 모래톱. 모래사장.
** 니시키에(錦絵) : 풍속화의 다색도 판화.
*** 유젠(友禅) : 비단 등에 화려한 채색으로 인물, 꽃, 새, 산수 따위 무늬를 염색하는 일.

5

    요시오와 미노루에게 많은 은혜를 베풀어주신 선생님의 부인이 결국 돌아가셨다는 연락을 받은 것은 4월 말의 아침이었다.

    요시오가 단벌 양복을 입고 나가자, 미노루는 나카쬬* 에서 자기들의 의복을 찾아올 만큼의 예산을 세웠지만 아무래도 돈을 융통할 수 없다는 판단이 섰다. 그래서 고이시카와** 에 있는 친구 집에라도 가서 빌려볼 생각으로 좋은 핑계거리를 떠올리며 집을 나섰다.

    친구 집 담벼락을 따라 활짝 핀 벚꽃이 집의 풍요로움을 자랑하듯 길가에 가지를 드리우고 있었다.

    미노루는 응접실에서 집주인인 친구와 오랜만에 만났다.

    하지만 미노루는 빌려달라는 말을 아무래도 할 수 없었다. 혼자 몸이라면 자기가 빌리는 거라고 말할 수 있겠지만, 가정이 있는 사람이 남편의 체면을 생각해서라도, 그렇게 가난하다는 말을 할 수 없다는 생각이 미노루의 머릿속을 복잡하게 만들었다.

    현명한 친구는 사람의 나쁜 억측은 여자의 취미가 아니라는 듯한 순수한 미소를 띠고, 미노루가 다른 지인知人에게 빌려주는 것

---

* 나카쬬(仲町) : 에도의 지명. 여기서는 나카쬬에 있는 전당포를 일컬음.
** 고이시카와(小石川) : 동네명(名).

이라는 말을 정말로 받아들인 듯한 모습으로 몬쓰키* 를 내어 왔다.

"장례식에는 검은색이 아니면 안 되지만 공교롭게도 나에게는 검은색이 없으니까."

친구가 내준 예복은 옅은 팥죽색이었다. 옷자락에는 작은 나비 자수가 있었다.

그날은 비가 내리고 있었다. 미노루는 흰 목련꽃을 들고 오처 教吾妻橋의 나루터에서 배를 탔다. 배가 해안에서 멀어질 때 느긋한 마음이 부드럽게 미끄러지는 듯한 느낌과 함께, 미노루의 가슴에는 6, 7년 전의 추억이 밀려왔다.

배 안에서 미노루는 많은 추억이 깃든 제방을 바라보았다. 벚꽃이 필 무렵 비 오는 제방에 없어서는 안 되는 배경의 하나처럼, 찻집의 갈대발이 촉촉이 젖어 쓸쓸한 모습을 하고 있었다. 그리고 빗질을 한 것 같은 가느다란 빗방울이 제방에서 강물 위를 평면으로 휙하니 스치고 지나갔다. 배가 찰싹찰싹 물결에 너울거리며 질주하는 물 위로 미노루는 곧장 시선을 돌렸다. 자기의 청춘은 이 강물의 잔물결에 어느새 잠겨 사라져 버린 듯한 슬픔이 거기에 비쳐졌다. 깊은 생각에 잠겨 길을 헤매는 젊은 미노루의 얼굴 위에 맺힌 물방울을 흩뿌리던 둑의 벚꽃은 지금도 그렇게 피어 있다. 그것이 미노루에게는 또 누군가의 미숙한 생각을 속이려 하는 잔인

---

* 몬쓰키(紋付) : 가문을 넣은 일본의 예복.

한 미소의 그림자처럼 생각되어 거기에도 원망이 있었다.

길을 물어서 위로 올라가자, 옛날의 눈물 자국처럼 벚꽃에 맺혀 있던 물방울들이 미노루의 우산 위에 소리를 내며 떨어졌다. 제방 중간쯤에서 미노루와 같은 곳으로 가는 오랜 지인知人을 두세 명 만나 선생님 댁의 문에 들어섰다. 요시오와 약속한 시간보다 늦게 도착했다.

안으로 들어가니, 비 때문에 사람들이 처마 끝에 모여 웅성거리는 소리가 들렸다. 앞에서 엿볼 수 있는 장지문은 여기저기 열려져, 사람들이 입은 기모노의 검정색과 줄무늬가 서로 뒤엉켜 툇마루 밖으로 그 끝을 늘어뜨리고 있었다. 뒤쪽의 격자문 안에는 진흙이 묻은 게다가 잔뜩 놓여 있었다.

미노루는 부엌에서 만난 낯익은 늙은 하인에게 목련을 건네주고 올라가 객실의 구석에 살짝 앉았다. 거기에는 어머니를 여읜 어린 아이들이 슬픈 위로의 말을 건네 들으며 여자들의 손에 안겨 있었다. 맏딸도 거기에 섞여서 장지 밖에서 들락거리는 사람들을 보고 있었다. 옛날 미노루가 공기놀이나 공놀이 상대가 되어준 맏딸은 몇 년이나 만난 적이 없는 미노루의 얼굴을 보더니, 눈이 빨갛게 부어오른 창백한 얼굴에 미소 지으며 인사했다. 미노루의 눈은 언제까지고 그 딸의 모습에서 떨어지지 않았다.

"이 아이는 네 흉내를 잘 내."

미노루에게 그렇게 말하며 선생님이 웃었을 때는 아직 네 살

정도의 아이였다.

미노루는 평상시처럼 보따리를 손에 들고서 점잔은채 인사를 하고 나서,

"나는 미노루야."

라고 말해 모두를 웃게 했다. 어렸을 때부터 높은 콧대의 양쪽에 언제나 힘줄이 나올 듯이 웃는 아이였다. 미노루는 그 여자아이가 지금까지 성장해온 그 키만큼 자신이 변한 짧은 세월을 되돌아보니 과감한 생각을 하지 않고서는 있을 수 없었다.

"이봐."

라고 부르는 소리에 미노루가 뒤를 돌아보니, 툇마루 쪽에 서 있던 요시오는 턱으로 부르고 있었다. 옆으로 가니 요시오가 작은 목소리로 말했다.

"지금 회사에 가서 부의금을 빌려 올게."

"얼마나요?"

"오 원."

둘은 웃으면서 그렇게 이야기하고 바로 헤어졌다. 미노루는 그곳을 나와 여기저기 선생님의 모습을 찾고 있는 도중에 어둑한 안쪽 복도에서 비로소 선생님을 만났다. 얼굴도 확실히 알아볼 수 없는 깜깜한 곳을 지나서야, 미노루는 선생님의 눈물 젖은 목소리를 들을 수 있었다.

"요즘, 너는 건강해?"

선생님은 미노루가 헤어지려고 할 때 그렇게 물었다. 미노루는 옛날 연약했던 선생님의 모습을 보는 것 같은 슬픔으로 대답을 할 수 없었다.

6

그날 밤, 미노루는 잠을 잘 수가 없었다. 언제까지나 그 가슴에 추억들이 복잡하게 뒤엉켜 있었다. 그리고 어느 봄날, 선생님이 보내주신 서양제비꽃의 향기가 미노루를 그 추억에 감미롭게 스며들게 해 매우 그리운 생각에 빠져들게 했다.

그 그리운 선생님과 헤어져 벌써 몇 년이 흘렀는지 생각하고 있던 미노루는 햇수를 헤아려 보았다. 선생님의 곁을 떠난 지 벌써 5년이 되었다. 그렇게 선생님의 인자함에 어리광부리며, 오로지 그 사람을 사모하는 마음을 가졌을 때부터 치면 벌써 8년이라는 세월이 흘렀다. 그 무렵 미노루의 생명은, 세상에 예민해진 듯 날카로운 빛을 머금은 선생님의 작은 눈 속에 완전히 감싸여 있던 것이었다. 그런 선생님의 곁에서 벗어나자 미노루의 마음은 어느 쪽으로도 갈 곳이 없다는 생각에 빠져 있었다. 그래서 배로 매일같이 무카이시마* 까지 다녔던 미노루는 갈 때나 돌아올 때, 건너는 나루터의 부두에 서서, 잔잔한 강물 위에 한 개의 물방울만한 크기의 작은 열정을 진정시키곤 했다.

그토록 사모하던 선생님에게서 떠나지 않으면 안 될 때가 미노루에게도 온 것이었다. 그것은 미노루가 실제로 살아가지 않으면 안 되는 현실적인 생활을, 조금씩 인지해 가고 있을 때였다. 매일 선생님의 서재로 들어가 오래된 서적의 냄새를 맡으며, 편안한 마음으로 놀고만 있을 수 없는 때가 왔기 때문이었다. 그리고 선생님의 자애가, 자신이 진정으로 살아가려 하는 마음의 움직임을 잠시나마 마비시키고 있었던 것에 한심스러운 저주를 한 적조차 있었다. 이 선생님의 곁을 떠나지 않으면 자신 앞에는 새로운 길이 열리지 않을 거라고 생각해서, 미노루는 인자하신 선생님의 곁을 오랫동안 떠났다.

하지만 그 후 미노루가 새로 깨달았다는 것을 찾을 만한 증거는 전혀 없었다. 미노루는 그 무렵, 자신을 에워싸는 듯한 선생님의 자애를 떠올리고, 공연한 눈물에 가슴을 적신 날이 많았다. 그러고서 단지 한 사람에 대한 강한 신념에 얽매여 한눈도 팔지 않았던 어린 시절, 세상이라는 것으로부터 항상 비난받고 있는 듯했던 그때가 미노루의 마음에서 그립지 않다거나 생각나지 않는다고는

---

* 무카이시마(向島) : 히로시마현에 있는 섬.

말할 수 없을 정도였다.

오늘 밤은 특히 그런 생각이 많이 들었다. 미노루는 오늘 부인의 관 앞에서 독경을 들으며 정신없이 울며 오른손으로 얼굴을 가리고 있던 선생님의 모습을 계속 떠올리고 있었다. 요시오는 그날 밤 초상집에 밤을 새러 가서 돌아오지 않았다.

"그 예복은 어떻게 된 거야?"

먼저 장례식에서 돌아온 요시오는 미노루가 돌아오기를 기다리고 있다가 바로 그렇게 물었다. 미노루는 오늘 식장에서 요시오의 줄무늬 양복이 조금 남들 눈에 띄었던 일을 생각하며 소리 없이 웃었다.

"빌린 거예요."

고개를 끄덕이던 미노루도 끄덕이게 한 요시오도, 동시에 겸연쩍은 듯한 얼굴을 했다. 이런 때 서로 예복이 한 벌도 없다는 것이, 잘 차려 입은 사람들이 많이 모인 자리에서는 특히 강하게 와 닿았던 것이다.

"당신 옷차림은 좀 그랬어요."

"뭐, 괜찮아. 당신만 깔끔하게 차려 입으면."

요시오는 그렇게 말하고 나서 한 번 더 미노루가 빌려온 옷을 쳐다보았다. 요시오는 그것을 어디에서 빌렸는지 물어보았지만, 미노루는 고이시카와에서 빌렸다고는 말하지 않았다. 오래된 학교 친구에게 그런 볼품없는 짓을 했다고 말하면, 요시오가 더욱 비참해질 것이라고 생각했기 때문이다. 미노루는 자신과 친척처럼 드나들고 있는 장사꾼 집의 이름을 둘러대며, 그곳에 부탁해서 빌린 거라고 말했다. 그리고 언제나 힘들다는 소문이 있는 요시오 친구의 부인이 잘 차려입은 것을 미노루는 떠올리고 감동한 얼굴을 하며 요시오에게 말했다.

"우리만큼 힘든 사람은 친구들 중에도 없다고 봐요."

"그렇겠지."

요시오는 그렇게 말하고 입고 있던 양복을 벗었다. 그리고 잠시 바지 자락을 뒤집어 보고 나서,

"이것도 이렇게 되어 버렸군."

라며 닳아서 끊어진 곳을 미노루에게 보여주었다. 춘추용 양복을 요시오는 뙤약볕이 쬘 때도 눈이 내릴 때도 입어야만 했다. 그렇게 무슨 일이 있을 때마다 어깨 품이 넓은 양복을 입고 가는 요시오를 생각할 때, 오늘 미노루는 버릇처럼 자신들의 가난함을 왠지 가볍게 부정해 버릴 수는 없었다. 몹시 슬픈 광경에도 익숙해졌다고 생각했는데, 가련한 자신들의 가난함을 이제 진정으로 맛보는 듯한 눈물이 미노루의 눈에서 흘러 내렸다.

"가엾게도."

미노루는 반대쪽을 향해 자신도 기모노를 갈아입으며 그렇게 말했다. 세상을 상대로 자신들의 궁핍을 드러내지 않으면 안 될 처지가 되면, 두 사람은 이렇게 어느 샌가 손과 손을 굳게 맞잡은 듯

한 친근함을 서로 보이는 것이라고 미노루는 생각하고 있었다.

"어떻게 당신 것만이라도 마련해 둬야겠어."

요시오는 그렇게 말하며 목욕하러 나갔다.

혼자가 된 미노루는 오늘 장례 행렬의 상황이 눈앞에 떠올랐다. 꽃이 핀 제방을 장례 행렬이 길게 이어져 가는 도중에, 녹나무를 뒤집어쓰고 진창 속을 춤추며 걷고 있는 벚꽃놀이 무리를 몇 번이나 맞닥뜨렸다. 그리고 취객 한 사람이 그 행렬을 바라보며, 마침 미노루가 타고 있던 차 옆에서,

"여기도 저기도 시끌벅적하니, 원."

라고 작은 목소리로 말했던 일들이 생각났다. 미노루는 요시오가 돌아오면 그 이야기를 들려줘야겠다고 생각했다. 관 앞에 모인 어머니를 잃은 어린 아이들을 보며 미노루도 몹시 슬퍼했지만, 이제 그 슬픔은 어딘가로 사라져 버렸다.

7

미노루가 좋아하는 흰 백합꽃이 객실의 도코노마* 나 책장 위

---

* 도코노마(床の間) : 일본 건축에서 객실인 다다미방의 정면에 바닥을 한 층 높여 만들어 놓은 곳.

등에 항상 꽂혀 있는 날이 계속 되었다. 요시오가 쉬는 날에는 두 사람은 강아지를 데리고 오지王子까지 푸른 밭을 보면서 소풍을 간 적도 있었다. 두 사람은 단풍이 든 절의 뒤쪽 개울로 강아지를 데리고 가서 비누 거품을 내어 더러워진 몸을 씻기기도 했다. 시냇물은 산의 어린 단풍나무의 푸르름과 햇빛들이 섞여서 겨울 하늘같은 색을 띠고 있었다. 젖은 강아지를 산 위에 있는 간이찻집 기둥에 쇠사슬로 묶어두고, 두 사람은 밟아도 걸을 수 있을 만큼 쌓인, 어린 단풍나무들을 바라보면서 반나절을 보내기도 했다. 오가는 길에 있는 별장처럼 보이는 집 앞에 섰다. 요시오는 노송나무에 감싸여 있는 연한 회색의 양옥 건물 2층을 측면에서 올려다보며,

"아무것도 필요 없으니까, 적어도 이상적으로 생각하는 집만은 짓고 싶어."

라고 언제나 말했다.

미노루가 자꾸만 머리카락을 만지작거리기 시작한 것도 그 무렵이었다. 미노루는 하루걸러 연못가 끝에 있는 머리를 손질해주는 곳까지 머리를 묶으러 가는 버릇이 생겼다. 미노루의 머릿장 작은 서랍에는 기름에 물든 홀치기염색을 한 붉은 댕기 조각이 몇 개나 있었다.

이런 날에도 끈기 없고 외곬수인 남자의 마음과 잔꾀가 많고 끈기 있는 여자의 마음과는 언제나 엇갈려서, 서로를 찌르고 찔리는 분쟁이 끊이지 않았다. 여자 앞에서만은 지지 않으려 하는 남자

의 자존심과 남자 앞에서만은 지지 않겠다는 여자의 고집은 꺾일 줄 몰랐다. 아주 사소한 일에도 얽히기 시작해서 서로를 때리기까지 하면서, 큰소리로 비난하는 것을 멈추지 않는 날이 두 사람 사이에 자주 있었다. 미노루가 읽는 책에 대해 두 사람이 이해하는 바가 달라 서로 다른 정감을 자아낼 땐, 집 앞 큰길까지 울리는 듯한 소리를 지르며 새벽 2시까지든 3시까지든 개의치 않고 말다툼을 했다. 결국 입을 다문 미노루가 가엾게 여기고, 비웃는 듯한 눈빛으로 요시오의 좁은 이마를 뚫어지게 보기 시작한다. 그러면 요시오는 바로 눈이 새빨개져서,

"주제넘은 말하지 마. 당신 따위가 뭘 할 수 있겠어."

라며 공사 현장의 노동자가 거칠게 욕할 때처럼, 상대방에게 침이라도 뱉을 듯한 표정을 지었다. 이런 말이 때로는 미노루의 감정을 극도로 흥분시켰다. 지식적인 면에 있어 이 남자가 자신보다 한 수 아래라는 것을 누구를 통해 증명할 수 있을까 생각하면, 미노루는 자신을 도와줄 사람이 없어 그저 안타까웠다. 그리고

"한 번 더 말해 봐요."

라며 미노루는 바로 손을 내밀어 요시오의 어깨를 떠밀었다.

"몇 번이라도 말해주지. 당신 따위는 안 된다고 말하는 거야. 당신 따위가 뭘 알아?"

"왜. 어째서?"

이런 상황까지 이르게 되면 미노루는 자신의 몸을 움직일 수

없을 때까지 요시오에게 맞고서야 겨우 입을 다물었다.

"당신이 잘못한건데 왜 사과하지 않아요? 왜 사과하지 않느냐구요."

미노루는 요시오의 머리에 손을 올리고 고개를 낮추게 하려고 하다가 오히려 남자의 손에 의해 참혹한 꼴을 당했다.

"당신은 결국에 불구자가 되어버릴걸."

다음 날이 되자, 요시오는 미노루의 몸에 남아 있는 이곳저곳의 상처를 응시하며 그렇게 말했다. 여자의 연약한 피부를 찢어발기듯이 꽉 쥐는 것 같은 잔혹함이, 시간이 흐를수록 요시오의 마음에 꿈처럼 되풀이 되었다.

그날은 낮 동안에 가벼운 비가 내렸다. 아침 일찍 세탁을 많이 한 미노루는 몸이 지쳐서, 몸 위에 널빤지라도 붙여져 있는 듯한 느낌이었다. 처마 근처를 연기처럼 우아한 하얀 구름이 미노루의 마음을 엿보며 몇 번이나 오갔다. 초여름의 수분을 머금은 공기를 통과한 빛은, 툇마루에 서 있는 미노루의 눈앞에서 색유리 파편을 흔들어 떨어뜨리는 듯한 아름다움을 뽐내고 있었다. 어쩐지 무더운 아침이었다. 입고 있던 서지의 감촉이 땀에 질척거렸다.

그러더니 오후가 되자 비가 내렸다. 미노루는 말린 빨래를 툇마루에 거두어들이고 난 후, 다시 툇마루에 서서 비가 내리는 작은 마당을 바라보았다. 그 3평 남짓한 마당에는, 작년 여름에 요시오가 심었던 수국화가 한가운데 자리를 잡고 있을 뿐이었다. 회양목 두세 그루에 싸라기눈 같은 작고 하얀 꽃이 잔뜩 피어 구석 쪽에서 빈약한 모습을 보여주고 있었다. 일 년 사이에 자라서 넓어진 수국화의 그림자가 이 마당에서는 제일 컸다. 그 외에는 아무것도 없었다. 가느다란 비는 수국화 잎에 떨어져 때때로 소리를 냈다. 미노루는 그 소리를 듣고 문득 친숙해져 그곳에 내리는 빗방울을 언제까지나 들여다보고 있었다.

요시오가 평소대로 돌아왔을 때는 이미 비가 그쳐 있었다. 미노루는 요시오가 돌아온 모습을 보고, 그가 마음속에 뭔가 결정을 내린 것을 알 수 있었다.

"이봐, 당신은 어떻게 할 거야?"

미노루가 태연히 저녁 밥상을 치우려고 할 때 요시오는 이렇게 말을 걸었다.

"왜 당신은 자기 일을 언제까지고 시작하지 않는 거야. 그만둘 생각인건가."

그렇게 묻자 미노루는 바로 짚이는 데가 있었다.

일주일 쯤 전에 요시오는 근무처에서 돌아와서

"당신의 일자리가 생겼어."라며 오려온 신문 조각을 미노루에게 보여준 적이 있었다. 그것은 지방의 모 신문에 난 소설 현상 모집 광고였다. 미노루가 조금씩 써서 모아둔 글이 있다는 사실을 알고 있던 요시오는, 거기에다가 이 규정에 맞게 분량을 더 써서 보내는 편이 좋겠다며 미노루에게 종용했던 것이었다.

"만약에 당선이 된다면 한숨 돌릴 수 있어."

요시오는 이렇게 말했다. 하지만 미노루는 건성으로 대답하고 지금까지 손을 대지 않았다. 요시오가 그것을 알았을 때는 이미 마감 기일에 임박했을 때였다. 미노루는 그 짧은 기간 내에 생각한 만큼의 작품은 쓸 수 없다고 생각했기 때문이었다.

"왜 쓰지 않는 거야?"

요시오는 신경질적으로 입을 뾰족 내밀고 있는 미노루에게 이렇게 쏘아붙였다.

"그런 모험을 하는 건 싫으니까요. 그러니까 쓰지 않는 거예요."

여느 때처럼 미노루의 거만한 기색이 뺨에 비치는 것을 요시오는 보았다.

미노루는 그런 만일의 요행으로 요시오가 자신의 경제적인 괴로움에서 벗어나려고 생각한다는 것에 불쾌감을 갖고 있었다. 이 남자는 여자가 예술을 즐기게 해줄 줄은 모르고, 여자의 예술을 도박 같은 쪽으로 유도해서 일을 시킨다고 생각 하니 화가 났다.

미노루는 또 이렇게 말했다.

"그런 일에 사용할 만큼 퇴락한 펜은 잡을 수 없으니까요."

"건방진 소리 하지 마."

요시오가 큰소리로 꾸짖었다. 여자의 거만함을 상대할 때 요시오의 경멸하는 말은 언제나 "건방진 소리 하지 마"였다. 미노루는 그 말이 싫었다. 요시오를 주시하고 있던 미노루의 얼굴은 아주 창백해졌다.

"당신이 뭐라 그랬어? 일한다고 하지 않았냐고. 나를 위해 일한다고 말했잖아. 그건 어떻게 된 거야."

"일하지 않는다고 하지 않았어요. 하지만 내가 지금까지 써서 모아둔 글은 이런 일에 사용하고 싶지 않기 때문이에요. 당신이 뭐든지 일하라고 한다면 전화 교환국에라도 나갈 거예요. 하지만 그런 모험 같은 글을 쓰는 건 싫어요."

요시오는 돌연 곁에 놓여 있던 담배합을 미노루에게 세게 던졌다.

"적어도 당신은 우리 생활을 소중히 할 줄 모르는 거군. 싫으면 그만 둬. 그 말투는 뭐야? 남편에게 그 말투는 뭐냐고."

요시오는 그렇게 말하면서 일어섰다.

"그런 생활이라면 모조리 부숴버려."

요시오는 자신의 발에 닿은 밥상을 그대로 차서 뒤집어엎으며 미노루의 옆으로 다가왔다. 미노루는 그때만큼 남자의 난폭함을 두렵게 느낀 적은 없었다.

"뭘 하려는 거예요."

라며 금속에 부딪혀 튀는 듯한 가늘고 투명한 미노루의 목소리가 심장 박동이 높아진 요시오의 가슴 속에 파고들 듯이 가까워졌을 때, 미노루는 양팔에 있는 힘을 다해 요시오의 가슴을 앞으로 밀쳤다. 그리고 나서야 비로소 이 남자의 두려움에서 벗어났다는 듯한 심정으로 부엌을 통하는 출입문을 통해 바깥으로 달려 나갔다.

밖은 아직 황혼 빛이 완전히 사라지지 않은 채, 은백색을 띠고 있었다. 유난히 깊은 암흑이 지금부터 묘지 전체를 에워싸려고 하는 봉마逢魔의 그림자에 미노루는 내내 우두커니 서 있었다. 어디선지 모르게 쓸쓸함이 미노루의 귀 옆에 들려오는 사이, 미닫이와 맹장지를 발로 차 부수고 있는 듯한 요란한 소리의 울림이 전해져 신경을 예민하게 했다. 비단 바느질용 바늘처럼 가늘고 날카로운 여자의 외침 소리가 그 속에 섞인 듯한 기분도 들었다. 그것이 자신의 목소리 같았다. 미노루의 몸속의 피는 움직임에 따라 아직 흔들흔들 거리고 있었다. 어딘가의 혈관 일부분에서 아직 그 피가 때때로 엄청나게 격한 파도를 일으키고 있었다. 하지만 미노루는 자기 마음의 맥을 하나하나 알아보는 듯한 또렷한 기분으로 자신의 머리 위를 짓누르는 암흑의 힘에 눌려 고개를 숙이고 잠시 생각에 잠겨 있었다. 그리고 그 맑고 깨끗한 물에 잠긴 듯한 맑은 머릿속으로,

"우리 생활을 소중히 할 줄 모르는군."

하는 요시오의 말이 여러 가지 의미를 포함하여 언제까지나 울리고 있었다.

미노루는 정말 남자의 생활을 사랑하지 않는 여자였다. 그 대신 요시오는 여자의 예술을 조금도 사랑할 줄 모르는 남자였다.

미노루는 궁핍한 생활 때문에 싫어하면서도 남자와 함께 전당 포까지 다녀왔지만, 요시오는 여자가 좋아하는 예술을 위해 새로 나온 책 하나 사줄 줄을 몰랐다. 요시오는 보잘 것 없는 자신만의 자존심을 여자로 인해 상처 받지 않기 위해, 새로운 지식을 얻으려고 힘쓰는 여자 곁에서 일부러 그것에 수치를 주는 듯한 짓도 했다. 새로운 예술을 동경하고 있는 여자의 마음에 더욱더 넘치는 멋을 가지게 할 줄 모르는 요시오는 단지 자신의 부족한 능력을 여자가 물질적으로 보충해주기만 하면 그걸로 만족할 수 있는 남자라는 사실이 미노루의 마음속에 집요하게 되풀이 되었다.

"제가 당신의 생활을 사랑하지 않는다고 한다면, 당신은 내 예술을 사랑하지 않는다고 말하겠지요."

조금 전 요시오에게 이렇게 말한 것을 떠올렸을 때, 미노루의 눈에는 피가 스며드는 것처럼 느껴졌다.

남자의 생활을 사랑할 줄 모르는 여자와, 여자의 예술을 인정할 줄 모르는 남자는 도저히 함께할 수 없었다. 요시오의 처지에서 보면 자신의 생활을 사랑해주지 않는 여자에게는 보람 없는 일일지도 모른다. 매일 출근하는 요시오의 물림쇠가 달린 돈지갑 속에, 작은 은화가 2, 3개 이상 들어 있던 적도 없었다. 미노루는 그것을 눈앞에서 보고 공허한 표정을 지으며, 요시오가 자신과 함께 발전해 나갈 수 있는 상대라고는 여기지 않았을지도 모른다고 생각했다.

'우리는 역시 헤어지지 않으면 안 되는 거야.'

미노루는 그렇게 생각하며 걷기 시작했다. 비로소 눈동자 속에 응결되어 있던 눈물이 녹아내리는 듯 미노루의 뺨에 촉촉이 전해져 왔다.

미노루가 걸어가는 앞뒤로 이미 움직임을 멈춘 듯한 어둠이 잔뜩 밀려오고 있었다. 얼굴 주변에는 모기 무리가 작은 소리를 내며 에워싸고 있었다. 뒤돌아보자 그 어둠 속 여기저기에 우뚝 서 있는 석탑 꼭대기가 미노루 쪽으로 기울어져 다가오는 듯한 어렴풋한 환상이 보였다. 미노루는 이 어두운 외로움 속에 혼자 남겨지게 된 기분이 들어 빠른 걸음으로 묘지를 둘러싸고 있는 가시나무 울타리 밖으로 나갔다.

그 주변을 방황하고 있던 강아지 메이가 그곳에 나타난 미노루의 모습을 발견하자, 달려와서 미노루 앞에 고개를 젖히면서 온몸으로 꼬리를 흔들며 섰다. 갑자기 강아지의 모습을 본 미노루는 이 세상에 자신을 생각해 주는 단 하나의 형체를 찾은 듯이 생각되어, 그 강아지를 안아주지 않고서는 안될것만 같았다.

"고마워."

강아지에게 말하다가 갑자기 미노루의 눈에서는 또 눈물이 흘렀다. 미노루는 태어나서 처음으로 울며불며 밤을 걷는 기분을 맛보며, 오른쪽 소맷자락으로 눈물을 닦으면서 집을 향해 걸어갔다.

8

미노루는 밖에 서서 잠시 집안의 동태를 살피고 들어갔다. 객실의 전기를 켜고 그 주변을 둘러보자, 그곳에는 좀 전 요시오가 세게 던진 담배합의 흩어진 재와 발로 차서 흩뜨려진 상 위의 음식들이 추접스럽고 어지럽게 널려 있을 뿐, 요시오는 보이지 않았다.

잠시 뒤 미노루가 객실의 더러워진 곳을 청소하고 있을 때, 2층에서 사람이 자다가 몸을 뒤척이며 털썩 하는 울림이 들려서, 요시오가 2층에서 자고 있을 거라고 생각했다. 앙상해진 목덜미와 어린아이 같이 작은 얼굴과 머리, 다다미 위에 뒹굴고 있을 요시오의 모습이 미노루의 머릿속에 떠올랐다.

그런 요시오 앞에서 미노루의 마음은 이미 약해져 무너지고 있었다. 자신이 펜을 잡겠다고 하는 것이 요시오가 바라는 '활동'이라는 의미가 되어 요시오를 기쁘게 할 수 있다면, 그것이야말로 바람직한 일이라면, 여자다운 편안함이 찾아왔다.

오랫동안 세상에 헐떡이며 지금까지 아무것도 붙잡지 못했던 미노루의 마음은, 어느덧 겁쟁이가 되어 이미 지친 그림자가 비치고 있었다. 미노루는 조금은 강한 의욕이 생겼다가도 바로 새벽별처럼 스러져갔다. 미노루는 역시 오로지 단 한 사람, 요시오의 정에 의지하지 않으면 살 수 없다는 덧없는 슬픔을 느꼈다. 이는 결국, 스스로를 남자 앞에 내던져 버리는 것이었다.

　미노루는 그 다음 날부터 매일 책상 앞에 앉아서, 반 정도 썼던 원고의 어떤 이야기의 그 다음 부분을 쓰기 시작했다. 걸핏하면 싫증나서 미노루는 몇 번이나 그만두려고 했는지 모른다. 그 일에 조금도 마음이 내키지 않았다.

　오늘까지 집필을 마치고 싶지만 책상 속에 모아둔 작품이 미노루의 마음에 쏙 드는 것은 아니었다. 자신의 재능이 한번 억제된 경지에서 아무래도 벗어날 수 없다는 불쾌감을 절실히 느끼면서, 펜을 던져버리고 말았던 것을 또 끝내 고쳐 쓰는 것이었다. 그래서 미노루는 후반부를 바로 계속해서 쓰기 전에, 전반부를 좀 더 다시 고치지 않으면 안 되었다. 미노루 자신의 예술에 대한 진솔한 마음은 스스로 버린 작품을 그대로 발표하는 것 같이 세상 사람들을 속인다는 생각이 들어 좀처럼 작품에 빠져들지 못했다. 미노루는 계속 그 전반부를 만지작거리고 있었다.

　"당신, 지금까지 뭘 하고 있는 거야?"

　그런 모습을 발견한 요시오는 바로 이렇게 말하며, 미노루 곁에 다가왔다.

　"아무리 해도 안 되니까 그만둘래요."

　"안 되도 좋으니까 해봐."

　"저는 역시 안돼요."

미노루는 그렇게 말하고 자기 앞의 원고를 엉망진창으로 만들었다.

"이런 일은 말이야. 작품의 좋고 나쁨이 문제가 아닌 거야. 그건 그저 당신의 운에 속하는 거야. 작품이 좋지 않더라도 운이 좋으면 뽑힐 수 있으니까 끝내 버려. 쩔쩔매고 있으면 아무런 도움이 되지 않아."

요시오는 미노루가 손으로 만지작거리며 고치고 있던 전반부를 빼앗아 버렸다. 그것을 본 미노루는 '쓰기만 하면 되는 거예요?'라는 의미를 그 눈에 똑똑히 담아 요시오의 얼굴을 응시했다. 마음 깊은 곳에는 왠지 자포자기하고 싶은 심정이 담겨 있는 것 같았다. 단지 요시오의 강요에 의해 다 써서 그것을 요시오 앞에 던져 주기만 하면 된다는 듯한 심정이었다.

"만약, 내가 계속 쓰지 않으면 당신은 어쩔 거예요?"

"쓸 수 없는 건 아니니까 써봐."

"쓸 수 없어요. 마음에 들지 않아요."

"그렇지 않으니까 술술 써나가 봐."

"맘에 들지 않아서 싫어요."

"안 좋은 버릇이야. 그런 말을 하고 있을 동안 두세 장은 쓸 수 있지 않아?"

요시오는 날짜를 세어 보았다. 규정 원고 매수까지는 아직 이백여 장이나 모자라고, 원고 마감일은 불과 이십 일도 남지 않았다. 요시오는 어떤 일도 단숨에 밀어붙이지 못하고 말만 잘하는 여자가 삶아진 콩알이 얼굴에 팍 하고 아프게 튀긴 듯이 부아가 치밀어 밉살스러웠다.

"정말 당신은 쓸모없는 여자야. 그만 둬, 그만 둬."

요시오는 그렇게 말하고 돌려받았던 원고를 책상에서 꺼내 와서 미노루 앞에 홀홀 던지기 시작했다. 고개를 숙인 눈에 전에 없던 차가운 면이 비치고 있었다.

"그만두면 어떻게 할 거예요?"

미노루는 책상에 기대어 머리를 오른손으로 누르며 남자의 얼굴을 비스듬히 보고 있었다. 요시오의 얼굴에는 눈 깜빡임, 창백한 얼굴의 근육 움직임, 입술의 전율, 그것들이 뒤섞여 번개처럼 스쳐 지나갔다.

"헤어질 수밖에 없어."

요시오는 툭하고 미노루를 뿌리치듯이 냉정하게 그렇게 말했다. 미노루가 아무것도 하지 않겠다는 것을 확인하자, 동시에 요시오는 확실히 부담을 느끼지 않을 수가 없었다. 요시오에게 있어서 두 사람 사이를 연결하고 있는 것은 애착이 아니었다. 능력이었다. 자신에게 없는 능력을 상대방 여자가 갖고 있지 않으면 함께 있고 싶지 않았다. 미노루같이 제멋대로 굴기만 하고 부담이 되는 여자와 같이 사는 것은, 스스로 점점 세상의 수렁 속으로 깊이 가라앉을 뿐이라고 생각했다. 요시오는 이제 이 여자를 풀어주지 않으면 안 되었다. 그렇게 말할 땐 언제나 미노루에게 거센 반감을 보이는 남자였다. 머지않아 이 집을 떠나갈 기세를 확실히 보여줄 수 있는 남자였다. 거기에는 남자가 특별히 미노루 한 사람만 생각하는 사랑 따위는 털끝만큼도 남아 있지 않았다.

"쓸 거예요. 어쩔 수 없죠."

미노루의 눈에는 이미 눈물이 글썽이고 있었다. 그리곤 그 주위에 어질러져 있던 원고를 한데 모으고 있었다.

9

미노루는 그저 쏜살같이 글을 써 나갔다. 자신을 채찍질하는 듯한 남자의 눈이 오랜 시간 동안 미노루의 책상 앞에 빛나고 있었다. 미노루는 그 모습을 두려워하면서 무턱대고 써 나갔다. 모기장 속에 램프와 책상 등을 갖고 들어와 잠시 동안 죽은 듯이 반듯하게 쓰러져 있다가, 갑자기 일어나서 쓰는 일도 있었다. 아침부터 저녁까지 집안으로 들이비치고 있는 여름 햇빛을 여기저기로 피해 다니다 모퉁이 벽 쪽으로 가 머리를 심하게 부딪치고 나서 또 쓰기 시작한 적도 있었다.

그리하여 완성된 것이 마감 마지막 날의 오후였다. 요시오는 거기에 미노루의 이름을 써 넣고, 포장하여 우체국으로 가지고 갔다. 미노루는 땀 흘린 얼굴을 엷은 남색 바탕 유카타 소맷자락으로 닦으면서, 이십여 일간의 자신을 되돌아보았다. 남자에게 혹사당한 펜 끝에는 자신이 생각하고 있는 아름다운 예술의 그림자 따위는 조금도 볼 수 없었다. 그저 남자의 폭력이 두려워 닥치는 대로 썼을 뿐이었다. 그 저돌적이고 비예술적인 힘에 의해 자신은 무엇을 얻었는가. 그렇게 생각하면 미노루는 실망하지 않을 수 없었다.

8월 중반을 지나고 나서였다. 어느 아침, 그날의 신문에 우연히 미노루의 인상에 남은 기사가 있었다.

미노루는 요시오가 출근하고 난 뒤, 현관문을 잠그고 밖으로 나왔다. 그리고 대로 쪽으로 가서 에도가와 행 전차를 탔다.

색이 바랜 아카시明石산 단의*를 입고, 거기에 색이 바랜 남보랏빛 양산을 쓴 미노루는, 시간이 조금 흐르자 폭염의 태양빛이 강렬하게 비추어 일대가 바래서 희뿌옇게 보이는 우시고메의 어느 작은 마을의 좁은 골목길을 헤매고 있었다. 쫙 깔려 있는 작은 자갈이 양쪽으로 갈라져 있고 미노루는 걷기 힘들어 참을 수 없었다. 그럴 때마다 심장이 떨리고 땀이 겨드랑이 밑으로 흥건했다. 지면에서 옷자락 속으로 스며드는 무더운 열기와 머리 위에서 따갑게 내리쬐는 햇볕의 염열이 미노루의 연한 피부를 따끔따끔 자극했다. 미노루의 얼굴은 타는 듯이 새빨개져 있었다.

---

* 단의(単衣) : 안감이 없는 일본 옷. 6월부터 9월까지 입는다는 관례가 있다.

미노루는 다리 모퉁이에 있는 파출소에서 '청월淸月'이라는 곳에 대해 묻고, 그곳에서 에도가와江戶川 언저리 쪽으로 돌아갔다. '청월'은 그 길의 오른쪽에 있었다. 원래는 하타모토* 저택 구조로 되어 있는 오래된 집이었다. 미노루는 그 시키다이** 에 서서 응대하러 나온 가정부에게 고야마라는 사람이 계시느냐고 물었다.

미노루는 바로 안으로 안내되었다. 미노루는 텅 빈 넓은 객실에서 정원 쪽을 뒤로 하고 이제부터 만나려고 하는 사람이 나오기를 기다리고 있었다. 문이 모두 활짝 열려 있는데도 바람이 거의 통하지 않았다. 그래서 대낮의 열기에 모든 것이 가만히 참으며 숨죽이고 있는 듯한 조용함과 무더움이 빨갛게 된 다다미 구석구석에 배어 있었다. 미노루는 손수건으로 얼굴의 땀을 닦으면서 부지런히 부채질을 하고 있었다.

몸집이 작은 남자가 담배합을 손에 들고 안채에서 나와 미노루 앞에 앉았다. 눈동자가 검고 속눈썹이 긴 눈이 낮잠이라도 잔 것처럼 퉁퉁 부어있었다. 오사카 출신으로 보이는 이 남자는 말을 할 때 입가에 침을 모으는 버릇이 있었다. 웃으면 여자다운 애교가 작은 얼굴에 가득 넘쳤다.

고야마小山는 미노루의 이름은 몰랐지만 요시오의 이름은 알고

---

* 하타모토(旗本) : 에도 시대에 쇼군(將軍) 직속으로서 만 석 이하의 녹봉을 받던 무사.
** 시키다이(式臺) : 일본식 주택 현관입구의 한 단 낮은 마루(주인이 손님을 맞이하고 보내는 곳).

있었다. 손에 들고 있는 미노루의 명함을 만지작거리며, 고야마는 미노루와 이야기를 했다.

고야마는 자신들이 만들고 있는 극단에 대해서 말하기 시작했다. 그리고서 일전에 있었던 한 번의 흥행은 어떤 흥행사에 의해 만들어졌기 때문에 세간으로부터 재미없다는 오해를 받기도 했지만, 이번 두 번째에는 사카이酒井와 유키다行田라는 사람의 조력 하에 극히 예술적으로 만들 것이라고 장황하게 설명했다. 그래서 여배우는 품행이 방정하고 신분이 낮지 않은 사람들만을 뽑을 생각이라고 말했다. 매끄러운 오사카 말투가 더운 공기 속에 탁한 목소리로 졸려하는 분위기를 물씬 풍겼다.

고야마는 대화하는 동안, 조금은 말의 뜻을 이해하는 여자라는 듯한 얼굴로 미노루의 말에 장단을 맞추며 자신의 이야기를 진행시켜 나갔다.

"그러한 열정이시라면 한번 사카이 선생과 유키다 선생하고 충분히 의논하여 대답을 드리겠어요. 아마 괜찮을 거라고 생각합니다만, 저 혼자만의 생각으로는 결정하기 어려워서 나중에 연락을 드리도록 하겠습니다."

미노루는 그렇게 고야마小山에게 작별을 고하고 밖으로 나왔다.

아무도 없는 집 처마 밑에 축제의 제등 한 개가 더운 그늘에서 벗어나 흔들리고 있는 것을 지켜보면서, 간신히 집으로 들어갔을 때는 이미 정원 위에도 절반 정도 그늘이 생겨 있었다. 미노루는 땀에 밴 기모노도 벗지 않고서 활짝 열어젖힌 객실 한가운데에 앉아서 무언가 생각하고 있었다.

밤이 되어 미노루는 요시오와 제례가 있는 신사로 참배하러 나갔다. 묘지 옆쪽으로 나 있는 뒷길에는 빨간 제등불이 군데군데 있어, 바깥세상의 흥청거림을 조금 흉내 낸 듯한 색을 띠며 공간 속에 아련히 스며들고 있었다. 그 빛의 그림자에 하얀 유카타를 입은 여인이 요염하게 소맷자락의 나부낌을 보이며 서 있었다. 길거리로 나오니 언제나 쓸쓸했던 변두리 마을은 야시장의 등불과 인파의 옷자락으로 붐벼 눈부신 새로운 세계가 움직이고 있었다.

두 사람은 사람들에 의해 떠밀리면서 신사 안으로 들어갔다. 빨간 공기그릇을 산에 쌓아 올린 단팥죽 노점상 앞에 있다가 옆으로 들어가니, 40세 정도의 얼굴색이 검은 여인이 팔을 걷어붙이고 큰 소리로 사람을 부르며 가설 흥행장 앞으로 나왔다. 휘장이 드리워지거나 올라가거나 할 때 안을 들여다보자 가타기누* 를 입은 젊은 여자가 둘이서 죠루리** 라도 하고 있는 듯한 모습의 상반신이 보였다. 그 한쪽의 여자들은 매우 아름다웠다. 조금 어두운 가설극장 안에서 때때로 군중 속으로 던지는 한 여자의 시선과 함께, 눈동자의 흐름과 같이 자연스럽고 풍부한 표정이 움직이고 있었다.

---

* 가타기누(肩衣) : 옛날에 서민이 입었던 상의(기장이 짧고 소매가 없었음).

** 죠루리(淨留璃) : 샤미센 반주에 맞추어 특수한 억양과 가락을 붙여 엮어 나가는 이야기의 일종.

윤기도 없는 호분*처럼 새하얗게 바른 가루분이, 화려한 유젠 기모노의 가슴 언저리에 짙은 색채를 조화시켜, 한층 더 여자를 예쁘게 보이게 했다. 코가 아주 높고, 입매는 아주 작았다.

"어머, 예쁜 여자군요."

미노루는 요시오의 소매를 잡아 당겼다.

"저것이 로쿠로쿠비**야."

요시오도 웃으면서 들여다보고 있었다.

위 간판에는 가타기누를 입은 여자의 몸에서 꿈틀꿈틀 빠져나온 시마다***머리 모양을 한 여자가 고개를 내밀고 군중들을 내려다보고 있는 듯한 그림이 그려져 있었다. 요시오는 그런 저속한 여자 연예인의 분 냄새를 좋아했다. 요시오는 그 여자의 눈이 마음에 든다고 생각하며 다시 걷기 시작했다.

두 사람은 미카와시마 쪽이 멀리 바라보이는 벼랑 근처의 간이음식점 앞으로 돌아왔다. 갈대발을 둘러친 집마다 붉은 색의 둥글고 작은 제등이 달려 있고, 사이다병의 유리와 각얼음 위에 등불의 색이 투영되어 있었다. 그곳에서 군밤을 산 요시오는 그것을 먹으면서 낭떠러지 내리막길에 서서 바다처럼 컴컴한 미카와시마를

---

* 호분(胡粉) : 조가비를 태워서 만든 흰 가루. 안료·도료 따위로 쓰임. 백분(白粉).

** 로쿠로쿠비(轆轤首) : 목이 몹시 길고 신축이 자유로운 괴물. 또는 요금을 받고 보여주는 그런 구경거리.

*** 시마다(島田) : 일본 여성의 전통 머리 모양의 대표적인 것. 주로 미혼 여성이 틂.

물끄러미 보고 있었다. 제례의 경내로 들어오는 사람들이 끊임없이 밑쪽에서부터 올라와 두 사람이 서 있는 앞을 지나갔다.

"당신에게 상담할 게 있어요."

미노루는 말하면서, 경내의 혼잡을 피해 언덕에서 아래로 내려가려고 했다.

"뭔데?"

"한 번 더 연극을 하려고 해요."

"당신이? 허참."

두 사람은 언덕을 내려와 건널목을 건너 닛뽀리日暮里 쪽으로 걸어 나왔다. 미노루는 걸으면서 사카이나 유키다가 하려고 하는 신극단으로 들어갈 생각이라고 말했다. 유키다는 요시오가 알고 있는 사람이었다. 이제 막 외국에서 돌아온 신인 각본가였다. 그 사람이 쓴 한 막의 각본을 공연하기로 정해졌지만 어려운 여주인공을 연기할 여배우가 없어서 곤란해 하고 있다는, 낮에 고야마의 말에 미노루는 희망을 걸고 있었다. 하지만 거기까지는 말하지 않은 채 무대로 나가도 좋은지 어떨지를 요시오에게 물어보았다. 요시오는 잠자코 군밤을 먹으며 걷고 있었다.

요시오는 결혼하기 전에 미노루가 여배우가 된다며 떠들었던 것을 기억하고 있었다. 하지만 어떤 재능이 이 여자에게 있는지는 몰랐다. 그 무렵 미노루가 어느 극단으로 들어가 어떤 것을 연기했을 때 조금도 소문이 나지 않았던 것을 생각해봐도 무대 위의 기교는 그다지 없을 것이라고 여겨졌다. 게다가 미노루의 용모로는 무대에 나가도 돋보일 리가 없다고 생각했다. 외국의 아름다운 여배우를 늘 보아왔던 요시오는 평범한 보통 사람들보다도 이목구비가 뛰어 나지 않은 미노루가 무대에 선다는 것만으로도 두렵고 무모하다고밖에 생각되지 않았다.

"이제 와서 왜 그런 일을 생각한 거야."

요시오는 군밤을 깨물며 이렇게 물었다.

"전부터 생각하고 있었어요. 단지 좋은 기회가 없어서 참고 있었어요."

요시오는 무대 위의 미노루를 의심하며 좀처럼 그 일을 승낙해 주지 않았다.

"왜 할 수 없는 거예요?"

미노루는 이미 덤벼들 태세가 되어 있었다.

요시오는 툇마루 쪽에 배를 깔고 누워 담배를 피우고 있었다. 미노루는 그 앞에 털썩 하고 앉아서 우유부단한 요시오의 모습을 쳐다보고 있었다.

"그렇게 여유를 가질 만한 생활이 아니니까."

요시오는 그렇게 말하며 생각하고 있었다. 미노루가 연극에 재능이 있어서 그걸로 많은 보수를 벌 수 있는 직업이라면 좋겠지만 결과가 어떨지 확실하지도 않는 불안한 곳으로 발을 들여 놓고 어느 쪽으로든 결말이 날지 모른다고 생각하니 요시오에게는 도리어 부담이 되었다. 게다가 자신이 매일 나가고 있는 작은 회사의 그렇게 사이가 좋지도 않은 동료들에게 무대 위에서 아름답지 않은데다가 기예도 서투른 아내를 보인다는 것은 요시오에게 있어서 굴욕이었다. 미노루가 그런 일을 생각하고 있을 시간에 항상 수입이 들어오는 직업을 찾아서 자기에게 도움을 주는 쪽이 만족스러울 거라 생각했다.

생활 사정은 생각하지도 않고, 이렇게 예술을 즐기려는 여자의 마음이 또 예전같이 미워지기 시작했다.

"당신은 잠자코 집필 하면 되잖아."

"무엇을 쓸까요."

"글을 쓸 만한 일을 찾는 거야."

"문예 쪽은 제가 아무리 생각해봐도 세상에서 인정해주질 않잖아요. 이번에는 좋은 기회니까 한 번 더 연기 쪽으로 나갈 거예요. 저는 자신이 있는걸요. 게다가 사카이 씨나 유키다 씨가 무대 매니저라면 분명 할 수 있어요."

미노루는 눈을 반짝거리며 이렇게 말했다. 미노루는 사실 글 쓰는 일에 스스로도 정나미가 떨어지고 있었다. 그것은 요전번의 일로 스스로 느낀 것이었다. 펜 위로 새로운 생명을 계속해서 다루고 있다고 자부하고 있던 미노루는, 일전에 글을 쓰면서 그러한 것이 조금도 나타나지 않았던 일을 돌이켜보며 스스로도 실망하고 있었다. 하지만 요시오에게는 그렇게는 말하지 않았다. 왜냐하면 그때 미노루는 요시오에게 자신의 소중한 글을 그런 모험적인 일에 사용하지 않겠다고 큰 소리로 비난을 했었다. 그런 말을 한 이상, 미노루는 이런 뻔뻔스러운 말을 요시오 앞에서 할 수 없었다.

스스로도 글을 쓸 생각을 접어둔 이상, 한 번 더 무대 쪽에서 일해보고 싶었다. 신문에서 본 신극단 여배우 모집 기사는 이런 미노루에게 좋은 기회였던 것이다.

"나는 당신이 글을 쓸 수 있는 사람이라고 생각하고 있어. 그러니까 그쪽 방면으로 생활에 도움을 주면 좋잖아. 그런데 무대에 서고 싶다고 해도 당신 나이로는 이미 늦지 않았어?"

"예술에 나이가 있어요?"

"그건 예술인이 흔히 말하는 거고. 당신은 이제부터 하는 거니까 다를 수밖에."

"그런건 지나친 걱정이에요. 저는 제대로 할 테니까. 당신을 위한 예술이 아니면, 당신을 위한 일도 아닐 테니까. 저의 예술이니까요. 제가 할 일이니까요. 그런 일로 당신이 저를 저지할 권리가 어디에 있어요? 당신이 하지 말라고 해도 저는 하고 말 거예요."

이렇게 단언하자 미노루의 가슴에는 오래간만의 욕망의 불꽃이 확 불타올랐다. 그래서 자신을 깔보는 이 남자를 어떻게든 무대에서 기교로 굴복시키지 않으면 안 된다고 생각했다.

"그럴 준비금은 어디에서 구할 거야?"

"제가 빌릴 거예요."

10

고야마로부터 미노루를 입단시키겠다는 소식의 엽서가 오고 나서 머지않아 대본 연습 날의 통지가 있었다.

미노루 앞에 이렇게 매일 새로운 일이 진척되어 가는 것을 보고 있자니 요시오는 기분이 영 좋지 않았다. 태연한 얼굴로 어딘가 먼 곳의 희망을 눈을 크게 뜨고 응시하고 있는 듯한 미노루의 모습을, 요시오는 곁에서 보고 있기가 힘든 날이 있었다.

"무대 위에서 서투르고 꼴불견이면 나는 이제 다시는 회사에 나가지 않을 거야. 당신이 하는 행동 하나로 모든 걸 잃어버릴 수 있으니 그럴 각오로 해."

그런 말을 듣자 미노루는 요시오가 자신의 세계에 대한 허영심을 확실히 보여주는 듯해서 불쾌한 기분이 들었다. 어째서 이 남자는 이렇게도 진심이 없는 것일까라고 생각했다. 조금도 자신의 예술에 대한 열정을 함께하고 이해해줄 줄 모른다고 생각하니 화가 났다. 그래서 그 작고 깊이 없는 남자의 얼굴을 일부러 냉담하게 응시했다.

"그럼 헤어지면 되잖아요. 그렇게 하면 당신이 저 때문에 창피를 당하지 않아도 되니까."

이런 말이 이번에는 여자 쪽에서 나왔지만 지금의 요시오에게는 그럴 정도의 배짱은 없었다. 여자가 화려한 무대에 오르는 것을 계기로 여자에 대한 어떤 천박한 흥미를 유지하려는 생각이 들었다.

"당신에게 그 정도의 자신이 있다면 좋아."

요시오는 이렇게 말하고 입을 다물었다.

청월에서 미노루는 사카이와 유키다를 만났다. 둘 다 미노루와 면식이 있는 사람이었다. 사카이라는 사람은 어떤 박사 밑에서 일하고 있는 사람이었다. 한편으로는 지금부터라도 이상적인 연극을 활성화시키기 위해 많은 학생을 양성하는 활동을 하는 사람이었다. 미노루는 사카이의 햄릿을 보고 그 새로운 기교에 도취된 적이 있었다. 눈과 코 주변이 서양인 같은 용모를 지니고 있었지만 키가 작은 사람이었다. 유키다는 유난히 키가 큰 사람이었다. 언제나 눈 속에 어떤 사상을 담고 있는 듯한 표정을 짓고 있었다. 웃을 때도 머릿속에서부터 웃고 있는 듯한 모습이 있었다.

예리하고 단정한 사카이와 묵묵하게 겸손할 줄 아는 유키다는 언제나 둘이서 무릎을 가지런히 모으고 연습실 한쪽 구석에 나란히 앉아 있었다.

그 사이를 항상 고야마는 속눈썹이 긴 애교 많은 눈을 구석에서 구석으로 움직였다. 그리고 종종걸음으로 움직이는 작은 몸은 언제나 활기에 차 있었다.

미노루 이외에 여배우가 2, 3명 더 있었다. 모두 젊고 예뻤다. 하야코早子는 얼굴은 말랐지만, 눈을 감으면 인상이 강해서 어두운 그늘이 감돌았다. 입담이 좋은 여자였다. 그리고 쓰야코艶子라는 여자가 있었다. 그녀의 얼굴 윤곽은 사다얏코*를 닮은 고상한 아름다움을 지니고 있었다. 그런 가운데서 미노루는 역시 유키다가 만든 희곡의 여주인공을 하기로 정해져 있었다.

여주인공은 음악가인 노처녀였다.

불륜이라는 것을 알고 있었지만, 지금까지 차갑게 자신을 둘러싸고 있던 예술적 경계에서 벗어나 자신의 연인과 따뜻한 가정을 꾸미려고 한다. 그때 그 연인의 부인이었던 여자로부터 둘의 가정생활에 대해 듣고 반쯤은 질투심이 섞여, 다시 쓸쓸하게 이전에 몸담았던 예술의 세계에서 혼자 살아가려고 결심한다는 내용이다.

다른 배우들은 누구나 그 각본을 비웃고 있었다. 다른 배우라고 하는 것은 아마추어 배우로, 삼류 정도인 곳에서 역량이 있는 자들을 선별하여 온 무리였다. 그중에서 이 각본에 나오는 인물로 분장하게 된 남자가 둘 정도 있었다. 그러나 이해하기 어려운 단어들이 연이어 나오기 때문에 난처해서 웃고 있었다.

요시오의 동의를 얻어 연습하러 다니게 되었을 때는 벌써 차가운 비가 연일 내리는 으스스한 초가을이었다. 술에 취한 채 비가 들이치는 청월의 툇마루 아래에 서서 단의 하나만 입은 배우들이

---

* 사다얏코(貞奴) : 본명은 가와카미 사다얏코(1871년 7월 8일~1946년 12월 7일) 도쿄 출생. 기예가 뛰어나고 재색을 겸비한 일본 제일의 기생.

가을의 추위를 푸념하기도 했다. 아침 일찍 청월에 가서 미노루가 혼자서 대사를 외우고 있을 때 젖은 외투를 입은 사카이가 옷깃에 썰렁한 바람을 일으키며 들어온 적도 있었다. 서로 인사할 때도 차가운 공기로 인해 입김이 서리는 아침이 많아졌다.

유키다도 사카이도 항상 아침 일찍 정해진 시간까지는 나왔다. 그래서 게으른 배우들이 어슬렁어슬렁 모일 때까지 두 사람은 무의미한 시간을 보내는 것이 일상이었다. 예술적인 기분에 긴장하고 있는 두 사람과 유랑 연예인과 같이 거칠고 개성이 강한 배우들과의 사이는 항상 분잡했다. 사카이는 불같이 화를 내며 예능인의 근성 있는 주장에도 굽히지 않는 배우들을 직선적으로 책망하기도 했다. 사카이가 번역한 '피네로'의 희극은 전부 이 개성이 강한 배우들에 의해 연기될 예정이었다. 그 연습이 전혀 진척되지 않는다고 하면서 사카이는

'조금도 예술작품이 되고 있지 않아, 이렇게 저마다 제각각이면 곤란해.'

라며 혼자서 움츠리고 있었다.

하지만 연극으로 생계를 이어가는 배우들은 사카이가 일일이 대사까지 참견하는 것에 확실히 반감을 갖고 있었다. 배우들은 가슴팍에 손을 넣고 침묵으로 반항하며 사카이의 잔소리에 기분 나쁜 얼굴을 하고 있는 일이 많았다.

"처음부터 한 약속이니까 조금 마음에 들지 않는 일이 있어도

단결해 나가지 않으면 곤란합니다. 어때요, 여러분. 이제 시간도 얼마 안 남았으니까 각자 열심히 대사를 외울 수밖에 없지 않겠습니까."

사카이의 곁에 앉은 고야마가 이런 말을 하고 입가에 주름을 지으면서 건너편에 모여 있는 배우들을 바라보고 있는 일도 있었다.

그중에서 여배우들은 모두 평판이 좋았다. 모두가 무대 감독이 하는 말을 잘 듣고 연습에 힘을 쏟고 있었다.

"이렇게 여배우가 비중 있는 역할을 하는 것은 이번이 처음이니까 큰 맘 먹고 훌륭한 연극을 보여주고 싶어요. 여배우의 재능에 따라 이 신극단의 운명이 정해진다고 생각하니까 아주 잘하고 싶어요. 이번 홍행으로 여배우도 무시할 수 없다는 것을 세상에 보여주고도 싶고."

사카이는 이렇게 말하고 여배우들을 능숙하게 치켜세웠다.

그런 가운데 미노루에게는 으레 나쁜 버릇이 벌써 시작되었다. 자신이 배우 집단에게 동요되지 않는다는 것이 미노루를 연극에 대한 집착에서 완전히 멀어지게 하는 것이었다. 미노루는 연극을 하는 것에 벌써 싫증이 나 있었다. 그리고 언제나 이 배우들의 저질스러운 취미들 중 자신의 수준을 쉽게 낮추며 그들과 뒤섞이려고 하는 노력 때문에 점점 피곤해졌다. 청월에 있는 동안의 자신을 되돌아보면 교육을 받지 못해 품행이 단정하지 못한 여자가 으 모습이 거기에 있다.

또 한 가지 마음에 들지 않는 일이 있었다.

미노루가 맡은 역의 조연을 맡은 루쿠코錄子라는 여배우가 있었다. 미노루보다도 연상으로 옛 배우 출신이었다. 눈이 크고 코가 높은 연예인 얼굴형의 아름다운 여자였다. 미노루는 이 루쿠코와 함께 있는 동안, 시종 그 여자의 극히 세상살이에 익숙하고 교활한 마음이 묘하게 자신의 감정을 억누르는 듯하여 괴로웠던 적이 있었다.

루쿠코는 여배우이기도 하고 예기芸妓이기도 했다. 험한 세상을 살아온 그녀이기에 아무에게나 마음속의 칼을 휘둘러 상대방을 위압하는 듯한 태도를 보였다. 미노루는 서서히 루쿠코를 두려워하게 되었다. 그래서 조역의 루쿠코가 미노루의 연기에 거침없이 주문을 할 때 미노루는 자신의 예술의 권위를 느끼면서도 루쿠코를 향해서는 말로 응대할 수 없었다.

미노루는 초등학교를 다닐 때부터 학년이 바뀌어도 자신을 학대하는 학생이 같은 학년에 꼭 한두 명 있었다. 미노루는 매일 아침 무언가를 들고 가서 그 학생에게 주고는 아부를 하기도 하였다. 그래서 학교 가는 게 싫어 견딜 수 없는 시기가 있었다. 마침 이번 루쿠코에 대한 일이 그때와 매우 닮은 느낌이었다.

루쿠코는 여주인공 애인의 부인 역을 맡게 되었다. 유키다도 사카이도 "그렇게 해서는 곤란하다"며 오랫동안 연극에 익숙해있던 루쿠코의 습관 때문에 힘들어했지만 정작 본인은 그런 일에는 태연했다. 그러나 연극을 하는 것에 대해서는 최선을 다했다. 드디어 미노루는 이 루쿠코에게 지고 말았다. 그래서 그 역을 맡지 않겠다고 유키다에게 말했다. 미노루는 그때 울고 있었다.

"그렇게 감상적이어서는 곤란해요. 지금 당신이 그만 두면 곤란하죠."

입이 무거운 유키다는 그 말을 반복하면서 사카이를 데리고 왔다. 사카이는 기둥에 기대어 선 채

"지금 당신이 그런 말을 하면 연극을 할 수 없게 되니까 부디 참아주길 바래요. 당신의 기예는 우리가 늘 칭찬하고 있으니까 우릴 위해서라고 생각하고 부디 힘내세요. 저희 쪽 학교에서 지금 '헤다'를 연기하고 있는 여자 학생이 있습니다만 거기서도 당신의 이번 연기에 대해 이야기를 하고 있을 정도입니다. 부디 그런 생각을 바꿔주길 바랍니다."

사카이는 진심으로 미노루를 달랬다.

하지만 어떤 말을 해도 미노루는 마음에 들지 않았다. 이 극단의 권위를 인정할 수 없게 됨과 동시에 자신이 갖고 있던 최고의 예술적인 느낌을 이런 곳에서 구겨버리는 것은 아무래도 싫었다. 그리고 이런 거만한 생각이 끝까지 사라지지 않아서 누구의 말에도 따르고 싶지 않았다. 내일부터 연습에 안 나올 결심으로 미노루는 돌아와 버렸다.

하지만 미노루의 눈앞에는 바로 요시오라는 버팀목이 있었다.

이 이야기를 하면 요시오는 분명 자신을 향해서 말만 잘하고 아무 것도 할 수 없는 무능력한 여자라는 비판을 훨씬 더 강하게 하며 자신을 깔볼 것임에 틀림없다고 미노루는 생각했다. 그래도 역시 요시오에게 이 사실을 말할 수밖에 없었다.

"그만두는 편이 좋겠지."

요시오는 간단히 그렇게 말했다. 그렇게 미노루가 상상한대로 요시오는 미노루에 대해 생각하고 있었다.

"나는 이제 어느 곳으로도 갈 곳이 없어져 버렸다."

미노루는 그렇게 말하며 고개를 들고 쓸쓸한 얼굴을 했다.

11

미노루의 행동은 다른 사람 입장에서 보면 곤란하고 난처한 일 뿐이었다. 결국은 의욕적으로 해야만 했다.

처음에 요시오는 미노루에게 이렇게 말했다.

"자기가 스스로 가입해 놓고 멋대로 그만두다니 그건 도리가 아니야. 당신이 아무래도 싫다고 하면 내가 당신의 출근을 제지하는 걸로 하지."

요시오는 그렇게 극단 사무소로 거절의 뜻을 전했다. 극단의 이

사理事와 유키다는 오히려 요시오에게 미노루의 출근을 부탁했다.

극단 쪽에서 미노루를 대신할 여배우를 찾아내는 것은 대수롭지 않는 일이지만, 이렇게 어려운 역을 연습할 수 있는 시간적 여유가 없었다.

첫 상연 날은 벌써 다가왔다.

경영상의 손실을 생각하면 고야마는 어떻게든 미노루를 출근시켜야 했다

유키다도 요시오에게 긴 편지를 보냈다.

"꼴사나우니까 적당히 하는 편이 좋겠어. 나도 귀찮으니까."

요시오는 그렇게 말하며 항상 살아있는 것을 반쯤 죽여 그대로 두는 듯한 미노루의 유들유들한 점을 싫어했다. 그런 여자로부터 멀어지고 싶은 마음이 이때도 뇌리에 스쳐지나갔다.

2, 3일 지나서 미노루는 다시 청월로 출근했다.

연극에 있어서 미노루의 평판은 그다지 나쁘지 않았다. 누구나 이 새로운 기예를 칭찬했다. 하지만 동시에 누가 보아도 미노루의 용모는 연예인이 될 자격이 없다는 것도 확실했다.

하지만 단지 예술본위의 극평은 미노루의 연기를 비로소 여배우의 생명을 개척한 것이라고 호평한 것도 있었다. 그러나 단지 연극이라는 면에 초점을 맞춘 극평은 미노루를 나쁘게 평했다. 그 태도가 역시 천한 여자 같다고 헐뜯는 이도 있었다. 미노루의 외모는

정말로 보기 흉했다. 애써 봐줄 수 있는 곳은 눈 밖에 없었다. 다른 데는 평범한 여자의 용모도 따라가지 못할 정도였다.

미노루는 자신의 용모가 보기 흉하다는 것을 잘 알고 있었다. 하지만 굴하지 않고 무대로 올라가고 싶은 것은 오직 예술에 대한 열정 때문이었다. 불처럼 타오르는 열정이 미노루를 담대하게 이끌어가는 것이었다. 그렇지만 무대에 서는 여배우는 사실 웬만큼은 아름다워야 했다.

여자는 자신에게 뛰어난 예술적인 힘이 있어도 꽃과 같은 용모가 따라 주지 않으면 매력의 균형이 유지될 수 없었다. 미노루의 무대는 다른 한쪽에서는 날아온 진흙덩이에 맞은 것 같은 비난을 받았던 것이다. 미노루는 거기에도 실망의 늪이 가로 놓여있는 것을 확실히 보았다.

어느 날 미노루는 연극이 끝나고 나서 우산을 들고 비가 그친 연못의 가장자리를 걸었다. 오늘밤도 관람실에서 미노루의 무대를 지켜보았던 요시오가 곁에 있었다.

미노루는 이때처럼 요시오가 가엾게 느껴본 적은 없었다. 요시오는 연극이 시작되고부터 매일 저녁 연극을 보러 왔다. 그리고 그 작은 눈으로 다른 비평을 한 마디도 놓치지 않으려고 항상 불안해했다. 요시오의 친구도 많이 보러 왔다.

그 많은 사람 앞에서 무대에 서 있는 못생긴 부인을 보면서 아무렇지 않은 얼굴을 해야 한다는 것이 이 남자에게는 굉장한 고통이었다.

기예는 서투르더라도 무대 위에서 사람들을 놀라게 할 정도의 미모를 갖춘 여자가 이 남자의 이상형이었다. 요시오는 그 때문에 매일 나가는 어떤 모임의 장소에서도 끊임없이 쓴웃음을 띄워야 하는 고초를 겪어야 했다.

요시오도 지쳐있었다. 두 사람의 신경은 어떤 슬픔에 당면하여 그 슬픔을 조소하며 서로 뿌리치려고 하는 흥분을 갖고 있었다.

"오늘밤은 어땠어? 조금은 괜찮았어요?"

"오늘밤은 굉장히 좋았어."

두 사람은 이렇게 서로 한마디씩 한 채 걸어갔다. 매일 저녁 무대 위에서 생명의 피를 한 방울까지 쥐어짜고 있는 것처럼 미노루는 기예에 대한 집착을 보였다. 그런 피로감이 이렇게 걷고 있는 미노루를 서글픈 머나먼 곳으로 휘몰아치듯 끌어당기고 있었다. 그 아름다운 동경의 고민을 통해서 비웃음 소리가 송곳처럼 미노루의 불타는 감정을 깊숙이 찔렀다. 연못 가장자리의 불빛을 바라보면서 가는 미노루의 눈은 어느새 눈물이 어리어 있었다.

"당신은 연극 쪽으로 아주 기량을 갖고 있어. 나도 이번에 정말로 감동했어. 하지만 얼굴이 따라 주지 않으면 몇 배나 손해를 보는 거야. 당신은 외모 때문에 큰 손해를 보고 있어."

요시오는 차근차근 그렇게 말했다. 요시오는 자신의 아내를 앞에 두고 그 얼굴을 비판하는 듯한 기회가 주어진 것을 싫어했다.

동시에 미노루가 그 모든 것을 대중에게 폭로하는 기회를 마련한 것에 대해 불안을 느꼈다.

"그만두면 좋을 텐데."

요시오는 이런 말을 되풀이하지 않을 수 없었다.

12

불과 며칠 사이에 연극은 끝나버렸다. 미노루가 경대를 차에 싣고 집으로 돌아온 날 밤은 비가 내리고 있었다. 동석한 배우들이 헤어지는 마지막 밤에 모두다 오랫동안 슬퍼했다.

남자 배우들은 분장실에서 사용한 여러 가지 도구를 보자기에 싸거나 가방에 넣었다. 그리고 그것을 한쪽 손에 들고, 모자 차양에 다른 한 손을 대면서 서로 인사를 했다. 이 극단이 해산한다면 또 어느 장소로 벌이를 하러 갈지 모른다는 방랑의 설움을 각자의 창백한 볼에 띠고 있었다.

기반이 단단하지 않은 이 극단은 이제 모두가 소멸되어 버릴 운명을 갖고 있다. 무엇인가 기회를 잡기 위해 모인 배우들은 이렇게 헤어지면 역시 당장 내일부터 생활을 걱정해야만 했다. 차위에서 미노루는 그렇게 헤어져 가버린 배우들의 뒷모습을 바라보았다.

연극을 하는 동안 미노루와 가장 친한 여배우는 하야코였다. 신
파 끝부분에 여자 역을 맡고 있는 귀여운 여자였다. 하야코의 남편
은 미노루와 같이 있는 곳으로 자주 하야코를 만나러 왔다. 하야코
는 병이 있었다. 어젯밤 피를 토하면 다음날은 곁에서 보아도 몸의
기운이 거의 소진된 것 같은 생각이 들 정도로 힘이 없어 보였다.

매일 싸움만 한다고 했지만, 남편은 와서 가발을 고쳐주거나
분장한 얼굴을 고쳐주거나 했다. 이번 급료 문제로 하야코는 자주
고야마와 말썽이 있기도 했다. 미노루는 하야코를 잊을 수 없었다.
헤어질 때 놀러 오겠다고 했던 하야코는 며칠이 지나도 미노루 집
으로 오지 않았다.

다시 작고 긴 화로 앞에 마주 앉아 각자의 마음속 깊이에 있는
모습을 바라보는 날로 되돌아왔다.

어느 샌가 가을이 깊어져 툇마루에 비치는 햇빛의 색깔이 옅게
바래져 있었다. 그리고 가을의 외로움은 사람의 앞머리를 스치는
바람 속에서만 느낄 수 있듯이 야나카* 의 숲은 언제나 은자隱者와
같이 조용히 몸을 감추고 있었다. 숲은 어디서부턴지 모르게 눈에
보이지 않을 정도로 곁에서부터 파란색이 차례로 사라지고 있었다.

---

* 야나카(谷中) : 도쿄에 있는 지명.

두 사람의 생계는 점점 힘들어졌다. 추워지고 나서 입을 옷에 대해선 대책이 서지 않았다. 집을 유지하고 있는 것은 두 사람의 애정이 깔려있었기 때문에 빈약한 가재도구에도 별반 외로움을 느끼지 않았지만, 각자 다른 곳에 마음을 두고 자신들을 완전히 주시하고 있는 것 같은 요즈음에 와서는 추워진 이 공허한 객실 안은 서로의 마음을 한층 모호하게 할 뿐이었다.

그것을 싫어하는 미노루는 스스로 책 같은 것을 팔아서 그 돈으로 비싼 서양 꽃을 사와 여기저기 꽂아 놓기도 했다. 그런 미노루의 경제적이지 못한 모습에 요즘 요시오는 결코 잠자코 있을 수 없었다. 마치 애인과 함께 즐기면서 살고 있는 듯한 이 생활을 어떻게든 큰맘 먹고 끝내지 않으면 안 된다고 생각했다.

70세가 넘었지만 용돈을 벌기 위해 아직 동장洞長 일을 하고 있는 고향 아버지를 생각하면 요시오는 눈물이 났다. 단 한번도 요시오는 부친에게 용돈을 보낸 적이 없었다. 요시오도 고작 자신의 생활비 정도 밖에 벌이를 할 수 없었다. 언제까지나 이렇게 비참하고 궁핍한 생활을 해야 하는 이유는 단지 미노루의 방종함 때문이었다.

요시오는 또 이전에 술집 여자와 동거했을 때의 일이 떠올랐다. 그때는 지금 정도의 수입조차도 되지 않았지만 평범한 생활을 할 수 있었다. 요시오는 정말 거리낌 없이 제멋대로인 미노루를 미워했다. 이 여자와 헤어지기만 한다면 한번 잃었던 문학계의 일도 다시 얻을 수 있을 것 같은 느낌이 들었다.

미노루가 자신에게 달라붙어 있기 때문에 대담하게 세상을 저버릴 수 없다는 것이 자기에게 재난이 되고 있다고 생각하고 요시오는 이 여자를 내쫓고 따로 살아야한다고 심각하게 생각한 적이 있었다.

"뭔가 일을 찾아서 나를 도와줄 수 없겠어?"

요시오는 매일같이 그 말을 반복했다.

드디어 이 남자에게서 버려질 때가 왔다고 미노루는 의식하고 있었다.

10년 동안 미노루는 단지 어느 하나를 추구하기 위해서 동경해 왔다. 무엇인지 모르지만 자신의 눈앞에서부터 먼 하늘과의 사이에 하나의 빛나는 것이 있어 그 빛이 언제나 미노루의 마음을 조종하여 희망의 색이 길게 깔려있는 것처럼 보였다. 하지만 그 빛은 좀처럼 불꽃의 반짝임이 되어 미노루 위에 떨어지지 않았다.

미노루는 요시오 마음의 그림자를 통해서 자신에게만 심술궂은 인생을 찬찬히 바라보았다.

"무엇이든 큰맘 먹고 끝내자. 당신에게는 운이 없으니까. 그리고 당신은 너무 패기가 없어. 당신은 평범한 생활에 만족하며 살아갈 수밖에 없이 태어난 거야."

이렇게 말하는 요시오의 말을 미노루는 생각했다. 하지만 미노루는 역시 그 한 가닥의 빛을 언제까지나 쫓아가고 싶었다. 결국은 자신이 이루지 못하는 것이라고 정해져 있어도, 생애 그 한 가닥의 빛을 계속 쫓아가고 싶었다. 그래서 그것을 쫓아가고 있는 동안에 자신의 생의 의미를 생각해보고 싶었다.

어느 날 밤 두 사람은 도리노이치[*]에서 돌아와 헤어지는 것에 대해 서로 진지하게 이야기했다.

"우선 당신에게도 미안해. 내가 보통 남자들보다 잘 벌지 못하니까. 나는 확실히 당신 한 사람 부양할 힘이 없어. 그러니까 잠시 동안 떨어져 있는 거야. 그 대신에 당신을 풍족하게 해줄 수 있게 되면 함께 살아도 좋아."

이것이 헤어지자고 결정했을 때의 요시오의 말이었다.

'요시오와 헤어진다면 난 무엇을 해야 할까. 무엇을 하며 살아갈까.'

미노루는 바로 그런 생각이 들었다. 그리고 자신의 곁에서 갑자기 동반자를 잃은 것이 불안하여 견딜 수 없었다. 지금까지 오래 의지하고 있던 피부의 온기를 가진 기둥에서 미끄러져 멀어지는 것 같은 불안함이 미노루의 마음에 쉽게 받아들이지 않았다.

"메이와도 헤어지는 거네요.

미노루는 정원에서 놀고 있는 강아지를 보면서 이렇게 말했다. 이 강아지는 두 사람의 오랜 세월을 정서적으로 합쳐주는 깊은 인연도 갖고 있었다. 두 사람을 잘 위로해 준 것은 이 강아지였다. 미

---

[*] 도리노이치(酉の市) : 오토리 신사에서 매년 11월 유일(酉日)에 거행되는 축제.

노루는 예상하지 못하게 눈물이 흘렀다.

"당신과 헤어지는 것보다도 메이와 헤어지는 것이 더 슬퍼요. 이상해요."

미노루는 농담 같은 말을 건네고 나서는 계속 울고 있었다.

13

미노루는 일단 어머니 곁으로 돌아가기로 하고, 요시오는 있는 물건을 팔고 한동안 하숙생활을 하기로 했다.

이 상황에까지 끌고 와서는 갑자기 두 사람을 야유하는 듯, 운명의 손이 생각지도 못한 행운을 그들 머리 위에 떨어뜨렸다. 그것은 여름이 시작됐을 때 요시오가 무리하게 쓰게 한 미노루의 원고가 당선된 것이었다.

그것은 11월 중순쯤이었다. 바깥 날씨는 맑았다. 미노루가 아침에 부엌에서 일을 하고 있을 때 이 행복의 통지서를 가지고 온 사람이 있었다. 그 사람은 2층에서 미노루에게 이야기를 했다. 그 사람이 돌아가고 나서 미노루와 요시오는 객실 구석에서 잠시 얼굴을 맞대고 앉아 있었다.

"정말 당선된 것일까."

요시오는 힘없는 모습으로 말했다.

미노루의 손에 백 원짜리 지폐가 10장 쥐어진 것은 그리고 나서 5일도 지나지 않았을 때였다 . 암처럼 잠복해 있어 화근이 되었던 경제적 고통에서 두 사람은 비로소 벗어날 수 있었다.

"다 내 덕분이야. 그때 내가 얼마나 화가 났었는지 기억하고 있지? 당신이 끝내 말을 듣지 않았으면 이런 행복은 오지 않았을 거야."

요시오는 자신이 미노루에게 행복을 준 것처럼 말했다.

"누구 덕분도 아니에요."

미노루도 정말 그렇게 생각했다. 미노루는 어느 때 요시오가 자신에게 생활을 소중히 할 줄 모른다하며 화를 냈다. 미노루는 그 말을 들으면서까지 자신의 예술을 지켜야만 하는 것을 생각하면 슬퍼졌다. 글을 쓰기 시작했지만 한편으론 자신의 예술을 사랑하기 때문에 슬퍼서 울기도 했다. 그런 일에 자신의 글을 삭막하게 할 정도라면 금전적인 것을 해결하기 위해 다른 종류의 글을 써서 돈을 벌 생각까지도 했던 미노루였다.

하지만 요시오에게 채찍질 당해가면서 완성한 일이 그런 좋은 결과를 가져온 것을 생각하면 미노루는 요시오에게 감사하지 않을 수 없었다.

"정말 당신 덕분이에요."

미노루는 그렇게 말했다. 이 결과가 자신에게 하나의 새로운 길을 열어줄 계기가 될지도 모른다고 생각하며, 미노루는 다시 태어난 것 같은 기쁨을 느꼈다.

"이제 떨어져 있지 않아도 되겠지요."

"그런 게 아니야. 지금부터 당신도 나도 열심히 노력하는 거야."

심사위원 가운데는 무코지마에 살고 계시는 선생님도 들어 있었다. 그 선생님의 점수가 가장 낮았기 때문에 미노루가 떨어질 지경에 놓였던 것이었다. 요시오는 무코지마의 선생님을 아주 심하게 비난하기도 했다. 그리고 요시오는 오히려 그 선생님에게 버림받은 미노루를 위로했다.

이외에 두 사람의 심사위원이 더 있었다. 그 사람들은 미노루의 작품에 높은 점수를 주었다. 요시오는 이 사람들을 방문할 것을 미노루에게 권유했다.

한 사람은 현대소설의 대가였으나 지병을 앓고 있어 자택에 없었다. 다른 한 사람은 와세다 대학교의 강사로 현대 문단에 권위 있는 평론가였다. 미노루는 그 사람을 방문했다. 요시오는 미노루가 갈 때 이전에 써 놓은 단편을 그 사람에게 들고 가라고 시켰다. 그리고 그 사람이 지금 발행하고 있는 유명한 잡지에 게재할 수 있도록 부탁하는 편이 좋다고 했다.

미노루는 요시오가 시킨 대로 그 단편을 갖고 갔다. 지금까지의 미노루라면 이런 경우에는 적어도 자존심이 있어서, 초면인 사람에게 갑자기 자신의 작품을 들이대는 일은 하지 않았을 것이다. 하지만 미노루의 마음은 갑자기 마비되어 있었다.

미노루가 방문했을 때 마침 그 사람은 집에 있었다. 그 사람은 미노루를 만나주었다.

"그것은 확실히 예술품입니다. 좋은 작품이에요."

그 사람은 여윈 얼굴을 숙이며 팔짱을 끼고 그렇게 말했다. 미노루가 내민 단편 원고도 이 사람은 "보겠습니다"라며 받았다.

그 사람은 여자가 쓴 것은 쓸데없는 부분이 많아서 안 된다고 말했다. 주제에 맞게 풀어 나갈 줄 모른다고 말했다. 그것이 여성 작품의 결점이라고 했다. 미노루는 그 말을 되씹으면서 돌아왔다. 그리고 만나는 동안에 그 사람의 입에서 나온 많은 학술적인 단어들을 하나하나 언제까지고 곱씹었다.

14

"그 일은 조금도 권위가 없어요."

미노루는 바로 이런 것을 느끼기 시작했다. 한쪽 손에 쥐면 자투리도 보이지 않을 것 같은 백 원 지폐 열장쯤은 바로 없어져 버렸다. 하지만 그런 적은 돈만의 문제가 아니었다.

요시오에게 이끌려 강제로 한 일의 결과가 뜻밖에 이 가정에 행복을 가져왔지만 미노루의 일에는 조금도 권위는 없었다. 사회적인 권위가 없었다. 일에 있어 권위를 생각한다면 아직 주변의 비웃음을 받고 있는 연극 쪽에 더 뜨거운 피가 통하는 것 같은 느낌이 들었다.

미노루의 마음은 또 점점 후퇴되어 갔다. 요시오가 자못 행운의 손에 두 사람이 헹가래라도 치는 듯한 기쁨을 과시하는 것도 불만이었다. 두 사람의 머리에 갑자기 떨어진 것은 행운이 아닌, 오직 두 사람의 인연을 다시 한 번 더 이어나가게 하기 위한 신의 운명의 장난이었다. 두 사람의 생활은 이제 곧 지금처럼 반복하지 않으면 안 되게끔 정해져 있었다.

미노루는 분명히 "무언가 하지 않으면 안 된다"라고 말하는 것을 느꼈다. 한 번 더 처음부터 다시 시작해야 한다고 생각했다. 공간을 움직이는 자신의 힘을 좀 더 강하게 해야 한다고 생각했다. 미노루의 권위 없는 이 일은 어느 곳에서도 영향을 받지 않았다. 하지만 일단 방향을 바꿔 세상에 모습을 나타냈다고 하는 일이 처음으로 미노루의 마음을 세상 속으로 이끌어 격렬하게 동요시킨 효과가 있었던 것은 사실이었다.

그 후 미노루는 신경질적으로 공부를 시작했다. 지금까지 걸핏하면 졸렸던 눈이 뚜렷하게 떠졌다. 그와 동시에 요시오라는 사람은 마음으로부터 멀어져 갔다. 요시오를 상대하지 않을 때가 점점 많아졌다.

요시오가 무슨 말을 해도 미노루는 자신의 길을 향해가고 있을 때가 많아졌다. 미노루를 지배하는 것은 더 이상 요시오가 아니었다. 미노루는 처음으로 자신의 힘에 의해서 스스로를 제어할 수 있게 되었다. 요시오를 미워하는 미노루의 건방진 행동은 요즘 요시오에게는 보이지 않는 깊은 곳에 숨겨져 버렸다. 그 숨겨진 장소에서 미노루의 거만함은 한층 강하게 움직였다.

"내 덕분이야. 내가 무리하게 권유하지 않았으면."

이러한 요시오의 말을 요즈음 미노루는 심술궂은 미소로 응대하게 되었다. 요시오가 채찍질하여 미노루에게 시킨 일로 인해 돈으로 보답 받았다. 그것에 대한 남자의 의리는 없었다. 또 새롭게 스스로 자신의 길을 열어야 한다는 미노루의 새로운 노력에 대해서 남자는 이제 아무것도 줄 것이 없었다.

조금씩 요시오의 마음에 여자의 태도가 느껴졌다. 남자를 마음에서 떼어버리고 스스로 부지런히 단계를 올라가려고 하는 여자의 가려진 뒷모습을 때때로 바라보았다. 저 약한 여자가 이렇게 점점 강해져 간다. 배짱 있게 강해진 하나의 동기는 역시 발표된 일의 결과로밖에 생각되지 않았다. 이렇게 강한 자각을 일으켜준 것은 역시 자신이라고 생각했다.

하지만 요시오는 아무 말도 하지 않았다. 미노루를 위한 일은 무엇이든 미노루의 일이었다. 미노루의 예술은 어찌됐든 미노루의 예술이었다. 미노루는 자신의 능력을 스스로 발견하여 움직이기 시작한 것이다. 요시오는 거기에 참견할 수 없었다. 그렇게 생각했을 때 요시오는 이 여자로부터 한발 한발 멀어져가는 듯한 불안함이 느껴졌다.

어느 날 두 사람을 방문한 남자가 있었다. 요시오와 동향인 남자로 제국대학의 문과생이었다. 미노루는 그 남자를 통해서 자신의 작품을 뽑은 한 사람을 알게 되었다. 그 사람은 미노무라簑村라는 신인 작가였다.

신문에 발표되었던 심사위원 중 한 사람은 병 때문에 그 사람의 문하생인 듯한 미노무라 문학사가 대신 뽑았다는 것을 이 남자를 통해서 알게 되었다. 이 대학생은 미노무라 문학사를 존경하고 있는 남자였다. 미노루는 그로부터 머지않아 이 대학생을 따라 미노무라 문학사를 방문했다. 그 사람의 집은 가구라자카神楽坂에 있었다.

그 집에 들어갔을 때 미노루는 위쪽에 있는 어둑어둑한 객실 안을 보았다. 객실 안에는 장롱 앞에서 등을 보이며 서 있는 남자가 있었다. 처음 온 손님을 안으로 안내할 때까지 그곳에 숨어서 기다리고 있는 것 같은 모습이었다. 장지문이 열려 있었기 때문에 미노루 쪽에서는 완전히 보였다.

젊었을 때까지 매우 아름다웠을 것으로 보이는 연배의 여자에 의해 안으로 안내되었다. 기다리고 있으니 등을 돌리고 서 있던 사람이 들어왔다. 그 사람이 미노무라 문학사였다. 말하는 어조도 모습도 무게 있어 보이는 사람이었다.

이 문학사는 작품을 선발할 때의 고심을 이야기했다. 그 원고를 문학사가 가지고 있을 때 여름의 폭풍우와 대홍수를 만나서 완전히 젖어버린 것을 문학사의 부인이 걱정되어 갖고 나왔다는 것이었다. 그때 언덕이 무너져서 집이 부서졌기 때문에 이 집으로 옮겨왔다고 했다.

"그것을 읽고 처음에는 그렇게 좋다고 생각하지 않았지만 중간쯤부터 재미있다는 생각이 들었습니다. 그래도 백점을 줄 생각은 아니었는데 아리노有野라는 남자가 집으로 찾아왔습니다. 그 사람에게 이야기를 하니 그렇게 하면 좀처럼 이쪽의 의지가 관철되지 않으니까 120점 정도 주라고 말하는 거예요."

"아리노는 자신의 책임이 아니니까 그런 터무니없는 말을 하지만, 나는 차마 그럴 수 없었습니다. 그래서 큰맘 먹고 당신의 점수와 다른 사람의 점수를 20~30점 정도 차이가 나게 했어요. 다른 심사위원의 배점을 보니 당신은 위험한 편이었거든."

문학사는 이 여자의 행운은 완전히 자신의 손에 있었다는 듯한 새삼스러운 얼굴을 하고 미노루를 바라보았다. 그리고 작품 속에서 좋다고 생각한 곳을 집어 주었다.

미노루는 왠지 모르게 예술취미가 풍부한 것 같은 이 문학사의 말에 도취되어 듣고 있었다. 그래서 여기에도 자신에게 행운을 주었다는 표정을 짓는 사람이 한 사람 있다고 생각했다.

오늘 이야기했던 아리노라는 문학사가 마침 왔다. 그 사람은 여윈 무릎을 움츠리고 앉아 한손으로 얼굴을 문지르면서 말했다.

"그렇지만 말야, 그렇지만 말야."라고 말하는 버릇이 있었다. 그 "말야"라는 울림이 점점 얼굴에서 미소가 번져 오는 듯한 표정으로 사람을 끌어당기는 귀여움이 있었다.

미노루는 여기서 오랜만에 자신의 감정이 화려하게 춤추는 듯한 느낌을 받았다. 미노무라와 아리노는 각자의 머릿속에 생각하고 있는 것을 서로 엉뚱하게 말하기도 하고, 또 제멋대로 자신의 화제 쪽으로 상대를 끌어들이기도 했다. 미노루는 두 사람이 수긍할 수 없는 이야기로 부딪치고 있는 것을 듣고 있으니 재미있었다.

그 사이에 미노무라의 부인이 돌아왔다. 옛날 꼭두각시 인형에 나오는 듯한 단정하고 아름다운 사람이었다. 또 이곳으로 젊은 러시아 사람이 와서 부인에게 춤을 가르쳐 주기도 했다.

미노루는 상기된 얼굴로 밤늦게까지 머물다가 대학생과 함께 그 집을 나왔다. 돌아올 때 함께 나온 아리노 문학사와 미노루는 어두운 골목에서 벗어나 인사를 하고 헤어졌다.

집에 돌아왔을 때 요시오는 2층에 있었다. 그곳에 앉아서 미노루를 본 요시오는 붉게 충혈된 눈 가장자리에서 이 여자의 감정이 흐트러진 것을 눈치챘다. 요시오는 요사이 보기 드물게 여자에 대한 질투를 느끼면서 미노루가 뭐라고 말해도 잠자코 있었다.

"내가 들어갔을 때 말이죠. 현관으로 올라가니 미노무라라는 사람은 객실의 구석을 향해 서 있었어요. 그것이 완전히 제 쪽에서 보였어요."

미노루는 그 말만 되풀이하며 혼자서 웃고 있었다. 그날 밤 미노루는 신기한 꿈을 꾸었다. 그것은 미이라 꿈이었다. 남자 미이라와 여자 미이라가 정령* 님의 가지茄子로 만든 말과 같은 모습으로 위 아래로 겹쳐져 있었다. 그 색이 쥐색이었다. 그리고 목각인형 같은 눈을 한 여자의 얼굴이 위를 향하고 있었다. 그 입술이 선명하게 새빨간 색을 띠고 있었다. 그것이 커다란 유리상자 안에 들어 있는 것을 미노루가 곁에 서서 바라보고 있는 꿈이었다. 자신은 그것이 무엇인지 몰랐지만 누군가가 미이라라고 가르쳐준 듯한 느낌이 들었다.

아침에 일어나서 미노루는 재미있는 꿈이라고 생각했다. 자신이 그림을 그리는 사람이었다면 그 색을 완전히 그려낼 수 있을 것이라고 생각했다. 그리고 그것이 미이라라는 의식이 분명히 남아 있는 것이 이상했다.

"나 이런 꿈을 꾸었어요."

미노루는 요시오의 곁으로 가서 이야기를 했다. 그리고 "그것

---

* 정령(精靈) : 육체 또는 물체에서 해방된 자유로운 령과 사자(死者)의 영혼.

은 무언가의 암시임에 틀림없다"라고 말하면서 그 모습을 그리려고 책상 앞으로 갔다.

"꿈 이야기는 너무 싫어."

이렇게 말한 요시오는 추운 날 양지 바른 곳에서 야윈 강아지의 몸을 빗으로 빗겨주고 있었다.

여작자

女作者

───────────

이 여작자의 머리 속은 지금까지 모자라는 능력을 있는 힘껏
쥐어짜내고 또 쥐어짜낸 후 남은 찌꺼기만 가득 차 있다. 이제 아
무리 그 주머니를 쥐어짜 봤자 살이 붙은 것은 한 마디도 나오지
않을 뿐더러 피 냄새 밴 반구절도 삐져나오지 않는다. 세밑이 임박
했을 무렵에 의뢰받은 원고를 끼적대면서 그렇게 매일 밤 책상 앞
에 앉아서는 원고지 속에 삼잎 무늬를 그려 넣거나 직물 무늬를 그
려 넣는 등 낙서만 하고 있었다.

여작자가 화로를 옆에 두고 반듯하게 앉아있는 곳은 2층의 다
다미 넉 장 반의 공간이다. 창밖에는 쓸어갈듯한 거센 바람이 부는
날도 있지만 뭔가 활기도 없고 이렇다 할 특징도 없는 희미한 햇살
이 드리워졌다가는 다시 사라지듯이 나약한, 흐릿하게 열린 장지

문의 바깥에서 들여다보고 있는 것 같이 멍하게 졸리는 날도 있다. 그런 때에 하늘색은 뭔가 색이 섞인 듯한 불투명한 빛을 가지고 있지만 겨울의 권위 앞에서 완전히 발가벗겨져 움츠리고 있는 숲 속 거대한 나무들의 추태를 보고 웃는 듯이 조용히 부풀어 맑게 개어 있다. 그리고 하늘을 물끄러미 바라보는 여작자의 얼굴 위에도 밝은 미소의 그림자가 드리운다. 여작자는 이런 하늘의 모습이 어딘지 모르게 자기가 좋아하는 사람의 미소와 닮았다고 생각했다. 영리해 보이는 동그란 눈의 속눈썹, 냉소의 그림자를 비친 적이 없는 다정하고 너그러운 남자의 웃음과 닮은 듯이 느껴지는 것이었다.

여작자는 생각지도 못한 그리운 것이 문득 소매를 잡아당기고 있는 것 같은 기분이 들었다. 눈을 크게 뜨고 웃음 띤 입가에 자신의 마음을 가득 머금고 있다. 그러자 자기가 좋아하는 사람에 대한 어떤 느낌이 마치 분첩이 피부에 와 닿는 듯 그녀의 마음을 부드럽게 자극했다. 그것은 흰 명주에 청자색 절단면이 희미하게 겹쳐 흐르는 듯 품위있고 시원스럽고 고풍스런 향기를 품은 좋은 느낌이었다. 이러고 있으려니 여작자는 가능한 한 그 감각을 변덕스러운 장난감으로 삼으려고 한동안 눈을 감고 그 눈동자 아래에 좋아하는 사람의 모습을 집어넣어 보거나 손바닥 위에 올려서 늘려 보거나 쥐어 보거나 또 아니면 하늘에 그 모습을 던져 넣어 저 편에 세워놓고 마음껏 바라보기도 한다. 이런 일 때문에 오히려 원고지에 문자를 한 자씩 채워가는 것이 힘들어지는 것이다.

이 여작자는 항상 분을 바르고 있다. 이제 서른이 되어가는 얼굴에 몹시 진한 화장을 한다. 아무도 보지 않을 때는 무대 분장 같은 화장을 하고는 혼자서 가만히 즐거워한다. 조금 몸이 안 좋을 때에도 일부러 분을 칠하고 거실 한가운데 앉아 있으려고 할 정도로 분을 손에서 놓지 않는 여자이다. 분을 칠하지 않고 있을 때는 뭐라 말할 수 없는 추하고 노골적인 것이 몸에 달려있는 것 같아 신경 쓰인다. 뿐만 아니라 자연스럽게 방치된 피와 살의 온도에 자신의 마음을 내맡기듯 편안한 기분이 들지 않아 분하여 견딜 수가 없었다. 그래서 분을 칠하지 않았을 때는 감정이 묘하게 까칠해져 이상해 혹은 요상해라고 눈빛과 마음이 끊임없이 불쾌한 기분이 든다. 애교를 잃은 정숙하지 못한 될 대로 되라는 식이 되어 버린다. 그것이 이 여자는 무엇보다 두려웠다. 그렇기 때문에 자신의 맨 얼굴을 항상 분으로 감추고 있는 것이다. 뺨과 콧방울의 한쪽 구석에 바른 분이 기름에 녹아 닿을 때마다 아무도 모르게 풍겨오는 분향을 느낀다. 그 분향이 스며든 자신의 정서를 어떻게 해서든 변덕스럽게 가라앉히고 스스로의 애교에 자신의 마음을 집중하고 있었다.

어떻게 해서라도 반드시 써야 하는데 아무리 해도 써지지 않는 초조한 날에도 이 여작자는 화장을 하고 있다. 경대 앞에 앉아 분을 물에 타고 있을 때만큼은 분명 어떤 재미있는 일을 떠올리는 것이 버릇이 되어 있기 때문이기도 했다. 물에 녹은 분이 손끝에 차갑게 닿을 때 어쩐지 새로운 마음의 감촉을 느낄 수 있었다. 그래서 그 분을 얼굴에 바르고 있는 도중에 점점 생각이 정리된다. ─ 이런 일은 자주 있었다. 이 여자의 글은 대부분 분 속에서 태어난 것이다. 그래서 글에는 항상 분의 향이 감돌고 있다.

그렇지만 요즘에는 아무리 분을 발라도 쓸만한 것이 아무것도 떠오르지 않는다. 피부가 거칠어져 분 자국이 갈라져 보이는 것처럼 미지근한 혈액이 살 속에서 소용돌이를 그리고 있는 것 같은 그리운 기분에 젖어 들지도 않는다. 단지 빨개진 눈이 충혈 때문에 움팡눈처럼 작아져 뺨이 설탕으로 만든 너구리처럼 부풀어 올 뿐이었다. 그리고 어디에도 자신의 정체가 없다, 단지 쓸 것이 없다, 쓸 수 없다는 것만으로도 가슴이 미어졌다. 그러면 귀에서 목덜미 주변으로 거미 다리 같은 가늘고 긴 손톱을 가진 연약한 손들이 몇 개씩 달려 있는 것 같이 오싹하여 견딜 수 없는 기분에 숨마저 쉴 수 없게 된다. 그래서 오늘 아침에 이 여작자는 남편 앞에서 그만 울어버렸다.

"이렇게 힘들었던 적은 없었어요. 나 어디론가 도망가 버릴 거예요. 나중에 당신이 적당하게 둘러대 줘요. 난 이제 아무리 노력해도 한 장도 쓸 수 없으니까요."

그랬더니 화로 앞에서 담배를 피우고 있던 이 남편은 한동안 대답도 하지 않고 있다가 이윽고,

"난 몰라."

라고 말했다. 그것은 아무리 봐도 도량이 좁은 남자의 큰소리이었다. 항상 내 일은 내가 한다, 폐를 끼치지 않겠다고 한 말은 어디에 버리고 온 거냐고 하는, 무척이나 시시한 대답은 마음속에 접어두고는 턱을 앞으로 내밀고 있는 것처럼 여작자에게 보였다. 그것을 본 여작자는 갑자기 자신의 얼굴에 붙어 있는 살이 다 떨어져나가고 뼈만 노출되어 있는 것 같은 기분이 들었다. 하지만 금방 그것은 잠시 스쳐 지나쳐가는 바람인 듯 개의치 않는 목소리로,

"뭐라고요?"

라고 말하면서 남편 쪽을 가만히 바라보았다.

"난 모른다고 했잖아. 왜 그래? 올해에 글을 얼마나 썼지? 올해 일 년 동안 몇 백 장이나 글을 썼냐고. 이제 쓸 게 없다는 당신은 이제 안 돼. 나한테 쓰라고 하면 하루에도 사, 오십 장은 쓸 거야. 쓸 건 얼마든지 있잖아. 쓸만한 건 여기저기에 굴러 다녀. 생활의 일부분을 써도 되는 거잖아. 예를 들면, 옆집에서 형제끼리 싸워서 동생이 집안을 차지하고 형을 문 안으로 들여보내지 않는다든가 하는 일들 말이야. 금방이라도 쓸 수 있어. 여자는 안 돼. 열장이나 스무 장 정도면 될 걸 몇 백 장이나 낭비를 한단 말이야. 그래서 이 정도 밖에 안 되는 일에도 열흘이나 열닷새나 시간을 들이고 말이지. 당신은 정말 대단한 여자야."

남자는 가끔 바닥에 깔아 놓은 돌 위를 이가 빠진 게다로 달리는 둔탁함이 섞인 목소리로 계속 말을 툭툭 던졌다. 여작자의 얼굴

은 눈이 동그래져 감에 따라 눈썹이 점점 올라갔지만 울기는커녕 실소해버렸다.

"아, 그래요? 그래, 당신도 글을 쓰는 사람이었으니까 정말 미안하게 됐네요."

여작자는 가슴팍에 손을 올리고 자기 발끝으로 바닥을 차면서 거실 안을 뛰며 돌아다녔다. 눈물이 눈 꼬리에 고여 차갑게 느껴졌다. 자기가 뛰면서 돌아다니고 있는 모습이 거울 앞을 스쳐갈 때 문득 오이하네* 처럼 비치는 것이 보였다. 여작자는 발끝의 색이 흐트러지는 것을 즐기는 듯 거울 앞으로 와서 옷자락을 일부러 펄럭이며 바라보고 있다가, 문득 무언가를 끈질기게 계속 괴롭히고 싶은 기분이 들어 애가 타는 기분이 들었다. 여작자는 남편 쪽을 향하여 갑자기 그 앞에 잇몸을 드러낸 입을 내보이면서 주먹을 쥐고 중지의 가운데 관절 부분으로 남편의 뺨을 꾹꾹 눌러댔다.

남편은 가만히 있었다.

"못난이, 못난이, 도깨비의 탈을 쓴 무서운 얼굴이야."

이런 말을 해도 남편은 잠자코 있었다. 여작자가 무릎으로 남편의 등을 치자 한쪽 무릎을 세우고 화로 앞에 앉아 있던 남편은 옆으로 쓰러졌다. 바로 다시 일어나 작은 화로에 달라붙듯이 두 손

---

* 오이하네(追羽根) : 여자 아이들의 신년놀이. 두 사람 이상이 하고 새털이 꽂힌 공(羽子) 을 서로 치고 받는 놀이. 지금의 배드민턴과 비슷.

을 쬐면서 잠자코 있었다.

"이봐요, 이봐요, 이봐요."

여작자는 낮은 목소리로 이렇게 말하면서 남편의 칼라 옷깃 끝을 잡고 이번에는 뒤쪽으로 쓰러뜨렸다.

"다 벗어버려, 다 벗어버리라고."

라며 윗도리며 기모노를 억지로 벗기려고 했다. 남편이 그 손을 뿌리치자 여작자는 또 남자의 입술 속으로 손가락을 넣어 양쪽으로 잡아당겼다. 축축한 입 속 온도가 손가락 끝으로 가만히 전해져 왔을 때, 여작자는 머릿속에 자신의 몸도 살도 남편의 새끼손가락 끝이 닿아 긴장이 풀어지는 순간의 어떤 전율이 스쳤다. 여작자는 무언가를 잡아 비틀어버리는 힘으로 갑자기 남편의 뺨을 꼬집었다. 이런 여자의 병적인 발작에 익숙해진 남편은 또 시작이군이라는 표정으로 참을성 있게 가만히 있었다.

'정말 사나운 여자야.'

이런 생각을 하면서 가만히 놔두는 게 제일이라는 식으로 입을 다물고 조용히 있었다. 여작자는 다시 한 번 머리를 손가락으로 가볍게 찔러보고 다시 2층으로 올라갔다.

화로 속이 붉은 구슬을 흐트려놓은 것 같은 색으로 불꽃이 희미하게 퍼져 군데군데 석류를 갈라놓은 듯이 틈새로부터 아지랑이가 피어올랐다. 자개로 매화 문양을 새긴 칠기 책상 앞에 앉으니 마치 온몸의 피가 모두 빠져나간 것처럼 몸이 축 늘어졌다. 그리고 왠지 슬퍼져서 눈물이 흘러나왔다.

'정말 어처구니없는 여자잖아.'

울고 있는 그 마음속에서는 이런 말을 되풀이 하고 있었다.

여자친구들 중에서 자기만큼 시시한 여자는 없다고 여작자는 생각했다. 특히 2, 3일 전에 드물게 얌전을 빼고 찾아온 한 친구를 떠올렸다. 그 여자는 가까운 시일 내에 별거 결혼을 한다고 했다. 정말 사랑하는 한 남자와 결혼하기는 하지만 같이 살지는 않는 결혼생활을 시작한다는 것이다. 그래서 일생 떨어져 서로를 사랑하면서 살아갈거라는 이야기였다.

"결혼은 하지만 나는 나잖아. 나는 나라고. 연애를 한다고 해도 타인을 위해 하는 것은 사랑이 아니잖아. 내 사랑인거야. 나의 사랑이라고."

덧니를 보이면서 그 친구는 여작자에게 이렇게 말했다. 여작자는 이 여자의 말에 압도되어 한동안 잠자코 있었다.

"넌 힘드네 어쩌네 하면서도 체념하고 지낼 수 있는 사람이라 좋겠어. 마음이 힘들어도 겉으로는 체념하고 있는 사람이 되어 있는 걸. 나는 자신이라는 걸 어떤 경우에도 버릴 수가 없어. 나는 나야. 보고 싶으면 만날 거고, 보고 싶지 않으면 굳이 만나지 않을 거야."

"그래도 넌 결혼하려고 하는 사람을 매일 생각하고 있지. 계속 떠오르잖아."

여작자는 젖어든 눈으로 이렇게 말했다. 이 여자는 단순히

"응"이라고 대답하고, 새끼손가락만 세운 손으로 귤껍질을 벗기고 있었다.

"나만큼 자신을 가지지 못한 여자도 없을 거야. 오른쪽에서 당기면 오른쪽으로 끌려가고, 왼쪽에서 당기면 왼쪽으로도 가고. 정말 한심한 여자야."

"그렇지도 않잖아. 지금 뭔가의 반동으로 그런 말하는 거잖아."

여자는 이런 말을 하면서 귤 한 조각을 입 속에 넣었다.

"나는 나답게 살아가는 거니까. 나는 역시 나 자신의 예술이라고 할 수 있어. 자신의 예술을 위해 살아간다는 것은 역시 나답게 살아가고 있다는 거야."

"나는 자살이라도 하고 싶을 정도로 힘들어. 무엇을 의지하면서 살아야 하는지 알 수가 없어. 난 무언가에 필사적으로 매달리지 않으면 견딜 수가 없을 것 같은 기분이 드는데 무엇에 어떻게 매달려야 하는지를 잘 모르겠어. 종교도 생각했어. 차라리 종교에 귀의해버리고 싶은 기분도 들어."

"나도 충분히 생각한 끝에 나는 이제 나 자신으로 살아갈 수밖에 없다고 생각한 거야. 나는 나 자신으로 살아갈 거야."

여자는 이렇게 말하고 검은 망토를 걸치고 돌아갔다.

혼자서 생활한다는 것에 대해 여작자도 예전부터 생각하고는 있었다. '혼자 지내고 싶다, 혼자서 지내야지'라고 내내 마음이 들떠 있었다. 그렇지만 이 여작자는 혼자가 될 수 없었다. 여작자는 혼자서는 도저히 생활할 수 없는 것이었다.

"그렇다면 왜 결혼한 거야?"

그때도 여자친구들은 여작자에게 이렇게 말했다.

"그 사람은 내 첫사랑인걸."

"그럼 별 수 없잖아."

하고 싶은 말은 남아 있었지만 여작자는 웃을 수밖에 없었다.

첫사랑─그것은 이 여작자가 19살 때였다. 첫사랑이라기보다는 여작자의 변덕스러운 감정이 어떤 한 남자를 붙잡았을 뿐인지도 몰랐다. 그렇지만 그때 이 젊은 남자에 의해 문득 피운 마음 속 봉오리의 한 조각이 지금도 사랑스럽게 마음 한 구석에 그림자를 드리우고 있는 것이다. 현재 남자에 대한 여작자의 따스함은 그 그림자 속에서 배어 나온 한 방울의 이슬이기 때문이었다. 이 한 방울은 여작자가 생을 마칠 때까지 끊임없이 배어나올 것이다. 혼자가 된다고 해도 헤어져버린다 해도 그 한 방울이 가진 촉촉함은 남자에 대한 추억이 되어 다시 그 남자에게 끌려가는 애착의 단서가될 것이다.

여작자는 그 여자친구에게 이런 말은 하지 않았다. 그 친구의 연애 상대가 어떤 사람인지 여작자는 몰랐다. 새로운 예술가라는 것은 소문으로 알고 있었다.─벌써 일 년 정도 지났는데 그 여자는 내 앞에 와서 무슨 말을 하는 걸까. 여작자는 이렇게 생각하기도 했다. 하지만 정말 자신으로 살아간다는 것을 당연하다는 듯이 해석하여 강하게 살아가는 자신을 보이려고 한 그 여자친구의 모습에 두려움을 느낄 정도였다. 그만큼 여작자의 지금 심정은 위험할 정도로 나약하고 무기력해져 있었다.

여작자는 정신이 들어 아무것도 쓰여 있지 않은 원고지에 눈을 고정시켰다. 뭐든지 써야 한다. 무엇을 쓰지…….

"당신은 안 돼."

좀 전에 이렇게 말한 남편의 말이 문득 마음속에 떠올랐다. 왜 그때 나는 웃어버렸을까. 아무리 그 말이 한심하다고 해도 뭔가 말해줬더라면 좋았을 거라는 반항심이 문득 솟아났다.

"안되는 여자가 뭐가 어때서."

이렇게 말하고 다시 받아쳐 주고 싶은 기분이 들었다.

'뭐든지 좋으니 자신의 감정을 다섯 손가락으로 마구 쥐어뜯는 것이 필요해. 그 남자의 화를 좀 더 돋우고 싶다.'

여작가는 그런 생각도 했다.

아무리 섬세한 향기를 가진 습기를 불어 봐도 그 남자의 마음은 숫돌 같아서 어딘가에 그 습기가 바로 흡수되고 건조되어 매끈한 표면을 보일 뿐이다.

"나 당신과 헤어질 거예요."

이런 말을 하면 그 남자는

"응."

이라고 대답할 것이다.

"나는 역시 당신이 좋아요."

라고 하면,

"그래?"

라고 대답하는 남자인 것이다. 자신의 눈앞을 지나가는 하나하나에 대해서도 자신의 마음 안쪽에 가라앉은 한 사람 한 사람의 감정이라도 이 남자는 자기 위로 그 모든 것을 흘러 보내 아무렇지도 않은 것이다. 이 남자의 몸속에는 톱밥이 들어 있는 것이다. 생의 하나하나를 흘려보내고 끌어들이는 피의 맥은 끊어져 있는 것이다. 여작자는 이런 생각이 들자 일부러 밑으로 내려가 남편을 상대하는 것도 한심한 기분이 들었다.

오늘은 소나기가 내리고 있다. 빗소리는 들리지 않고 단지 물방울이 똑똑 소리를 울리고 있었다. 바람의 떨림이 장지문의 종이 틈새를 펄럭펄럭 울리고 있었다. 비가 내리는 날에 놀러가자는 약속을 한 사람이 있었는데, 라며 이 여작자는 문득 떠올렸다. 하지만 그 생각은 아무런 흥미도 일으키지 않고 바로 평온하게 사라져 버렸다.

자신이 좋아하는 여배우가 무대 위에서 무 초절임을 준비하고 있었다. 그 손은 시린 듯 빨개져 있었다. 그 손을 붙잡고 입술의 온기로 따뜻하게 해주고 싶었다.

서 언
誓 言

세이코는 오늘 아침 갑자기 남편의 집에서 나와 짐을 하나도 들지 않은 채로 나와서 내가 있는 곳으로 찾아온 것이다. 세이코는 이제 남편의 집으로는 돌아가지 않겠다고 말하고 있다. 이 이야기 는 세이코의 이야기이다.

어제 우리 두 사람은 고노다이鴻の台* 로 놀러 갔습니다.

삼 년 전 두 사람이 아직 결혼하기 전에 그곳에서 하루를 지낸 적이 있었기 때문입니다. 그때는 마침 초여름이어서 이치카와에 는 반딧불이 날아다니고 있었습니다.

---

* 고노다이(鴻の台) : 지바현 이치가와시(千葉県市川市) 북서부의 지명(國府台의 옛표기).

서로의 손이 어깨에 닿거나 머리카락에 닿을 때마다 우리 두 사람의 피는 끓어올라 서로의 마음을 느끼는 듯이 새로운 즐거움에 취해 있었습니다. 우리가 같이 식사를 한 집에서 분을 바른 여자들이 병사를 상대로 장난치고 있는 모습을 보거나 듣거나 하면서 두 사람의 아름다운 사랑이 더러운 물에 담기는 것 같은 기분이 들었습니다. 그저 서로의 사랑을 아무 말도 없이 가만히 지켜보고 있을 뿐이었습니다. 그리고 저녁에 반딧불을 쫓으면서 우리는 이치가와를 떠났습니다.

최근에 같이 살게 된 우리는 그 추억이 그리워져 그곳에 오늘 하루 놀다오자고 해서 외출 했던 것입니다.

두 사람은 이치가와에 도착했습니다. 저는 정거장 앞에 있는 찻집 옆을 지나갈 때 살결을 조이는 것 같은 기쁨에 마음이 많이 들떠 있었습니다. 그때 거기서 일하던 하녀가 가게 뒤쪽에 있던 풀 숲에서 반딧불을 세 마리 정도 잡아준 적이 있었습니다. 17살 정도 된 여자아이였는데─저는 과자를 쌓아 놓은 곳 옆쪽으로 조용히 안쪽을 들여다봤는데 그 여자아이는 보이지 않았습니다.

"이상한 곳이로군."

그 사람은 거리를 걷고 있다가 갑자기 이렇게 말했습니다.

저는 그 주변의 어떤 것을 보아도 그것이 저의 그리운 추억의 그림자에 부드럽게 반짝이고 있는 것 같이 느껴졌습니다. 온몸의 신경에 옛 사랑의 손이 가진 따스함이 다시 한 번 스쳤던 것입니다. 그와 동시에 저는 앞서 가는 그 사람의 모습에도 옛 사랑에 반짝반짝 빛났던 풋풋한 눈짓을 보내곤 했습니다. 그리고 저는 아무 말도 하지 않았습니다. 그동안 문득 지금 같은 말을 그 사람의 입에서 들은 저는 무엇에 홀리려는 순간 그것이 눈앞에서 사라져 어딘가에 숨어버린 것 같은 기분이 들었습니다.

"그러고 보니 생각나네."

제 목소리에는 제가 생각해도 사랑스러울 정도로 친근한 정서가 배어 있었습니다. 저는 억지로라도 그 사람의 마음에서 추억의 그리움을 불러내려고 목까지 구부리며 말했지만 그 사람은 거기에는 어떤 느낌도 없는 듯이 아무 말도 하지 않았습니다.

저는 미지근한 땅 위에 쏟아지는 햇빛을 바라보면서 그 속을 날아다니는 한 마리 벌의 고동색에서 늦은 봄을 느끼며 벌을 쫓아 걸었습니다. 그리고 옛 연인과 지금 이렇게 함께 걷고 있는 사람은 서로 다른 사람인 것 같은 감정을 느끼기도 했습니다. 저는 다정했던 옛 연인을 동경하고 있었습니다.

옛 연인은 제가 여름 햇빛을 받으면서 이렇게 야외를 걷고 있는 것을 걱정했습니다. 제 흰 피부가 햇볕에 타서 그을려는 것이 안타까워 견딜 수 없다고 말하는 것입니다. 제가 여름의 더위에 지쳐 힘들어하고 있을 때 연인은 계속 걱정스러운 듯 얼굴에 눈썹을 찡그려 보였습니다. ─그 사람은 팔짱을 낀 채 앞서 걸어갔습니다. 두 사람은 마마산 쪽으로 들어갔습니다.

그리고 데코나* 를 모신 신사 안으로 들어갔습니다. 비석에 새겨진 시를 읽기도 하면서 두 사람은 신사 앞 계단을 올라갔습니다. 그 사람은 본당 안으로 들어갔습니다. 마침 그곳의 응접실 쪽에 피부가 희고 정말이지 눈이 번쩍 뜨일 만큼 아름다운 간누시** 가 앉아 있었습니다. 할머니 한 명이 그 옆에서 뭔가 이야기를 하고 있었습니다.

저는 그 아름다운 간누시의 얼굴을 바라보고 있었습니다. 가부키 무대에서 나올 것 같이 곱고 선명한 눈가와 입술을 하고 있었습니다.

"어서 안으로 들어오세요."

그 간누시는 밖에 서 있던 제 쪽을 보고 인사를하면서 말을 걸었습니다. 마침 그때 신사 경내를 돌아보고 온 그 사람은 간누시가 뭔가 말하고 있는 것을 들었다는 듯이 그쪽으로 몸을 돌려보고 나서 바로 응접실 쪽으로 나왔습니다.

저는 안으로 들어가지 않고 있었습니다. 본당 안쪽이 너무 지저분해서 버선이 더러워지는 것이 싫었기 때문입니다. 간누시는 기부를 해달라며 연습지를 묶은 책을 들고 왔습니다. 그 어린 간

---

* 데코나(手古奈) : 데코나는 나라 시대 이전인 시모우사노쿠니(현재의 지바 현 이치카와 시)에 거주하고 있었다고 전해지는 여자의 이름이다. 절세 미녀로 대부분의 남자들이 청혼했지만, 그녀를 둘러싸고 청혼자들 사이에서 싸움이 발생하자 결국에는 자살했다는 전설이 전해지고 있다.
** 간누시(神主) : 신사의 신관.

누시는 조금 이상했습니다. 평범하게 말을 하지 못하는 것과 무언가를 말하려고 하는데도 그 절반 정도밖에 입에서 나오지 않은 것, 그리고 혀가 조금 꼬부라져 있는 것 같은 말투를 하고 있었기 때문에 저는 바로 그가 백치라는 것을 알았습니다. 할머니는 옆에서 제대로 말을 못하는 간누시를 도와주고 있었습니다. 그 사람도 그걸 알아차린 듯 간누시에게 여러 가지를 묻고 있었습니다.

우리가 도쿄에서 왔다고 하자 간누시는 자기 누님이 도리모리 鳥森*에서 게이샤를 하고 있다고 했습니다. 가끔 가보는데 오면 안 된다며 화를 내기 때문에 이제는 가지 않는다고 했습니다. 그 남매는 여기에서 태어났다고 합니다. 보면 볼수록 아름다운 얼굴입니다. 이 사람의 누이는 얼마나 아름다운 게이샤일까 하고 생각해 봅니다. 누이가 게이샤이고 백치인 남동생이 신사로 찾아오는 손님을 상대하고 있다는 것이 흥미로웠습니다. 저는 아름다우면서도 지저분한 옷을 입은 간누시를 찬찬히 바라보았습니다.

할머니는 이 간누시에게 결혼이야기를 하면서 장난을 치고 있었습니다. 간누시는 잠자코 그 사람의 얼굴을 보면서 웃고 있었습니다.

우리들은 돈을 조금 내고 나서 마마산真間山 쪽으로 올라갔습니다. 저는 그 사람에게 간누시가 보기 드문 미남이라며 여러번 이

* 도리모리(鳥森) : 신바시(新橋)의 번화가.

야기하면서 갔습니다.

마침 본산 앞에서 새전*을 할 때였습니다.

"당신 거기 서 있을 때 얼굴이 빨개져 있었어?"

라고 그 사람이 묻는 것이었습니다. 저는 그것이 무슨 뜻인지 전혀 알 수가 없었습니다. 그래서 제가 잠자코 있으려니 좀 전에 그 간누시가 제 얼굴을 보고

"저 사람 얼굴이 새빨개."

라며 웃었다는 것입니다. 저는 신사 바깥쪽에 서서 그 간누시의 아름다운 얼굴에 대해서는 흥미를 가지고 바라보고 있었지만 제 얼굴이 빨개지는 어떤 자극도 수치도 느끼지 않았습니다. 그것은 "어서 안으로 들어오세요"라는 말을 잘못 들은 것이 아닐까라고 저는 생각했습니다. 그래서 그렇게 그 사람에게 말을 했더니 심하게 화를 냈습니다.

"당신 귀가 어떻게 된 거 아냐?"

그 사람은 이렇게 고함을 쳤습니다.

그 사람의 기분은 완전히 나빠져서 그 후 제가 무슨 말을 해도 대답을 하지 않는 것이었습니다.

그리고 돌아간다고 했습니다. 그것은 마마의 돌계단을 내려갈 때였습니다. 저는 슬퍼졌습니다. 옛날 둘이서 사랑을 속삭였던 그

---

* 새전(賽錢) : 신령이나 부처 앞에 돈을 바치거나 또는 그 돈.

그리운 곳에 오늘 다시 나란히 와서 옛 사랑을 이야기하러 왔는데 두 사람은 진지한 눈으로 서로를 바라보지도 않는 것이었습니다.

나무도 하늘도 저의 추억이 깃든 마음 밑바닥에는 그리운 그림자를 드리우고는 있었지만 두 사람은 그것을 아직 서로 이야기하려고도 하지 않았던 것입니다. 지나간 사랑…… 지나가 버린 시간…… 에 관해서 다시 슬픈 마음니 들 수도 있겠지만 저는 저의 풋풋한 가슴을 흔들었던 이 나무 그림자에서 옛 첫사랑을 다시 되돌아보고 그리고서 지금의 이 사람에게 나의 뜨거운 손을 내밀고 싶었던 것입니다.

그런데 서로 말이 조금 맞지 않아 그 사람을 화나게 만들고 흥미를 잃어버리게 했다는 것이 저에게는 돌이킬 수 없는 슬픔이었습니다. 저는 그런 마음을 자세하게 이야기하고 영문도 모른 채 사과도 해보았지만 소용없었습니다.

그 사람은 별 볼 일 없으니 돌아가겠다고만 말하고 있었습니다. 저는 울었습니다. 그리고 그 남자가 미웠습니다. 이 남자가 저의 옛 연인이었다는 것이 생각만 해도 화가 났습니다. 이제 저의 그립고 아련한 환상을 부수려고 하는, 눈에 보이지 않는 이 남자의 어떤 힘이 미웠던 것입니다.

"내가 무엇 때문에 얼굴을 붉히고 서 있었을까."

저는 이렇게 생각하면서 단지 기분 나쁜 듯 소리치며 말하는 이 남자가 미웠습니다. 저는 푸른 보리가 흔들리고 있는 밭길에 서서 똑똑 떨어지는 눈물을 닦고 있었습니다.

"마음 풀고 하루 느긋하게 놀다가요. 응? 이렇게 빌고 있잖아
요."

저도 열심히 저의 감정을 억누르듯이 이렇게 달래 보았습니다.

"싫어."

그 사람은 맞받아치듯이 한마디 말할 뿐이었습니다.

저는 큰소리로 울면서 땅바닥에 그대로 엎드리고 싶은 초조한
기분이 되었습니다. 그 사람이 이렇게 고집스런 태도를 보일 때 저
는 발작적으로 이 사람에게 주먹을 쥐고 달려드는 버릇이 있습니
다. 이번에도 그 버릇이 나와서 저는 주먹을 쥐고 그 사람의 가슴
팍으로 달려들었습니다. 하지만 그 순간에 저를 쓰러뜨릴 듯이 막
는 것이었습니다.

"무슨 짓이야."

"내가 이렇게까지 사과하고 있잖아요. 그만하면 되지 않나요.
도대체 뭐가 그렇게 마음에 안 들어서 화를 내고 있는 거죠? 도대
체 뭐가 문제냔 말이에요. 한심한 사람 같으니라고."

"어이가 없군, 어이가 없어."

그 사람은 끓어오르는 감정을 억누를 수 없다는 목소리로 소리
를 쳤습니다.

저는 둘이서 사이좋게 이 땅을 밟으며 적어도 우리 인생의 한
부분을 물들였던 눈부신 연애 시절의 기억에 취해보고 싶다는 소

망으로 마음이 벅차올랐던 것입니다. 저는 무슨 짓을 해서든 이 사람의 기분을 풀어줘야 한다고 생각했습니다. 저는 애달픈 마음에 눈물을 흘리면서 그 사람의 몸을 함부로 주먹으로 때렸습니다.

마침 만물 보따리상 같이 보이는 남자가 우리 옆을 지나갔습니다. 그리고 조금 걸어가서는 뒤돌아서서 우리 쪽을 바라보았습니다.

"그만둬. 꼴사납다고."

"그럼 처음에 예정했던 대로 기분 좋게 놀다 돌아가요. 안 그럴 거면 당신 혼자 가세요. 난 가기 싫어요."

"맘대로 해."

그 사람은 이렇게 말하고 성큼성큼 걷기 시작했습니다.

저는 마침 생나무* 울타리가 있는 곳에 서 있었습니다. 그 울타리에 달려 있는 나뭇잎을 하나씩 뜯으면서 저는 계속 울고만 있었습니다. 이런 애정이 전혀 담기지 않은 매몰찬 말이 저의 옛 연인이었던 남자의 입에서 나오고 있었던 것입니다. 설령 제가 어떤 경솔한 짓을 했다고 해도 추억이 서린 곳에서 거친 말을 내던지며 쌀쌀맞은 이 남자가 원망스러워지기 시작했습니다. 연적을 물리친 남자의 집요한 마음이 저에게는 무슨 짓을 해도 부족할 정도로 말할 수 없이 분하게 느껴졌던 것입니다.

---

* 생나무 : 새앙나무의 준말로, 생강나무라고도 함.

그 이후 우리들은 한 마디도 하지 않고 정류장으로 돌아갔습니다. 정류장에 들어가서 거기에 모인 여러 사람들의 얼굴을 보고 있는 동안 제 마음은 차츰차츰 진정이 되기 시작했습니다. 저는 터놓고 말을 하려 했지만 그 사람은 끈질기게 아무런 말도 없이 결코 대답을 하려고도 하지 않았습니다.

이렇게 해서 우리는 날도 저물기 전에 돌아와 버린 것입니다.

저는 기분이 좋지 않아서 머리를 감았습니다. 저녁식사를 마치고 나서의 일입니다. 그 사람은

"왜 이렇게 당신의 태도가 하나하나 마음에 들지 않는 건지."

라고 저에게 말한 것입니다. 그리고

"일일이 반감이 일어나서 참을 수가 없어."

라고 가시 돋친 목소리로 퉁명스럽게 말을 하는 것입니다. 저는 조용히 있었습니다. 저는 순순히 그 사람 앞에서 잠자코 있었습니다. 그러자 그 사람은 다시 마마산에서의 일을 말하기 시작했습니다.

자신에게는 "얼굴이 새빨개"라고 들렸던 것이 어떻게 제 귀에는 "어서 들어오세요"라고 들렸던 것이냐, 그 이유를 모르면 개운해 하지 않는다고 계속 말하는 것이었습니다. 그리고 그 사람이 본당 안을 구경하고 있을 때 왜 함께 들어가 보지 않았는가, 왜 그렇게 제멋대로 행동하는 것인가, 라고 말하는 것입니다.

그때 저는 문득 이런 것을 느꼈습니다. 이 남자가 내 성격의 어

디가 마음에 들지 않는 부분이 있다고 하면 나는 그것을 억지로라도 뜯어 고치기 위해 노력이라는 것을 생각해야 하는 것일까. 내 태도 때문에 반감이 생긴다는 얘기를 듣고 나는 이 남자 앞에서는 언제나 구부리고 기분에 거슬리지 않도록 조심해야 하는 것일까.

제 태도가 누구에게든 반감을 가지게 한다고 해도 제 태도는 저 자신의 것입니다. 제 성격이 많은 사람들에게 손가락질을 받아도 미움을 받는다 해도 제 성격은 제 자신의 것입니다. 특히 그 사람의 입에서 이렇게 호된 말로 야단을 맞는다는 것은 저에게는 심한 굴욕입니다.

"얼굴을 붉히고 있었다 해도 그게 뭐 어쨌다는 거죠?"

저는 앙칼진 목소리로 되받아쳤습니다.

"당신 때문에 전 얼마나 창피를 당했는지 알아요?"

"그런 사람한테 새빨간 얼굴을 하고 있다는 말을 들은 건 창피하다고 생각하지 않아?"

그 사람은 밀어내듯이 이렇게 쏘아붙이는 것이었습니다.

제가 새빨간 얼굴을 하고 있었다고 해도 그것을 좀 모자라지만 아름다운 간누시가 꿰뚫어보고 웃었다는 것이 도대체 어느 부분에 굴욕적인 의미가 있을까요. 저는 아무리 생각해도 알 수가 없었습니다. 저는 이런 일로 지독하게 싸웠습니다.

"어쨌든 당신 태도가 마음에 들질 않아. 싫다고. 정말이지 지긋지긋한 여자야."

이렇게 사정없이 내뱉을 때 그 사람의 얼굴 표정— 눈초리에 새겨진 잔인한 주름, 다문 입가를 물들이고 있는 냉소의 검은 그림자—. 광대뼈는 망치로 깨부수려고 해도 그리 쉽게는 부서질 듯 보이지 않을 정도로 높고 날카롭게 뾰족한 모양을 하고 있었습니다. 그리고 그 윤곽은 부드러운 곡선이라고는 한 군데도 찾아볼 수 없을 정도로 남자의 얼굴은 삐죽삐죽 험상궂은 표정이었습니다. 저는 물끄러미 바라보고 있었습니다.

두 사람이 한 곳에 살게 되고 나서 아직 1년을 조금 넘겼을 뿐인데 그 사람의 얼굴에서 이 정도로 혐오스러운 느낌을 주는 표정을 본 적은 한 번도 없었습니다. 이것이 내 연인이었던가. 그리고 지금은 서로의 피와 살이 두 사람의 영혼 속에 녹아들어가 그곳에서 태어나는 새로운 사랑이 우리의 매나날은 구석구석 색칠하고 있는데 그런 두 사람 사이에서 마주보게 될 얼굴이 저 얼굴인가라고 생각했을 때 저는 뭐라 말할 수 없는 쓸쓸함에 맞닥뜨렸습니다.

"도대체 당신과는 맞지가 않아. 무슨 일이든 부아가 치밀어. 차라리 헤어지자."

그 사람은 이렇게 말했습니다.

"당신과는 맞지 않아. 당신 같은 사람과 함께 있으면 난 아무것도 할 수없어. 인간이 한심해질 뿐이야."

라는 건 그 사람이 자주 하는 말이었습니다.

"왜요?"라고 물어도 그 사람은 분명한 대답도 하지 않지만 자주 이렇게 말하고서 혼자서 생각하는 일이 있었습니다.

"헤어지자."

이것은 처음으로 들은 말입니다.

헤어진다…….

저는 몇 번이나 되씹어도 이 말의 형태가 확실히 제 가슴에 와 닿지 않을 만큼 놀랐습니다. 지금 여기에서 헤어지자고 딱 잘라 말할 때까지의 그 과정 속에서 제가 어떻게 그 사람의 머릿속에서 움직이고 있었는지 저는 알 수가 없었습니다. 모르긴 하지만 제 쪽에서 보면 그 사람이 나를 버리겠다는 의미의 이별 이야기를 꺼낸 것은 의외였던 것입니다. 저는 단지

"왜요?"

라고 밀어붙이듯이 물어봤습니다.

"아무래도 맘에 들지 않아."

그 사람은 이렇게 말하고는 고개를 숙였습니다.

제 마음은 홍수가 밀려오듯이 차갑게 밀려온 것이 막혀왔습니다. 저는 이를 앙 다물면서 그 사람의 얼굴을 그저 바라보고만 있었습니다.

"헤어져 주지 않겠어?"

그 목소리는 일부러 그렇게 내는 듯이 가라앉아 있었습니다.

"왜요?"

저는 다시 이렇게 묻고, 그리고 멍하게 그 사람의 얼굴을 봤습

니다.

"그렇지만……."

저는 우리들의 사랑에 대해 말하려고 하다가 그만두었습니다.
그리고

"당신은 헤어질 수 있나요?"

라고 물어봤습니다.

"헤어지고 싶어."

그 사람은 당연하다는 듯이 조용한 목소리로 말했습니다.

"진심으로 그렇게 생각하고 있단 말이죠? 농담이 아니죠?"

저는 이렇게 말하면서 자신도 모르게 그 사람의 옷자락을 쥐고
있었습니다.

"진심이야. 이제 당신과 헤어지기만 하면 돼. 당신이 나가지
않겠다면 내가 나가지."

그 사람은 결국 여기까지 말했습니다.

저는 문득 이 사람이 실수를 했다는 기분이 들었습니다. 그리
고 저보다 먼저 그 사람이 이별을 결심했다는 것에 부아가 치밀었
습니다.

"당신은 마음속에서 저 같은 건 사라져 버렸으니까, 저는 존
재의 형태까지도 당신 눈으로 보지 않으려고 이렇게 헤어지자고
말하는 거예요?"

"그런 게 아니야. 사랑이 사라져버렸기 때문에 헤어지자고 하

는 거잖아."

"그런 이상한 일이 있을 수 있어요?"

"당신이 모르겠다면 그걸로 됐어. 헤어져 주기만 하면 돼."

"저는 싫어요."

이렇게 말하고나자 패기도 없는 눈물이 쥐어짜듯이 흘러나오는 것입니다. 저는 무슨 말을 하려고 해도 울먹이기만 할 뿐 목소리가 부들부들 떨리는 것이 목에 걸려 몇 번이고 그 눈물을 목소리와 함께 삼켰는지 모릅니다. 그리고 저는 눈물이 흐르는 얼굴로 그 사람의 얼굴을 바라보고 있었습니다. 그 사람도 한동안 아무 말도 하지 않았습니다.

"비겁하잖아요. 정말 저를 사랑한다면 왜 당신은 헤어질 바엔 절 죽이지 않는 거죠? 당신은 저를 멀리 떼어놓고 아직 완전히 사라지지 않은 사랑을 그 사이에 얼버무리려고 하는 거잖아요. 정말 비겁하지 않나요? 당신은 뭐가 무서운 거죠? 저의 어디가 무서운 거죠?"

이렇게 저는 그 사람을 몰아세웠습니다.

그 사람은 저에게 지금까지 계속 압박을 느껴왔다고 말했습니다. 그리고 저의 태도—그것은 어떤 남자에게라도 바로 저의 몸을 내던질 것 같은 흐트러진 태도라고 합니다—. 그 태도가 끊임없이 그 사람에게 반감을 가지게 했다는 것입니다. 그 사람은 그런 압박에서 벗어나기 위해 반항적으로 일부러 저를 '지긋지긋한 여자'라고 말하면서 경멸하는 것입니다. 그런 것입니다. 저는 그 남자답지 못한 비겁함이 미워서 견딜 수 없었습니다.

"그 정도로 저에게 압박을 느꼈다면 왜 당신은 그 압박에 복종하지 않는 거죠? 자기가 사랑하는 여자에게나, 사랑했던 여자에게나, 어째서 당신은 그렇게 매정하게 반감을 가지는 거죠? 그 반감 때문에 당신은 계속 저에게 굴욕을 주려고 하시는 거죠? 당신은 '헤어지자'라는 말이 저에게 얼마나 큰 굴욕인지 알고 계시잖아요."

저는 울어버렸습니다.

잠시 후에 그 사람은 이런 말을 했습니다.

"당신에게 사랑 같은 건 남아있지 않아. 함께 있는 것조차 지긋지긋한 여자에게 사랑이고 뭐고 그런 것 따윈 없어. 이제 싫어졌기 때문에 헤어지자고 하는 거야."

그 남자의 눈에 시치미를 떼는 듯한 떳떳한 빛이 보였습니다.

온몸의 피가 순간 끓어올랐습니다.

이 남자를 죽이자, 죽여버리면 그걸고 된거야—이런 살벌한 기분이 폭풍처럼 온몸에 불어왔습니다. 저는 제 눈구석에 핏대가 설 정도로 남자의 얼굴을 노려보았습니다.

"저는 당신과 헤어지고 싶지 않아요. 저는 아직 당신을 사랑한단 말이에요."

저는 중얼중얼 이렇게 말했습니다. 저는 이 정도로 굴욕을 당하면서도 왜 남자처럼 나도 "당신에게는 사랑이 없어. 그러니 헤어지자."라는 말을 할 수 없었습니다. 지금 그 사람에게 말한 그 말은 저의 마음 깊숙한 곳에서 우러난 진심이었던 것입니다. 그렇지만 그것을 진심 어린 눈물과 목소리로 말하는 것은 싫었습니다. 저는 그런 불가사의한 미련을 제 스스로 중얼거리면서,

"……아직 당신을 사랑한단 말이에요."

라고 말했던 것입니다.

"아무런 의미도 없이 헤어지자고 하는 건 싫어요. 죽여주세요. 당신도 남자죠? 당신에 대한 저의 사랑은 그 정도로 강해요."

이렇게 말했을 때,

"나는 그런 억지가 정말 싫어. 그게 정말 싫다고. 어느 쪽의 사랑이 강하니 강하지 않니 하는 억지 같은 이론으로 비교할 수 있어? 내가 당신을 죽여줬으면 하고 바란다면 죽여주지. 하지만 사랑이고 뭐고 아무것도 없는 당신을 죽이는 것 자체가 한심하잖아. 난 내 목숨이 더 소중하니까."

그 사람은 메마른 울음소리를 냈습니다.

"그 정도로 헤어지기 싫다면 오늘 아침부터 있었던 일을 전부 사과해. 그리고 앞으로는 절대로 내가 하는 말을 거역하지 않겠다고 맹세하면 용서해줄게."

이게 무슨 모순입니까. 그 사람은 이런 말을 한 것입니다.

"비겁해요."

저는 다시 이렇게 소리를 지르고 싶어졌습니다.

"당신에게 사과할 만한 일은 하지 않았어요. 저는 사과하지 않겠어요. 무엇 때문에 당신에게 사과해야 한다는 거죠? 저는 당신에게 사과하느니 차라리 당신에게 죽는 게 나아요."

"헤어지자. 헤어지자고. 나는 더 이상 참을 수가 없어. 정말이지 참을 수가 없어."

"어째서 헤어지자는 거죠……."

그 사람은 일어섰습니다. 저는 윗도리의 옷자락을 움켜쥐고 잡아당겼습니다.

"혼란스러운 건 제 쪽이에요. 누가 이런 짜증나는 문제를 끄집어 낸 거죠? 누구냐고요……."

그때 그는 나를 때렸습니다.

"왜 저를 때리는 거죠? 무슨 잘못을 그렇게 했기에 당신에게 이런 취급을 받는 거예요?"

저는 스스로도 제 눈이 치켜 올라가는 것을 느꼈습니다. 그리고 혼란스러운 여러 가지 감정을 단 한 번의 외침으로 모두 떨쳐버리려는 듯이

"당신은 도대체 뭐죠?"

라고 쉰 목소리로 울었던 것입니다.

그 사람은 저의 경대를 발로 차고 거울을 깨뜨려버렸습니다. 마침 제가 던진 잡지가 전등의 전구에 부딪혀 유리가 깨져버렸습

니다. 그 파편이 흩어져 있는 다다미 위에서 저는 그 사람의 머리카락을 쥐어뜯듯이 잡고 질질 끌려고 했습니다. 저는 제 손바닥의 뼈마디가 부딪혀 부서질 정도로 그 사람의 몸을 쳤습니다. 그 사람을 칠 때마다 제 몸은 오히려 그의 단단한 손바닥으로 맞게 되는 것이었습니다.

"사과해, 사과하라고."

이렇게 말하면서 그 사람은 저의 말라빠진 어깨를 주먹으로 쳤습니다. 날카로운 턱을 내밀고 험상궂은 눈으로 저를 노려보면서 얼굴로 박자를 세듯이 이렇게 말하는 것입니다. 정말 제 눈에서는 피가 배어나올 듯이 뜨겁고 아픈 눈물이 흘렀습니다.

"뭘 사과해? 사과할 만한 입은 가지고 태어나지 않았어."

저는 침이라도 뱉어주고 싶을 정도로 분해 덤벼들 각오를 하면서 이런 욕설을 해댔습니다.

저의 왼쪽 진동은 잡아 뜯겨져 소매가 늘어져 있었습니다. 마침 저녁 무렵에 머리를 감고 그대로 풀고 있었기 때문에 머리카락은 그 사람이 잡아 당겨서 뽑히고 제 귀와 눈에 거미 다리처럼 들러붙기도 했습니다. 그 머리카락이 답답하게 후끈한 열을 띠고 얼굴과 목덜미를 휘감았기 때문에 마음은 더욱 흥분되었습니다.

저는 손이 닿는 대로 뭐든지 집어던졌습니다. 제 등의 어깨뼈 부분을 몸이 가루가 되어 버릴 정도로 그 사람은 발로 찼습니다.

"저는 당신을 죽이거나, 아니면 당신이 나를 죽이든가; 둘 중

하나가 아니면 싫어요!"

저는 이렇게 말하며 소리치고 있었습니다. 날이 선 칼이 손이 닿는 곳에 있었다면 그 칼끝으로 그 사람의 몸을 불쑥 찔렀을 것입니다. 절정에 달한 저의 발작과 발로 차고는 때리면서 사과하라며 밀어 붙이는 그 남자의 태도, 그것에 대한 굴욕과 증오가 뭐든지 날카로운 칼 같은 것으로 그 미운 남자의 몸에 한번 찔러 넣기만 한다면 그걸로 저의 감정도 가라앉을 것이라고 생각한 것입니다. 그게 아니면 저는 이 남자가 저를 죽여줬으면 했습니다. 이 남자에게 영원히 진다고 해도 그걸로 그만인 것입니다. 끊임없이 이 남자의 입에서 거친 말을 듣고 몸이 차이고 맞는 굴욕에 반항하는 투쟁을 계속하는 것보다는 오로지 죽음이라는 한 가지 방법으로 한쪽에 정복당해버리는 것이 개운할지 모른다는 생각에 이르렀던 것이었습니다.

정말 그 최후의 수단을 쓸 때까지 분노의 감정은 사그라지지 않을 것이었습니다. 저는 눈이 보이지 않을 정도로 절박하고 격하게 숨을 쉬면서, 그 사람 옷 한 자락이라도 손에 닿으면 바로 전신의 힘을 쥐어짜내 남자의 몸을 칠려고 했습니다.

"어지간히 해."

그 사람은 저를 온 힘을 다해 눌렀습니다.

"저는 무슨 짓을 해서라도 당신을 죽일 거예요. 죽일 거야. 죽일 거야……."

저는 잘 나오지도 않는 목소리를 높여 소리를 질렀습니다.

"자, 밖으로 나가자."

그 사람은 가라앉은 목소리로 이렇게 말했습니다.

거실 쪽으로 나가니 한쪽 구석에 젊은 하녀가 엎드려서 울고 있었던 것 같습니다. 저는 성큼성큼 밖으로 나갔습니다.

"미친 사람 같은 머리를 하고 밖으로 나가지 마. 이봐, 머리라도 어떻게 하고 나가지?"

그 사람은 저를 불러 세우고는 이렇게 말하는 것이었습니다.

"머리가 뭐가 어쨌다는 거죠? 저는 정말 당신을 죽이든지 아니면 당신이 절 죽이든지 그렇지 않으면 그만두지 않을 거예요. 정말로."

저의 긴장된 목소리는 떨리고 있었습니다. 저는 엉망진창 찢어진 소매를 흔들흔들 거리면서 헝클어진 머리로 밖으로 나갔습니다.

띄엄띄엄 가로등이 희미하게 켜져 있을 뿐, 집 앞 거리는 행인도 없이 캄캄했습니다. 마당 하나를 사이에 두고 옆집에서 고토*를 연주하는 소리가 조용하게 들렸습니다. 그 사람은 하녀에게 뭔가를 말하고 나서 나왔습니다.

"정말 미친 사람 같군. 순사에게 검문이라도 당하면 어쩔 거야. 여긴 큰길이야."

나는 그 비겁한 말을 들은 순간 불같이 흥분한 제 감정의 밑바

---

* 고토(琴) : 거문고.

닥에서 차갑게 식어버린 웃음이 희미하게 흘러 지나갔습니다.

"저는 안이든 밖이든 상관없어요. 지나가는 사람이 본들 절 미친 사람이라 한들 그런 건 상관없어요. 저는 당신을 죽이든지, 당신이 저를 죽이든지 둘 중 하나예요."

"시시하지 않아?"

그 사람은 이렇게 말하고 저를 달래듯이 부드러운 말투로 말하는 것이었습니다.

저의 머릿속을 마구 휘젓고 있던 거무튀튀한 피가 그 기세로 저의 척수에서 거꾸로 훅하고 빠져나간 듯 눈이 번쩍 뜨인 것 같은 기분이 들었습니다. 그와 동시에 그 사람의 인격이라는 것이 확실하게 눈앞에 드러난 기분이 들었습니다.

"뭐가 시시하단 거죠? 저는 이 일이 얼마나 큰 문제인지 모르겠어요. 당신은 저와 헤어지자고 하는 거잖아요."

"그래. 그렇지만 좀 진정하고 잘 생각해 보자구."

"뭘 생각을 해요? 이제 아무것도 생각할 게 없잖아요. 당신이 저를 죽이든가, 내가 당신을 죽이든가, 둘 중 하나예요. 당신은 정말 비겁한 사람이군요. 왜 밖으로 나온 거죠?"

"미친 소리 하지 마."

그 사람은 중얼거리면서 다시 걷기 시작했습니다.

"저는 멀쩡해요. 당신이 제 정신으로 헤어지자고 말한 것처럼 저도 제 정신으로 말하고 있는 거예요."

"맘대로 해."

그 사람은 이렇게 말하고 오른쪽으로 꺾어 빠른 걸음으로 가버렸습니다. 저는 그 뒤를 따라가면서 큰길로 나갔지만, 그 사람의 모습도 발소리도 들리지 않았습니다. 저는 거기에 한동안 서 있었습니다.

제가 서 있었던 곳은 제방을 무너뜨려 절벽이 되어 있고, 반대편은 기차선로가 나 있었습니다. 정거장 부근의 울타리 안에서 석탄을 태우고 있는 연기 그림자가 새까만 어둠 속에서 촛불처럼 혼들리듯이 진홍빛 원이 덩그러니 퍼지고 있었습니다. 흐릿하게 보이는 별빛은 어디에도 보이지 않았습니다. 지금 옆집에서 들려오는 거문고琴 소리가 희미하고 가늘게 혼들리면서 제 소매 주위를 맴돌고 있었습니다.

제 마음은 슬픔으로 차올랐습니다. 그리고 어둠 속에 살짝 불어오는 미지근한 바람의 부드러운 감촉에도 저의 마음은 별 이유도 없이 강한 자극을 받을 정도로 위험해져 있었습니다. 사람은 이런 때 자살을 하는 거로구나, 라고 생각되고 구타를 당한 근육은 힘이 빠져서 제 몸은 서 있는 것조차 힘들 만큼 지쳐 버렸습니다.

저의 정신은 마침 지금까지 꼭 쥐고 있던 손을 갑자기 뿌리친 것처럼 멍해지고 무엇을 생각하는 것조차 귀찮아져 단지 끝없는 슬픔과 외로움만이 감정의 윤곽을 드러낸 채 제 가슴 위를 뒤덮고 있었습니다.

저는 길 위에 털썩 주저앉았습니다. 그리고 저의 찢어진 소맷자락을 보고 있는 동안 그것이 저의 찢어진 일생의 조각이라고 생각하니 그 소맷자락이 얼마나 애달팠는지 모릅니다. 저는 한동안 그곳에 앉아 있었습니다.

"헤어져 버리자."

이런 생각이 저의 몽롱한 마음의 밑바닥에 진한 색을 띠고 가라앉아 있었습니다. 그 점이 제 마음 전체에 잠겨 있는 슬픔을 퍼트리고 있는 것이었습니다. 저는 찢어진 소매를 안고 다시 한 번 그 사람의 집으로 들어갔습니다.

방안은 좀 전 상태 그대로 어질러져 있었습니다. 하녀가 전구를 갈고 그대로 전등 밑에 멍하니 앉아 있었습니다. 무슨 생각을 하는지 부서진 것을 정리하려고도 하지 않고 그대로 앉아 있었던 것 같습니다. 제가 안으로 들어가니 그 어린 하녀는 제 옷자락을 붙잡고 울기 시작했습니다.

저는 제 방으로 들어가 이것저것 꼭 필요한 것만을 찾아 모았습니다. 그리고 하녀에게 말하여 옷을 갈아입었습니다. 그때 저는 벗은 옷의 찢어진 소매 조각을 평생 기우지 말고 두자고 결심하고 그대로 하녀에게 개어두도록 했습니다.

책상 위에 놓인 아네모네는 보라색, 흰색, 붉은색이 뒤섞여 밝은 그림자에 아름다움을 모으고 있었습니다. 진홍이 들어간 저의 방석*—저는 이 위에 목욕을 마친 풀어진 몸을 앉히고 책상 위에 턱을 괴고 앉아 그 사람이 돌아오는 것을 기다리곤 했습니다.—그 위에 멍하게 앉아서 온화하고 부드러운 꽃 그림자를 보고 있는 동안에 제 마음은 꽉 막혀와 눈물이 한 방울 한 방울 뜨거워져 눈꺼풀 아래에서 흘러넘쳤습니다.

저는 이 사랑의 지난 날들을 생각하지 않을 수 없었습니다.

우리들이 결혼하는 것에서도 그 사람의 부모님과 제 부모님은 어렵게 합의를 보았습니다. 저의 언니의 힘으로 한동안 두 사람이 합쳐진 것이었습니다. 지금 이렇게 헤어지면 저는 친정으로는 돌아갈 수 없습니다. 집으로 돌아가면 다시 둘 사이를 중재한답시고 시끄럽게 다시 돌아가라고 할지도 모릅니다.

"헤어져 줘."

라는 말을 남자의 입에서 들은 저는 그 남자 앞에서 손을 바닥에 짚고 그 말을 취소해달라고 비는 것은 싫었습니다. 저는 그 사람의 옆을 떠나고 나서 그에 대한 마음이 변하지 않는다 하더라도 일단 헤어지자고 한 그 사람 앞 두 번 다시 제 모습을 보이기는 싫습니다. 싫습니다. 그 사람의 가슴 위에 어떤 생각들이 각각의 색을 가지고 서로 뒤엉켜 있더라도 '헤어지자'라고 입 밖으로 꺼낸 그 한 마디에 대해서 저는 여자의 치욕이라고 밖에 생각할 수 없는

---

* 유젠: 비단 등에 화려한 채색으로 꽃, 새 등의 무늬를 염색하는 일. 고토(琴) : 거문고.

것입니다.

이 집을 나간 후에 갈 곳—거기까지 저의 생각이 세심하게 움직인 것입니다. 오늘밤이라도 이 집을 나가 나는 어디로 가야 하나—저는 언니 집으로도 갈 수 없었습니다.

한번 위축된 기분이 이때 팽팽하게 다시 나아졌습니다. 저는 제가 갈 곳에 대한 생각은 일단 접고 바로 들고 나갈 수 있도록 필요한 것만 정리해두려고 했습니다.

그 사람은 돌아오지 않았습니다.

저는 작은 짐을 꾸려서 옆에 놓았습니다. 그 사람이 없는 사이에 저는 나갈 준비를 한 것입니다. 그리고 손 거울을 책상위에 놓고 머리를 빗었습니다. 그사람은 돌아오지 않았습니다.

저는 어떻게 해서든 다시 한 번 그 사람을 만나야만 한다고 생각했습니다. 만나서 저는 무슨 말을 할 작정인 걸까요.

"당신이 바라는 대로 헤어져 드리지요."

저는 그 사람의 얼굴을 보고 착 가라앉은 목소리로 이렇게 말해주고 싶었던 것입니다.

벌써 12시가 지났습니다. 저는 하녀에게 문단속을 시키고 먼저 재웠습니다. 그리고 저는 책상 위에 몸을 기대고 그 사람의 발소리가 문 쪽에서 울려오는 것을 기다렸습니다.

파경—거울이 깨지는 것이 이처럼 슬픈 결말을 예견하고 있었던 것은 이상한 일입니다. 저는 흘깃 비스듬하게 뒤틀려 보이는 거울을 쳐다보았습니다. 결혼했을 때 큰 거울이 이 방에 세워져 있던 것을 신기하게 여긴 그 사람은 자주 이 거울 앞에 앉곤 했습니다. 제가 여기에서 화장을 할 때는 반드시 옆에 서서 눈썹을 터는 솔로 능숙하게 눈썹에 붙은 분을 터는 것이 재미있다는 듯 보곤 했습니다. 그리고 경대 위에 놓인 꽃병에는 그 사람이 직접 여러 가지 꽃을 꽂아 주었습니다. 그것이 그 사람의 즐거움 중 하나였던 것입니다. 두 사람의 얼굴은 이 거울 표면에 서로 겹쳐지면서 비쳤습니다. 그 거울은 우리들의 운명을 예견하여 둘로 깨져버렸습니다.

저는 대체 그 사람의 거친 감정 때문에 몇 번이나 가슴 아픈 경험을 했었는지 모릅니다.

제가 감기에 걸려도 그 사람은 자상하게 저를 간병해주는 것이 아니라 "왜 감기에 걸릴 만한 짓을 한거야"라고 다그치는 것이 먼저입니다. 저는 그 잔소리가 정말 싫었습니다.

저는 이런 종잡을 수 없는 생각을 했습니다. 저의 마음이 점점 책장의 시계가 째깍째깍 하는 소리에 빨려 들어갈 것 같은 기분이 들었습니다. 저는 그 시계 바늘이 움직이는 것을 보고 있는 동안 남편의 귀가가 늦어질 때 벌레가 기어가는 것처럼 시계 바늘이 움직이는 것을 세면서 애타게 남편을 기다렸던 것을 떠올렸습니다.

등뼈에서 팔에 걸쳐 막대기 끝으로 찌르는 듯한 아픔이 생생하게 느껴지기 시작했습니다. 거실의 부드러운 불빛에 휩싸여 이렇게 책상에 기대고 있는 저의 몸은 그 아픔과 피로로 언제부터인지

열이 나고 있었습니다. 저는 꾸벅꾸벅 잠이 들었습니다. 그렇지만 금방 다시 눈이 떠졌습니다.

저는 시계를 봤습니다. 벌써 두시가 지났습니다. 그 사람은 돌아오지 않았습니다. 한번 잠든 저는 조금 멍해져 이제 아무래도 상관없다는 체념이 들었습니다. ─ "사과해"라고 한다면 순순히 사과하고 평화롭게 툭 터놓고 서로 웃고 싶다. 그리고 이 지친 마음을 그 사람의 다정한 말 속에서 쉬게 하고 싶다. 그 사람의 얼굴을 보지 않고서는 이 몸도 마음도 편해지지 않을 것이다. 그것이 괴롭다. 나는 그 사람에게 매달려 그 사람의 입에서 "미안하게 됐어"라는 말만 들으면 꽃봉오리처럼 가볍게, 무엇을 봐도 무슨 말을 들어도 들뜬 기분으로 돌아갈 수 있는 것이다. 그리고 그리운 눈물을 마음대로 흘리며 그 사람의 가슴 안에 얼굴을 파묻고 싶다.─

저는 이런 생각을 하고 있었습니다. 그 사람과 결혼하고 나서 그 사람이 두시까지 돌아오지 않은 적은 없었습니다. 저는 이 한밤중에 품속에 손을 넣고 갈 곳 없이 방황하고 있을 그 사람의 모습을 떠올리고, 뭐라 할 수 없는 쓸쓸한 기분을 느꼈습니다.

"정말 제가 잘못했어요."

이렇게 말하면서 갑자기 그 사람 앞에서 손을 짚고 사과를 하면 그 사람은 분명 기쁜 듯이 웃어줄 것입니다. 저는 제 몸을 그 사람 앞에 내던지고 그 사람을 향해 손을 짚었을 때의 아름다운 모습을 생각해 보기도 했습니다.

저는 그 사람의 서재로 들어갔습니다. 그 사람의 방안에 가만히 앉아 있고 싶었습니다. 그 사람의 책상 서랍을 열거나 책장을 만지거나 그 사람이 좋아하는 살람보 공주*의 주물로 된 장식품을 안아보았습니다. 그리고 그 사람의 책상 위에 저는 저의 상반신을 그 사람의 손에 안기는 듯한 기분으로 기대었습니다.

그 사람은 돌아오지 않았습니다. 어디로 간 걸까 —저는 문득 되짚어 볼 마음이 들었습니다.

이렇게 늦은 밤에 혼자서 걷고 있지는 않을 것입니다. 친구라고 해도 그 사람이 묵을 수 있을 만큼 친한 사람도 없습니다. 어디로 간 걸까. —저는 어쩐지 문 앞에 그 사람이 서 있는데 일부러 집으로 들어오지 않는 것은 아닐까라는 기분이 들었습니다.

저는 나가서 문을 열어보았습니다. 한밤중에 무서울 정도의 어둠이 눈에 들어올 뿐 인기척은 느껴지지 않았습니다. 저는 문을 닫고 나서 디딤돌 위에 계속 서 있었습니다. 어느 샌가 바람이 덧문에 서늘한 소리를 내며 불어오고 있었습니다. 그리고 문 옆에 있던 벚나무가 가로등의 작은 빛 아래에서 먼지처럼 흩어지고 있었습니다.

아침까지 그 사람은 돌아오지 않았습니다. 저는 밤이 샐 때까

---

* 살람보(Salammbo) 공주 : 플로베르가 제2차 포에니 전쟁을 배경으로 쓴 소설의 주인공. 카르타고의 용장의 딸인 살람보와 반란군의 지휘자의 비극적 사랑을 그렸다.

지 오로지 그 사람을 기다리고 있었습니다. 저는 어젯밤 제가 꾸려둔 짐을 이상한 사실의 덩어리 같은 기분이 들어 어스름한 새벽녘에 창문 아래로 내려다보고 있었습니다.

"안녕."

그 사람은 이렇게 말하며 돌아왔습니다. 저는 몇 년이나 만나지 못했던 사람의 얼굴을 올려다보듯 바라보았습니다. 그 사람의 얼굴은 목욕이라도 한 것처럼 광택과 아름다운 윤기를 가지고 있었습니다. 그리고 이쑤시개를 이로 물고 이리저리 움직이고 있었습니다. 저는 그 사람의 입에서 술 냄새를 맡았습니다.

"어젯밤 이야기는 어떻게 된 거죠? 당신이 헤어져 달라고 말했으니 저는 그럴 작정으로 기다리고 있었어요."

저는 그 사람이 말을 하기 전에 이렇게 말했습니다.

"그럼 헤어지자."

그 사람은 이렇게 말하고는 바로 자기 방으로 들어가 버렸습니다. 저는 그 후 바로 그 사람의 집을 나왔습니다.

이렇게 이야기하고 나서 세이코는 나에게,

"그 사람 곁으로는 이제 절대로 돌아가지 않을 거야."

라고 맹세를 했다.

세이코는 언제까지 우리 집 2층에서 지낼 생각일까.

포락지형

炮烙の刑

1

실내의 문은 아직 굳게 닫혀 있었지만 바깥에서부터 벌써 한낮에 가까운 광선이 문 틈새로 장지문에 비치고 있었다.

집안사람들은 벌써 일어나 움직이고 있었다. 그러나 어디에서도 무슨 소리나 말소리도 들리지 않았다. 한밤중 맹렬하게 다투던 주인의 모습에 놀란 여자들은 침을 삼키고 그 혼미함 속에서 그저 침묵하고 있는 듯이 고요했다. 오늘 하루 동안 이 집에서 뭔가 무섭고 흉측한 일이 일어날 것이라고 예견이라도 하듯이 집안은 암담한 기운으로 모든 곳이 폐쇄되어 있었다.

밖에는 쓸쓸한 바람이 몰아쳤다. 혼돈과 잠에 빠져 있던 류코는 순간순간 깜짝 놀라 눈을 떴다. 그때마다 심장이 크게 두근거리고 심장에서 두뇌로 치밀어 오르는 피 소리가 베개에 파묻혀 있는 귀 고막에 터질 듯이 울렸다.

갑자기 머리 위로 덮쳐 오는 듯한 아주 새까만 음울함에 놀라 깰 때도 있었다. 눈을 뜨니 그 음울함은 다시 겹쳐져 다가왔다. 눈을 크게 확 떴을 때 음울함은 한층 더 확연하게 그녀의 얼굴을 확 덮었다. 자신을 엿보려고 가까이 다가온 남자의 얼굴이었다. 류코는 소리를 지르며 일어섰지만 거기에는 아무도 없었다. 어둑한 방 안은 음울하게 조용하고 사방의 장지문과 후스마문이 완전히 닫혀 있었다.

지금도 류코는 뭔가에 부딪힌 듯한 느낌에 놀라서 눈을 떴다. 역시 방안은 음산하게 조용하고 아무것도 없었다. 그러나 그때 옆방에서 이상한 소리가 들렸다. 그것은 종이에 글을 쓰고 있는 펜 소리였다. 류코의 귀에는 그 펜 소리가 살인을 범한 남자의 호흡과 같은 절망과 참혹함, 회한의 울림이 뒤섞여 황폐하게 끊임없이 광적으로 계속되고 있는 것 같았다.

'게이지가 뭔가 쓰고 있다. 무엇을 쓰고 있는 것일까?'

류코는 고개를 들어 주변을 보았다. 펜 소리가 더욱 가깝게 들렸다. 그것은 게이지가 뭔가를 쓰고 있는 펜 소리다. 류코는 다시 한 번 강하게 의식하며 후스마문 하나를 사이에 두고 뭔가를 쓰고 있는 게이지의 모습을 떠올리자 조금 전까지 남자가 무섭게 격노한 모습이 바로 연상되어 류코의 가슴은 두근두근 요동쳤다. 그 울림이 반쯤 뻗은 그녀의 허벅지에서부터 차가운 무릎을 떨리게 했다.

류코는 게이지가 쓰고 있는 모습을 상상할 수 있었다. 게이지가 스스로 말한 것처럼 여자를 살해하고 난 뒤 남겨두어야 할 것을 쓰고 있음에 틀림없다.

이렇게는 견딜 수 없다고 류코는 생각했다. 자신을 살해하려고 하는 남자의 손으로부터 도망가야 한다. 도망가지 않으면 안 된다. 나는 도망간다. 도망가 준다. 그 남자는 결코 여자를 용서하지 않겠다고 말했다. 여자의 죄악을 용서하지 않겠다고 말했다. 자신이 행한 어떤 한 가지 행위 때문에 그 남자로부터 두렵고 참혹한 보복을 받지 않으면 안 되는 것이었다. 자신이 한 일 때문에―자기 인생의 파멸? 그것은 자신이 한 짓 때문에.

반쯤 잠에 취한 류코의 머릿속에 마침 아까까지 심했던 두 사람의 싸움이 넝쿨처럼 뭉쳐 번져갔다. 어젯밤 한밤중에 있었던 폭로로 인한 여자의 수치, 응징 받는 모멸감. 남자는 여자를 짐승이라고 욕설을 퍼부었다. 여자를 짐승처럼 발로 찼다. 그리고 심하게 때렸다.

"나는 무엇을 했는가? 어떤 짓을 했는가?"

그 청년을 사랑하는 것도, 게이지를 사랑하는 것도, 그것은 나의 의지가 아닌가. 나는 결코 나쁜 짓을 하지는 않았다. 나는 게이지를 깊이 사랑하고 있었다. 내가 한 짓이 게이지가 생각하는 것처럼 증오해야 할 죄악이라고 해도 그 죄악 중에도 오로지 한 가지 진실이 있는 것은 아닐까. 자신이 어떤 짓을 하고 있을 때도 누구보다도 게이지를 사랑하고 있다는 건 오직 하나의 진실이었다.

"당신을 사랑하고 있어요."

이 말은 언제나 마음속의 진실이었다. 하지만 게이지는 그것도 방탕한 여자의 거짓말이라고 욕설을 퍼부었다.

"당신은 그것을 죄악이라고 생각하지 않는 거야? 당신이 한 짓이 뭐라고 생각하는 거야? 관계를 맺은 것과 같은 거야. 그것을 죄악이라고 생각하지 않는 거야? 내 앞에서 당신은 잘도 재잘거리고 있어. 말할 수 없이 뻔뻔스러운 여자야."

류코는 그 말이 되풀이되자 눈물이 핑 돌았다. 하늘을 바라보던 류코의 눈언저리가 피가 용솟음치듯이 새빨갛게 되었다. 미워도 미워도 견딜 수 없는 남자에 대한 증오의 마음이 더해졌다.

'죄가 아니야. 결코 나는 사과하지 않을 거야. 나는 당신 손에 죽을 거야. 죽여주세요. 죽여주세요.'

그렇게 비난하며 남자의 노여움 앞에 몸으로 다가간 그 반항이 온몸이 흔들리는 듯한 분노를 띠고 류코의 마음에 싹트기 시작했다.

너무 미운 남자다. 그 남자는 나를 죽일 것이다. 반드시 죽인다고 말하고 있는 것이다. 나는 무슨 짓을 한 걸까. 어떤 짓을 한 것일까. 왜 나는 남자의 미움을 받아 죽임을 당하지 않으면 안 되는 것일까. 아무도 경험하지 못했을 무섭고 참혹한 손 안에 왜 나 혼자 깊이 들어와 있지 않으면 안 되는 것일까. 어째서 저 남자가, 오랫동안 동거하고 있던 게이지가 나를 죽이겠다는 무서운 말을 하는 것일까. 저 남자의 분노를 나로서는 어찌할 수 없다.

나의 등줄기에 질투와 분노를 퍼붓지만 그것을 어떻게 할 수도 없다. 나는 두렵다. 나는 그것이 얼마나 무서운 일인지 모른다. 나는 그 질투와 분노를 사랑하고 있는 것은 아닐까.

나는 거짓말을 하지 않는다. 나는 정말로 그 남자를 사랑하고 있다. 그런데도 왜 그 남자는 그런 참혹한 짓을 나에게 하려고 하는 것일까. 내가 다른 남자를 사랑했기 때문에. 그 때문에?

그러나 나는 그 남자의 노여움을 풀기위해 자신이 한 짓을 결코 사죄하지는 않을 거다. 그것은 싫다. 내가 한 짓은 내가 한 것이다. 나는 결코 그것을 죄악이라고 생각하지 않는다. 나는 최후까지 내가 한 일은 죄악이 아니라고 죽임을 당할 때까지 주장할 것이다. 사람에게 죽임을 당하는 것이 나의 숙명이라면 어쩔 수 없다. 나는 죽을 때까지 그 남자에게 심하게 욕을 한다. 독설을 퍼붓는다. 그리고 죽어준다.

나는 그 남자를 사랑하고 있었다. 살해된다는 것은 얼마나 무서운 일인가. 그 남자가 나에게 덤벼들기만 해도 나는 그렇게 두려움에 전율했다. 왜 그 남자가 나를 죽이려는 것인가. 왜? 나는 이렇게 두려운데 왜 나를 죽이려고 하는 것일까? 나는 무섭다. 살해당하는 것은 싫다. 어째서 게이지가, 저 남자가, 나를 죽이려고 하는 것일까? 나는 무엇을 한 것일까? 무슨 짓을 한 걸까? 나는 죽임을 당하는 것은 싫다. 나는 그 남자를 사랑하고 있었다.

게이지가 무슨 말인가 하고 있다. 나를 보고 웃고 있다. 저것은 평상시 그 남자의 미소 짓는 얼굴이다. 무슨 말을 하고 있는 것일까? 저것은 화가 났을 때의 얼굴이 아니다. 평상시의 얼굴이다. 앗. 평소의 얼굴이다. 당신은 화난 얼굴을 해서는 안 된다. 결코 화난 얼굴을 해서는 안 된다. 그것은 얼마나 무서운 얼굴인지 모른다. 얼마나 무서운 얼굴인지 모른다.

류코는 또 무언가에 위협을 느끼고 눈이 뜨였다. 순간, 의식적으로 바로 예리하게 실내 주위의 어떤 소리에 귀를 기울였지만 아무 소리도 들리지 않았다. 펜 소리를 들으면서 류코는 무엇인가를 생각하고 있었던 것이다. 펜 소리라고 생각하며 주의 깊게 들었지만 펜 소리도 그쳤다. 류코는 반듯이 누운 채 숨을 죽이고 뭔가 이상하게 불안한 그림자를 가만히 응시하고 있었지만 아무 소리도 들리지 않았다. 심장 박동소리가 머리에서 발끝까지 울리고 있다. 그대로 2분 정도 지났을 때 방 입구의 발판이 갑자기 삐걱거리는 소리가 났다.

게이지가 서 있다. 류코는 무심코 이불 위에 다시 일어나 앉았지만 그 발소리는 계속해서 계단을 조용히 내려가고 있었다. 그녀는 한손으로 이불깃을 꼭 잡고 몸을 내밀어 계단으로 내려가서 게이지의 발소리를 들으려고 했다. 계단 아래에서는 그 뒤 아무 소리도 들리지 않았다. 류코의 입술은 차갑게 계속 떨리고 있었다.

그녀는 이제 잠을 이룰 수 없다고 생각했다. 손을 돌려 옷에 휘감겨진 끈을 풀려고 했지만 이불을 걷은 어깨 죽지 근육에 스며들어오는 오한으로 통증이 느껴져 심기가 불편해 졌다. 손을 멈추고 이부자리 위에 앉은 채로 잠시 동안 멍하니 있었다. 머리가 부서질 듯이 몽롱하며 감각도 없이 머리가 무거워졌다. 몸이 매우 부어오른 것처럼 고통스럽고 전신이 마비되었다. 그녀는 갑자기 자신의 생활상에 대단한 격동이 일어난 것을 생각하면서 빨간색 이불을 응시하고 있었다.

밖에 심한 바람이 불고 있는 것이 류코의 귀에 들렸다. 류코는 오늘은 며칠일까 생각했다. 잠시 생각했지만 며칠인지 확실히 알 수 없었다. 류코는 일어나서 그대로 구겨진 잠옷의 끈을 풀고 옷을 갈아입었다. 그리고 가정부를 불러 주위의 문을 열게 했다. 가정부는 문을 열고 류코 옆으로 와서 걱정스러운 얼굴로 서 있었다.

"게이지는?"

류코는 작은 소리로 물어보았다.

"외출하셨습니다."

류코는 예상 밖이었기 때문에 하오리* 를 끌어당기려고 하던 손을 놓고 여자의 얼굴을 보았다. 그러나 바로 행선지가 추측되었다. 그 남자는 흉기를 구하러 다니고 있는 것은 아닐까? 류코의 뇌

* 하오리(羽織) : 일본 옷 위에 입는 짧은 겉옷.

리에 살기에 찬 게이지의 형상이 생생하게 떠올랐다.

"그래. 그 남자가 돌아오기 전에 지금 이 집을 나가자."

세차게 불어대는 바람에 잠깐 귀 기울이는 듯이 보였던 류코의 눈은 힘이 넘쳐 강하게 빛나고 있었다. 그런 결심을 한 순간 갑자기 새카만 어둠의 유혹에 빠진 듯이 흥분되어 의식이 희미해져 생각의 변별력을 잃었지만, 금세 모든 것이 명료해져 정신이 맑아졌다. 정신이 돌아왔을 때 게이지의 모습이 섬뜩하게 떠올랐다. 그녀의 생각이 다소 오랫동안 게이지 쪽을 향했다.

"어디가 편찮으세요?"

류코가 왠지 풀이 죽어 있는 것처럼 보이자 가정부가 재빠르게 버선 같은 것을 들어 올리면서 그렇게 물었다. 류코는 목욕물을 데워 놓으라며 가정부를 1층으로 내려 보내고 서둘러 방구석에 있는 책상 앞에 가서 편지를 썼다.

"나는 서둘러 당신과 헤어질 수밖에 없어요. 내가 당신을 사랑한 것을 모두 알아버렸어요. 게이지가 대단히 화를 내고 있어요. 나는 지독한 꼴을 당했어요. 게다가 그 사람은 나에게 복수할 거라고 해요. 그리고 당신에게도.

나는 지금 바로 이 집을 떠나요. 나는 즉시 이 집을 나가서 아버지가 계신 조선으로 갈 예정입니다. 당신을 한번 만나 뵙고 모든 것을 이야기하고 멀리 가려고 생각했지만, 뵙지 않고 떠나요. 지금 헤어지면 이제 당분간은 뵙지 못할 것이라 생각합니다. 나는 조선에 가서는 어떻게 될지 모르겠어요.

　갑자기 헤어지게 된 것을 슬퍼하지 말아주세요. 뵙지 않고 떠나는 것을 원망하지 말아주세요. 나는 지금 당신에 대해 생각하는 것이 매우 혼란스럽습니다. 당신을 만나는 것이 힘들어요. 마음이 안정되면 나는 당신에게 다시 한 번 편지를 쓸 계획입니다만, 어쨌든 이대로 헤어지고 싶다고 생각하고 있어요. 당신에게 드리는 편지도 이것이 마지막일지도 몰라요. 부디 아무것도 슬퍼하지 말아주세요. 그리고 포기해주세요."

　류코는 편지를 봉투에 넣고 수취인 이름을 썼다. 화사하고 아름다운 히로조의 손끝이 문득 류코의 눈에 보였다. 몸집이 작고 귀찮은 듯이 빛을 보는 버릇이 있는 젊은이의 아름다운 눈, 그녀는 헤어져가는 사람을 뒤돌아보듯이 그 남자의 눈을 마음속에 그렸다. 눈부신 남자의 눈은 류코의 마음에 여러 가지 것을 강요했지만 류코는 그것을 피해 그 외에 아무것도 생각하지 않으려고 했다.

2

　류코는 서둘러 준비를 했다. 갑자기 게이지가 눈앞에 나타나도 거기에 대항할 수 있을만한 반항적인 강한 오기를 부리면서 꼭 필요한 것만 몇 가지 골라 작은 가방에 넣고 뚜껑을 꼭 닫았다. 경대 위에는 놓인 벚꽃과 함께 져버린 평화롭던 날들의 원망이 남아 있었다. 그리고 그녀가 버리고 가려는 여러 가지 소지품에서 차가운 파멸의 색이 움직이고 있었다.

　류코는 나올 때 아까 머리를 묶을 때 보이지 않았던 장식 핀이 이 근처에 떨어져 있지 않을까라는 생각에 옆 방문을 열어 보았다. 커다란 핀은 도코노마*의 기둥 앞에 떨어져 있었다. 그것과 함께 책상 위에 봉한 편지가 한통 놓여 있는 것이 눈에 들어 왔다. 류코는 핀을 주워서 머리가 흐트러지지 않게 묶어 머리의 중심을 고정시키면서 봉한 편지의 겉봉을 바라보았다. 수취인은 자신이었다. '야요 류코野代龍子 앞'이라고 쓰인 그 글자는 게이지의 필적이었다. 류코는 이상하게 생각하면서 편지의 봉투를 뜯었다.

　"왜 당신이 그런 짓을 했을까. 왜 그런 짓을 했을까. 나는 그런

---

* 도코노마(床の間) : 일본 건축에서 객실인 다다미방의 정면에 바닥을 한층 높여 만들어 놓은 것(벽에는 족자를 걸고, 바닥에 도자기, 꽃병 등을 장식해 두는 곳).

말을 되풀이 할 수밖에 없소. 나에게는 이젠 화낼 힘도 없소. 한때 화가 나서 당신을 때리고 심한 욕을 한 것을 후회하오. 당신과 같은 약한 사람을 폭행한 나 자신이 부끄럽소. 나는 그것을 용서받고 싶은 것이오.

당신은 자신이 한 일을 죄악이 아니라고 말했소. 당신 자신에게는 그 생각이 정당한 것인지도 모르겠소. 그러나 나는 어디까지나 그 일을 큰 죄악이라고 믿을 수밖에 없소. 당신은 나쁜 짓을 했소. 당신은 나의 사랑을 외면하고 세상에서 해서는 안 될 큰 죄를 저질렀소. 그런 것이 틀림없다고 나는 생각하오.

나는 당신이 새벽이 되어 잠든 것을 알고 있소. 나는 후스마문 밖에 서서 오랫동안 당신의 숨소리를 듣고 있었소. 그리고 나는 당신을 죽이는 것으로도 부족할 정도로 미운 여자라고 생각했소. 당신은 다른 남자의 입술이 닿은 그 입술을 내 앞에 가지고 와서 그렇게 평온하게 있었소. 어떻게 그 정도의 큰 죄악이 또 있겠는가. 당신은 그것을 죄악이 아니라고 말했소. 그러나 나는 어쩔 수 없소. 연애라고 하는 독립된 고귀한 것에 대하여 그것을 파괴한 나는 역시 죄인일지도 모르오. 나는 단지 가만히 있을 수밖에 없소. 나는 당신에게 벌을 가할 것이라고 맹세했지만 나는 당신에게 아무 짓도 할 수 없소. 나는 당신을 때린 것조차 후회하고 있소. 나는 당신을 어떻게 할 수도 없기 때문이오. 나는 비열한 남자요. 나는 어리석은 남요다. 하지만 어쩔 수 없소. 나는 당신을 어떻게 할 수도 없소.

당신은 피곤하게 자고 있었지만 나는 잠들 수 없었소. 그리고 나는 여러 가지를 생각했소. 당신을 용서하려고도 생각했소. 마음으로부터 용서하려고 생각했소. 그리고 만약 당신이 좋다면 나는 당신과 다시 새로운 생활을 시작해보려고 생각했소. 과거는 잊어버리자. 그 사건을 잊어버리자. 그리고 당신에게도 그 남자를 잊어버리라고 하자. 나는 그렇게 생각해 보았소.

자신의 행위를 죄악이 아니라고 부정하고 있는 당신이 그 죄를 용서받는다는 것은 당신에게 있어서 오히려 모멸감이 들지도 모르겠소. 분명히 당신은 그럴 것이오. 그러나 나는 당신을 용서하려고 생각했소. 당신에 대한 미련 때문에 나는 그렇게 생각한 것이오. 하지만 나는 그럴 수가 없었소. 나는 이 질투심을 어떻게 하면 좋겠소.

나는 역시 당신이 밉소. 나는 도저히 이 질투를 잊을 수는 없소. 현재 우리 두 사람 관계에서 당신의 눈을 보고, 당신의 입술을 보면서 지난 일을 잊고 옛날의 생활로 돌아가자고 말하는 것은 나에게 있어 고통이오. 당신의 모든 것은 이미 나의 것이 아니오.

나는 부끄럽소. 당신이 나에게 자신의 행위를 죄악이 아니라고 우겨대는 그 대담함에 대해서도 나는 자신의 비열함을 부끄럽게 생각하오. 그러나 나는 당신을 어떻게 할 수도 없는 것이오.

당신은 나를 사랑하고 있다고 말했소. 그러나 당신의 사랑은 이중적이 아니오?. 나의 사랑은 아직 당신에 대해 이중의 불의의 그림자를 보인 적이 없소. 나는 아직 적당한 조치를 취할 수 없소. 나는 어떻게 하면 좋겠소. 나의 신상에 그러한 두려운 사실이 일어난 것을, 나는 무언가 징벌로써 나 자신에게 하늘에서 내린 참형이라는 생각으로 참을 수밖에 없는 것일이오.

나는 단지 증오에 몸을 떨면서 당신의 육체를 응시할 수밖에 없소. 말할 수 없는 고통이오. 그 육체를 미워할 수도 없고, 나는 단지 바라보지 않으면 안 되오. 나는 당신과 헤어지려고 생각하오. 당신이 나에게 요구하는 것처럼 나는 당신과 헤어지려고 생각하오. 나는 도쿄를 떠나오. 나는 여행을 가오. 지금부터 목적지도 없는 여행을 떠나오. 그리고 당신을 잊으려고 하오."

류코는 조용히 편지를 책상 위에 놓았다. 아까 펜 소리는 이것을 쓰고 있던 것이라 류코는 생각했다. 몸을 움츠리게 만든 흉포하고 불쾌하게 들렸던 그 펜 소리가 '슈 슈'하는 소리를 내며 부드럽고 상냥한 그리움을 띠고 그녀의 귀로 되돌아 왔다. 아까 이것을 쓰고 있었던 것이다. 이 편지를 쓰고 있었던 것이라고 류코는 다시 생각했다. 바로 삐걱거리는 발판을 울리는 소리가, 펜 소리에 이어서 그녀의 귀에 들려 강하게 울렸던 것이다. 그의 발소리가 이 집을 나간다. 나와 멀어져 가는 게이지의 마지막 발자국 소리였다고 류코는 생각했다.

류코는 입을 조금 열고 눈을 크게 떴다. 책상 위에 얹은 한 손으로 힘없이 팔꿈치를 괴이고 있었다. 얼굴 전체가 창백해져 있었다. 하늘이 눈부시지도 않았다. 들판이 눈부시지도 않았다. 단지 한없이 광막한 흰 것이 물밀 듯이 퍼져있었다. 류코는 그것을 응시했다. 가버린 사람의 뒷모습을 쫓으면서 정처 없이 절규하고 있는 자신의 소리가 거기에 울리고 있었다. 하지만 머릿속의 새하얀 환상은 근심으로 가득 차 있었다. 류코의 마음에 잠시 슬픔이 치밀어 올라왔다. 절규하고 싶은 슬픔이 치밀어 옴과 동시에 가죽 같은 것으로 심장을 쥐어짜는 듯한 고통이 남아 가슴이 메말라 있었다. 입술도 눈도 건조했다. 입술의 양쪽 가에서 귓불에 걸쳐 근육이 확장된 것 같아 그녀는 울 수 없었다. 뺨에서 눈동자에 걸쳐 피부는 미세하게 흔들렸지만 눈물은 흐르지 않았다. 류코는 소맷자락을 얼굴에 대고 책상 위에 엎드렸다. 자신의 몸을 움츠리고 움츠려서 더 이상은 학대할 수 없는 듯한 초조한 마음으로 소맷자락을 완전히 얼굴에 대고 엎드렸다.

하지만 류코는 다시 바로 고개를 들었다. 그리고 황급히 일어섰다. 게이지를 그리워하는 마음만이 가득해 그녀는 단지 한쪽으로만 뭔가를 골똘히 생각했다. 얼굴이 빨개지고 핏기가 없는 눈 안쪽이 험악한 빛을 머금고 눈동자가 흐려있었다.

류코는 편지를 품 안에 넣고 게이지의 발자취를 쫓아갈 작정으로 계단 밑으로 내려갔다. 거기서 만난 가정부에게 게이지가 나간 시간을 물어보았다. 여자는 정확히 그때부터 한 시간 정도 지났다고 말했다.

"어떤 모습으로."

"평상시처럼 외투를 입으시고."

"게이지가 어디로 갔는지 알 수 없다는 거지?"

류코는 그렇게 말하며 가정부의 얼굴을 보았다. 류코는 뜻밖에 이런 말을 한 후 게이지가 어디로 간 것인지 알 수 없다는 당혹감이 비로소 확실하게 그녀의 의식에 부각되었다.

"어떻게 할까. 어디로 간 것일까. 벌써 한 시간이나 지났다는 것은 이 근처에는 없다는 것이다."

류코는 당황하여 떨리는 눈으로 가정부와 서로 의견을 주고받았다.

"바로 돌아오실 것 같은 모습이었어요."

"아니야. 이제 돌아오지 않아. 그 사람은 돌아오지 않는다고 말하고 나가버렸으니까."

류코는 그렇게 말하며 선 채로 생각하고 있었다. 가정부는 이해하지 못했다. 가정부는 침착하지 않은 주인의 모습을 잠자코 지켜보고 있었다.

"정류장 쪽으로 가보자. 그곳에서 물어보면 어디로 갔는지 알 수 있을지도 몰라."

류코는 다시 가정부와 의논하듯이 그렇게 말했다.

게이지가 나가고 나서 경과한 시간이 아직 한 시간 정도라고 하는 것이 그녀에게는 또 기대감으로 다가왔다. 밖으로 나가면 반드시 게이지를 만날 것 같은 기분이 들었다. 다시 한 번 만나서 어떻게든 게이지에게 말하지 않으면 안 될 것이 있다고 그녀는 생각했다. 그녀는 아까 자신이 버리고 나가려고 한 이 집을 가정부에게 단단히 부탁하고 자신이 이대로 당분간 돌아오지 않아도 걱정하지 말라고 당부했다. 그리고 약간의 돈을 가지고 류코는 집을 나섰다.

류코의 집에서 정류장까지는 15, 6 골목 정도 떨어져 있었다. 언덕 위에는 허공을 소용돌이치듯이 바람이 불어와서 류코의 기모노는 마치 아래로 끌어내려가는 듯한 역풍에 펄럭였다. 오도카니 서 있는 교외의 집들은 차가운 바람에 휩쓸려 재색으로 바싹 말라 있었다. 어둡게 몰아치는 듯한 불안한 날씨 속에서 하늘의 얕은 차가운 햇빛이 언덕 위에서 아래로 그림자를 비추고 있었다.

류코의 청신경聽神經에는 갑자기 울린 발판 소리가 예민하게 새겨져 있었다. 류코는 언덕을 돌아서 검은 울타리를 따라 숨을 헐떡거리며 달렸다.

3

작은 정류장에 들어와서 조금 서 있으니 안에서 개찰하는 남자가 나왔다. 낯익은 얼굴이었다. 류코는 미소 지으며 남자 곁으로 다가갔다. 그 정류장은 단지 교외에서 시내로 통하는 전차 승강장이었다. 개찰하는 남자는 부근에 사는 주민들에게 낯익은 얼굴이지만 이름은 잘 몰랐다.

류코가 자신의 이름을 말하고 한 시간 가량 전에 그 사람이 이쪽으로 왔는지 어떤지를 물어 보았지만 개찰하는 남자는 모른다고 말했다. 류코는 인상착의를 말하고, 개찰하는 남자가 잘 알고 있을 승객의 얼굴과 부합시켜 보려 했지만 게이지를 좀처럼 연상시키지 못했다. 가까스로 반시간 정도 전에 그와 닮은 사람이 우에노로 가는 표를 끊었다고 들었지만 그 말은 신빙성이 없는 대답이었다.

그러나 류코는 그 말에 의지하여 자신도 우에노의 표를 끊어 전차 승강장으로 내려갔다. 류코는 장갑을 낀 한쪽 손에 표를 쥐고 기둥의 뒤편에 서 있었다.

추운 바람이 류코의 얼굴에 스쳤다. 언덕 위에 서 있는 나무가 뿌리째 뽑힐 것처럼 좌우로 심하게 불어왔다. 류코는 바람에 동요하는 잡목림의 죽음과 같은 검은 그림자를 올려다보며 염세적인 음습한 기분이 되어 슬픔이 감정의 저변으로 점점 퍼져갔다. 눈물이 눈꺼풀을 따라 쏟아졌다.

류코는 걸으면서 이 눈물을 감추려고 했다. 뒤에 있는 의자에 앉거나 서거나 걷거나 했다. 그리고 다시 기둥의 뒤편에 서서 지금 자신의 상태를 아주 진솔하게 생각해 보려고도 했다.

그러나 모든 것이 바로 혼란스러워져 생각이 혼잡해져 버렸다. 아무것도 알 수 없었다. 단지 어두운 슬픔이 연이어 그녀를 덮쳤다. 그녀는 흐르는 눈물을 닦지 않은 채 고개를 들어 잡목림을 올려다보며 서 있었다.

10분 정도 기다리니 전차가 왔다. 거기에 올라탔을 때 류코는 문득 이 전차 안에 히로조가 있을 것 같은 기분이 들었다. 히로조가 사는 곳과는 완전히 다른 장소였음에도 불구하고 류코는 직감적으로 느끼고 움찔했다. 류코는 그것이 매우 두려웠다. 입구에 서 있는 그녀의 발이 후들거렸다. 그 안으로 들어갈 수 없을 정도로 두려웠지만 입구 옆에 있던 차 안 사람의 시선이 자신을 향하고 있는 것 같은 기분이 들어서 안으로 들어갔다. 제일 가까운 쪽에 앉아서 숄로 얼굴을 반 정도 가리고 차 안을 살그머니 훑어보았다.

달리는 전차의 진동에 모든 감각을 맡기고 표면적으로는 아무 일 없는 평상시로 되돌아간 것 같은 기분으로 멍하니 있었다. 문에 가로막혀 밖의 바람 소리가 들리지 않는 것이 그녀에게는 다행이었다. 달려 지나가는 창문으로부터 보이는 숲과 수풀이 바람을 타지 않는 것처럼 보였다. 차 안의 사람들이 침묵하고 있는 평온한 모습도 그녀의 눈에 들어왔다.

　그러나 그것도 아주 짧은 순간뿐이었다. 우에노까지 나와서 어떻게 게이지의 행선지를 확인할까 하는 불안으로 그 차분한 기분은 곧바로 사라져 버렸다. 목적지도 없이 찾아 나설 수는 없었다. 게이지의 행선지를 알기 위해 그와 친분이 있는 사람들에게 전보라도 쳐볼까 라고도 생각했다. 그러나 그렇게 소란을 피울 수도 없었다. 무엇 때문에 게이지가 집을 나갔는지 그런 일을 사람들에게 알리는 것이 괴로웠다. 그녀는 죄악이라고 조롱당한 자신의 행위가 뜻밖에도 세상으로부터 주눅 들어가고 있는 것을 깨닫고는 싫어졌다.

　어쨌든 두 사람 사이는 이미 끝나버린 것은 아닐까. 그것은 자신이 타파한 것은 아닐까. 처음 결심한 것처럼 자신은 게이지와 헤어져 일단은 자신이 행한 행위 그대로 분명하게 자신의 삶을 살아가는 것이 옳은 것은 아닐까. 왜 나는 또다시 그것을 뒤집으려고 하는 걸까.

　게이지는 그 때문에 지금부터 오히려 좋은 생활이 펼쳐질지도 모른다. 나는 그것을 방해하는 것은 옳지 않다. 게이지가 가는 대로 나는 그대로 두면 되는 것은 아닐까. 그리고 나는 나만의 생활로 돌아간다. 그래서 두 사람 사이가 끝나버린다면 그것으로 그만인 것이다.

　'나는 무엇을 하고 있는 걸까.'

류코는 그렇게 생각하고 자신의 마음을 추스르는 순간 게이지에 대한 열정이 불처럼 타올랐다. 그 그리움이 모든 것을 부정해버렸다. 오직 게이지를 만나기만 하면 좋겠다는 아이 같은 바람만이 그녀의 가슴에 가득 찼다. 그리고 어슬렁어슬렁 게이지를 찾아서 걷고 있는 자신의 모습을 생각하자 저절로 눈물이 어리었다. 만약 이대로 게이지를 만나지 못할 운명이라면 어떻게 할까 생각했다. 그런 생각을 하자 그녀는 더욱 슬퍼져 자살이라는 것을 골몰하게 생각했다.

류코는 정말로 죽을 것 같은 기분이 들었다. 이대로 게이지를 만나지 못한다면 자신은 괴로워하며 살아갈 것이 틀림없다고 생각했다. 류코는 쓸쓸하고 슬퍼져서 참을 수가 없었다. 그녀는 귓전에서 떠나지 않는 삐걱거리는 발판 소리를 생생하게 떠올리면서 슬픈 마음을 억제하며 분함을 참고 있었다.

우에노에 도착하자 그녀는 곧바로 생각이 나서 큰 정류장으로 들어갔다. 어떤 기차가 발차할 때였다. 사람들이 웅성거리며 대합실에서 개찰구 쪽으로 나갔다. 역무원이 "닛코 행"이라는 것을 알려주고 있었다.

류코는 느닷없이 기둥 옆에 서서 사방의 소란스러움에 신경을 쓰며 그쪽을 향해 밀려가는 무리의 뒷모습을 보고 있었다. 짐을 안은 빨간 모자를 쓴 사람이 류코의 팔에 부딪히며 그 옆을 지나갔다. 류코는 저 무리 중에 게이지가 있을 것 같은 기분이 들었다. 옆으로 가서 찾아보려고 생각하고 앞으로 나가려고 했을 때 류코가 서 있는 옆쪽 대합실에서 불쑥 나온 남자가 있었다. 그 남자는 손에 든 검은 무명에 무늬로 가죽을 붙인 보자기를 외투 아래로 내리고 있었다. 그 보자기가 눈에 익었다. 류코는 무심코 보던 깜짝 놀라서 기둥 뒤로 몸을 감추려는 듯이 뒷걸음질쳤다. 그는 게이지였다.

류코의 가슴은 두근거렸다. 너무 놀라 그녀의 얼굴은 빨개졌다. 순식간에 눈앞의 모든 것이 분쇄되어 흩어진 듯한 기분이 들었다. 그녀는 잠시 텅 빈 곳에 혼자 우두커니 방치된 것 같은 기분으로 가만히 있었지만 큰 맘 먹고 몸을 반쯤 내밀어 다시 한 번 지금의 장소를 들여다보았다. 게이지는 거기에 없었다. 주위를 살펴보니 개찰구 근처에 서 있는 그의 뒷모습이 보였다.

그녀는 뒤쫓아 가려는 듯이 대 여섯 걸음 앞으로 나아가다가 멈춰 서서 게이지의 뒷모습을 바라보았다. 게이지의 모습은 이윽고 무리 속에 뒤섞여 보이지 않았다. 플랫폼 위를 많은 사람이 우르르 달려가는 것이 그의 모습을 뒤쫓는 류코의 눈에 들어왔다.

류코는 후회했다. 어째서 옆으로 다가갈 수 없었을까. 왜 주눅이 들었는지 스스로도 알 수 없었지만 순간적으로 생각을 바꾸어 마음을 재촉하면서 닛코 행 표를 사서 곧바로 그 뒤를 쫓았다.

어느 차실에 게이지가 있는지 알아보려고 류코는 차체 앞에 주저하고 있는 사이에 올라타라는 재촉에 조금 당황하며 이등실로 들어갔다.

4

기차는 바로 출발했다.

류코가 탄 객실은 중앙에 쿠션으로 칸을 막아놓은 좁은 칸이었
다. 그쪽에 평상복 차림을 한 스님 같은 사람이 혼자 타고 있었다.
류코 앞에 바탕이 오글쪼글한 견직물의 하카마를 입은 큰 남자가
외투를 입은 채 번듯하게 누워 자고 있었다. 류코는 자신의 무릎
앞에서 한 자도 떨어지지 않은 채 자고 있는 남자가 단지 너무 지
저분해서 참을 수가 없었다. 류코는 가능한 한 얼굴을 돌려 건너편
에 자고 있는 입술이 두꺼운 그 남자의 얼굴을 보이지 않으려고 구
석 쪽으로 자신의 몸을 움츠려 앉아있었다.

게이지가 어디까지 타고 갈 예정인지 류코는 알 수 없었다. 정
차할 때마다 류코는 게이지의 모습에 주의하며 빗을 꺼내 흐트러
진 머리를 빗기도 했다.

기차가 도회지를 멀리 벗어날수록 정차에서 다음 정차까지의
시간이 길어졌다. 창문을 통해 노랗게 황폐해진 밭이 보였다. 숲의
도랑이 보였다. 덤불 사이의 구덩이에는 흐드러지게 만개한 하얀
매화 노목이 있었다. 여자아이 세 명은 팔짱을 낀 채 곧장 큰 밭을

뛰쳐나가거나 했다. 그곳의 막다른 곳에 빨간 도리이* 가 있었다.

게이지도 같은 기차의 창문을 통해 그것을 바라보며 가고 있을 거라고 생각했다. 뜻밖에도 게이지가 정류장에 있었던 것이 그녀에게는 지금 생각해도 이상하리만치 놀라운 기쁨이었다. 5분 정도만 늦었더라도 그곳에서 만나지 못했을 것이었다. 미묘한 곳에서 두 사람의 운명의 끈이 이어져 있었다. 두 사람의 인연은 길지도 모른다고 류코는 생각했다.

기차가 움직일 때마다 게이지의 몸도 같은 진동을 받고 있다고 생각하기도 했다. 이윽고 게이지의 앞에 자신이 섰을 때의 일을 생각하고 처음으로 기쁘다는 감정을 맛보았다. 한동안 이런 다정하게 미동하는 감정을 느낀 적이 없는 것 같은 기분이 들었다. 얼굴을 마주보고 한 번 손을 잡으면 그것으로 게이지의 고통도 사라져 버릴 것 같은 기분이 들었다. 모든 것은 기쁨이라는 이 순간의 감정 속에 두 사람 사이는 좋아져서 화해할 것 같은 생각이 들었다. 처음 사랑이 다시 이루어진다. 류코는 그런 꿈을 꾸었다.

류코는 정차할 때마다 창문을 올려 하차하는 사람들을 바라보았다. 시간이 꽤 오래 지나갔다. 승려 같은 남자는 훨씬 전에 내렸기 때문에 자고 있는 남자만이 남아 있었다. 류코는 게다를 벗고 건너편으로 쿠션의 칸막이를 뛰어넘어가서 그곳에 혼자 앉았다.

---

* 도리이(鳥居) : 신사 입구에 세운 두 기둥의 문.

어젯밤부터 식사를 하지 않고 있었지만 류코는 식욕이 전혀 나지 않았다. 오늘도 벌써 오후 3시가 지났다.

기차가 달리면 달릴수록 류코의 마음은 평온해졌다. 큰 강이 잔잔하게 흐르고 있었다. 흐린 서쪽 끝으로 희미하게 그림자가 겹쳐져 보였던 산의 모습이 점점 짙어져 갔다. 산의 북쪽 하늘에도 그림자가 나타나 있었다. 류코는 한없는 그리움으로 그 산을 바라보았다. 웅장한 산의 모습은 류코의 감각을 크게, 새롭게, 한가롭게 했다. 류코는 처음으로 자유로운 기분이 들었다. 여러 가지 고통스러운 일들이 마음의 저변으로부터 사라져 갔다. 산이 자신의 혼에 영향을 주는 것 같았다. 그녀의 정신이 저절로 깊고 크게 밝아졌다.

'어째서 친근한 색을 띠고 있는 것일까.'

류코는 그렇게 생각하며 현실감 없는 적갈색 산의 굴곡진 습곡을 바라보았다. 기분이 개운했다. 류코는 당분간 산을 보며 살고 싶었다. 누구의 얼굴도 보지 않고 그저 산을 보며 날을 보내고 싶다고 생각했다. 그리고 그곳에서 조용하게 생각하며 하루라도 진실한 마음으로 생활하고 싶었다.

류코는 의식적으로 정차하면 곧바로 얼굴을 내밀어 내리는 사람들을 확인했다. 승차하고 벌써 세 시간 정도는 지난 것 같은데 내리는 게이지의 모습은 보이지 않았다. 닛코日光까지 갈 예정인

가라고 류코는 생각해봤다.

　아니면 어딘가의 정류장에서 그 모습을 놓쳐버린 것인지도 모른다. 만약 그렇다면 나는 이대로 혼자서 닛코에 가는 거다. 그리고 혼자 있으면서 생각해보자. 누구의 얼굴도 보지 않고 누구의 감정에도 괴로워하지 않고 나는 나의 일을 거기서 생각하는 거다. 나는 혼자서 잘 생각해야만 한다. 나는 나의 행동에 대해서 깊이 생각해야 한다.

　어젯밤부터 그녀에게 일어난 모든 일들이 부끄러움을 머금고 조용히 그녀의 뇌리에 떠올라왔다. 굴욕스러운 일이 여기저기 자신의 주위에 있었다.

　K라는 큰 시내 정류장에 기차가 멈추었을 때 류코는 자신의 객실보다 뒤쪽에서 내린 게이지가 자신의 객실 앞을 지나가는 것을 봤다. 그 모습을 보았을 때 이대로 게이지를 만나지 않고 헤어져 버릴까라는 생각이 문득 들었지만 류코는 기계적으로 문을 열고 아래로 내려가 버렸다. 그리고 몰래 게이지의 뒤를 따라서 계단을 올라갔다. 4, 5명의 발소리에 섞여 두 사람의 발소리가 판자 위에 울렸지만 게이지는 뒤돌아보지 않았다. 류코는 일부러 뒤쳐져 따라갔다. 개찰구로 내려갈 때까지도 류코는 그와 거리를 두고 걸었다. 표를 건네줄 때 게이지는 우연히 뒤를 돌아보고 류코의 모습을 발견했다. 게이지는 놀라서 류코의 얼굴을 쳐다보았다. 류코는 따

라서 개찰구를 나온 후 게이지의 뒤에 서서 말없이 그의 얼굴을 보고 있었다. 게이지의 얼굴은 창백했다. 그의 뺨이 하루 사이에 수척해져 있었다.

"어디로 가는 거예요?"

류코가 느릿한 어조로 이렇게 물었다.

"어떻게 왔어?"

"따라왔어요."

게이지도 자기 옆에 선 류코의 얼굴을 쳐다보았지만 말없이 거리 쪽을 향해 걷기 시작했다. 류코도 그 옆에서 나란히 걸었다. 큰 도로 저쪽 편에 큰 여관 건물이 몇 채 이어져 있었다. 처마 밑에 등이 달려 있었다. 살갗을 도려내는 듯한 차가운 산바람이 류코의 얼굴과 발을 덮쳤다. 류코는 추위에 몸을 떨면서 시골거리의 등을 신기하게 바라보았다. 날은 아직 완전히 저물지 않았다. 희미한 빛이 언제까지나 표류하듯이 지붕과 지면은 황혼 빛의 탄력을 되돌리려고 석양의 밝음을 더하고 있다.

게이지는 그 큰길의 오른쪽으로 꺾었다. 게이지는 매우 느릿하게 흔들흔들 걷고 있었다. 무엇인가 생각하고 있는 듯하기도 하고 아닌 것 같기도 한 경직된 얼굴을 하고 때때로 작은 한숨을 쉬면서 뚜벅뚜벅 발소리를 내며 걸어가고 있었다. 도로 폭이 좁아지고 양쪽에 처마가 낮고 작은 음식점이 즐비하게 늘어서 있었다. 임시로 가게 이름을 쓴 간판의 불빛이 옅은 빨간색을 띠고 그 그림자가 왕래하는 지면 위에 어리어 있었다. 류코는 그 등의 색을 쫓으면서 말없이 걸어가고 있었다. 온몸에 피로감이 느껴졌다.

음식점이 늘어선 일대를 벗어나자 옆으로 작은 강이 흐르고 다리가 놓여 있었다. 류코는 그 다리를 건너면서 하늘을 보았다. 뜻밖에도 흐린 하늘에 반달이 멍하니 가물거리고 있었다. 주변이 어두워졌다. 전등 불빛이 보이지 않고 어두운 울타리가 쳐져 있는 거리를 쭉 지나갔다.

게이지는 언제까지나 말없이 걷고 있었다. 류코에게 한 마디 말도 건네지 않았다. 류코는 몇 번이나 멈추려고 하면서도 그 뒤를 따르고 있었다. 그녀는 어두운 거리가 참을 수 없이 싫었다. 어느 정도 길을 돌고 돌아왔을 때 엔니치* 때와 같이 활기차게 불빛이 빛나는 노점들이 행인이 다니는 사거리 한쪽에 보였다. 어둠의 공간이 밝게 불빛으로 빛나고 있었다.

이윽고 두 사람은 그 번화한 시내의 옆길을 가로질러, 또 어두운 거리로 들어섰다. 게이지는 바로 걸음을 멈춰 류코 쪽을 봤다. 그리고 쉰 목소리로 말했다.

"나는 볼 일이 있어서 여동생 집에 왔어."

류코는 비로소 생각해냈다. 이곳에 게이지의 여동생이 시집와

---

* 엔니치(緣日) : 신불(神佛)과 같이 이 세상과의 인연이 강하다고 하는 날. 약사여래는 8일, 관세음보살은 18일 등으로 정해져 있으며, 이날에 참배하면 영검이 크다고 전해지고 있음.

서 살고 있었다.

"그러나 오늘밤 당신과 함께 그 집에서 머무를 수는 없어. 당신도 싫겠지."

게이지는 그렇게 말하고 조금 생각하고 있었다. 류코는 어두운 땅에 눈을 내리뜨고 말없이 있었다. 게이지의 소리가 멀리서부터 울려 퍼져 오는 듯이 생각되었다.

"어딘가 이 근처의 여관이라도 가지."

게이지는 이렇게 잘라 말하고 다시 뒤로 되돌아갔다. 류코는 그 뒤를 따라갔다.

5

정류장 부근까지 되돌아와서 두 사람은 어느 여관에 들어갔다. 들어간 방은 2층 오른쪽의 복도를 돌아 막다른 곳에 있었다. 다다미 6조 칸막이의 후스마에는 당지唐紙에 먹으로 그린 사군자 그림이 한 장씩 붙여져 있었다.

류코는 코트도 벗지 않고 여종업원이 가져다 준 화로 앞에 앉아 손을 쬐었다. 두 사람이 길을 가는 도중에 우연히 서로 만난 듯한 가벼운 기분에 들떠 있었지만 오랫동안 잠자코 앉아 있었다. 게이지는 류코의 얼굴을 보지 않고 고개를 숙여 담배를 피거나 했다. 전등의 불빛이 모른 체하는 두 사람을 비난하는 듯이 높은 천장에서 공허하게 빛나고 있었다.

"이제 돌아가지 않을 예정인가요?"

"음."

이런 간단한 말을 주고받은 후 또 두 사람은 잠자코 있었다. 류코는 머리가 지끈지끈 아파왔다. 여종업원이 입욕을 권유하러 왔을 때 게이지는 나가버렸다.

방 주위가 고요했다.

한두 칸 앞방에서부터 노트의 종이라도 계속해서 넘기고 있는 듯한 소리가 조용한 가운데 때때로 들려왔다. 멀리서 악대의 음악 소리가 들려왔다. 가만히 귀를 기울이니 뭐라고 말할 수 없이 아주 둔하게 '쿵'하고 울리는 노예의 대답과 같은 저음과 시끌벅적한 잡음 속에서 특히 어떤 한 사람의 목소리와 흐르는 듯한 군집의 사투리 등이 서로 어우러져 시골 거리의 산만한 공기를 흔들고 있었다.

류코는 지금까지 걸어왔던 거리의 모습을 눈에 떠올리고 있었다. 어두운 불빛이 그곳에 있었다. 작은 다리가 있었다. 흐르는 물이 검었다. 검은 나무 울타리가 길게 이어져 있었다. 그 속을 걷고 있는 자신의 모습과 게이지의 모습을 발견하고는 기분이 매우 쓸쓸했다.

류코는 게이지의 일을 생각했다. 자신을 보고 놀랐을 때 게이지의 얼굴 표정, 생각 외로 수척해진 게이지의 얼굴을 보고 가엾게 생각했다. 게이지를 만나 한 마디 말을 나눈 그때부터 이제 그에 대한 일종의 반항적인 감정은 매우 희미하게 사라져 버렸지만 이렇게 있으니 역시 한층 더 남자가 그리웠다. 헤어지고 싶지 않다는 감정이 절절히 다가오고 있었다. 게다가 오랜만에 게이지와 함께 여관에 있으니까 어떤 추억이 떠올랐다. 류코는 그 옛날 여행 때의 마음이 되살아났다.

벌써 8년이나 지난 그 때 일이 류코는 생각났다. 두 사람은 도쿄를 도망쳐 교토 기온의 어느 여관에 숨어있던 일이 있었다. 정확히 5월 초였다. 마루야마丸山의 공원에 철 지난 벚꽃이 피어 있었다. 매일매일 비가 내렸다. 류코는 아와세*를 입고 있었다. 방의 두 쪽 하얀 벽에는 양옥에서나 볼 수 있는 창문이 두 개씩 달려 있었다. 류코는 그 창문에 팔꿈치를 괴고 석등에 조용히 내리는 비를 바라보고 있었는데, 그 어깨에 게이지가 손을 얹고 오랫동안 몸을 누르기도 했다.

그 방에 붙어 있는 다다미 4조 방에 들어가니 여종업원이 머리를 교토풍으로 묶어주기도 했다. 게이지의 선생님이 돈을 가지고

---

*아와세 : 안감이 들어 있는 기모노. 근세에는 음력 4월 1일부터 5월 4일까지, 9월 1일부터 8일까지 입는 습관이 있었다.

방문했을 때 류코는 다다미 4조 방에 들어가 반나절이나 숨어 있었다. 류코가 여종업원과 함께 빗속에 기요미즈로 참배하고 돌아와도 게이지는 아무 데도 나가지 않고 잠만 자고 있었다.

두 사람은 그곳에서 어떤 일이 있어도 반드시 함께 하겠다는 약속을 했다. 어떤 일이 있더라도 헤어지지 않겠다고 약속했다. 그것은 두 사람의 과거에 있었던 아름다운 추억 중의 하나였다. 그 추억의 그림만은 시간의 힘에 구애받지 않고 언제나 선명한 복숭아나무의 진홍색 꽃 같은 사랑스러운 색채를 빛내고 있었다. 그림 속에 그려진 인물은 자신과 게이지 외에는 없었다. 그렇지만 그림은 어디까지나 그림이었다. 추억의 그림이 되어 버린 것이었다. 그때 두 사람의 호흡도, 그때 웃던 입술도, 그것은 다시 그림 속으로부터 살아서 탈출할 수는 없었다. 류코는 그리고 나서 그림을 가만히 바라보았다. 유심히 보아도 그림은 그림일 뿐이었다.

"들어오지 뭐해."

탕에서 나온 게이지가 류코의 얼굴을 보며 말했다. 류코는 고개를 숙인 채 고개를 흔들었다.

바로 여자가 밥상을 들고 왔다. 류코는 오늘 하루 아무것도 먹지 않았던 것을 생각하며 젓가락을 들었지만 입 안이 까칠까칠해서 맛이 없었다. 그래서 적당히 먹고 난 후 게이지의 식욕을 보면서 얄미운 심정으로 바라보고 있었다.

"안 먹을 거야?"

게이지가 도중에 류코에게 물었다.

식사가 끝나자 두 사람은 작은 화로 옆에 앉아 손을 쬐었다. 류코는 계속 머리가 아파왔다. 그것을 참으면서 여동생 집이 이 주변인지 게이지에게 묻기도 했다. 게이지의 여동생 집의 모습 등을 이야기하거나 시골 거리의 쓸쓸한 광경을 이야기하거나 했다. 순간순간 실이 뚝 끊긴 것처럼 이야기가 끊기어 서로 말없이 생각에 잠길 때도 있었다.

사실 그것은 생각하는 것이 아니었다. 두 사람 모두 어젯밤부터 격렬한 심신의 과로로 마치 병적으로 잠이 몽롱하게 엄습해 오는 듯한 기분이 들었기 때문이었다. 그러나 류코는 그것이 졸리기 때문이라고는 생각하지 않았다. 때때로 의식이 혼미해지면 자신에게 바늘로 찌르듯이 하여 정신을 차리려고 했다. 그리고 나서는 게이지의 수척해진 얼굴을 봤다. 게이지가 말없이 있는 것이 류코는 괴로워서 견딜 수가 없었다. 그렇지만 자신이 먼저 입을 여는 것은 싫었다. 한 마디라도 먼저 시작하면 그 문제에 대해 언급해야 하는 것이 번거롭기 때문이었다.

게이지는 행복해 보였다. 류코가 자신의 뒤를 쫓아왔다는 사실이 게이지는 기뻤다. 이것만은 숨길 수 없는 여자의 진실과 같은 기분이 들었다. 이제 이것으로 모든 것이 끝나버린 것 같이 생각했다. 류코의 죄악도, 자신의 질투도, 그 격노도 모두 끝난 것처럼 생각되었다. 과거는 사라지고, 새로운 사랑의 결연이 두 사람 사이에 이어져 있는 것 같이 생각되었다.

그렇지만 게이지는 뭔가 해결하지 않으면 안 되는 것이 있는 듯한 느낌이 들었다. 뭔가 결정해야 할 것이 있는 것 같았다. 두 사람 사이가 이대로 옛날로 돌아갈 수는 없을 것 같은 생각이 들었다. 그 일만 매듭지으면 그로써 모든 것은 해결될 수 있을 것이라고 생각했다.

단지 그것은 여자의 사죄의 말 한 마디였다. 그 말만 들을 수 있다면, 자신은 완전히 다시 태어난 듯한 새로운 기쁨으로 여자를 안을 수 있을 것이라고 생각했다. 그렇지만 류코는 언제까지나 아무 말도 하지 않았다.

"올 때 역사자轢死者의 천인총千人塚이 있었지."

게이지가 문득 생각해냈다.

"몰랐어요. 어디쯤이었어요?"

"꽤나 이쪽으로 와서 일거야."

잠시 무서운 환상이 서로의 가슴속에 나타났다. 류코는 게이지의 얼굴을 바라보고 있었다.

"나는 그것을 봤을 때 소름이 끼쳤어."

"어째서요?"

게이지는 뒷말을 말하지 않고 있었다. 그리고 오늘 아침 집을 나온 후 몇 번이나 죽으려고 생각할 정도로 자신의 마음이 약해져 있었던 사실을 생각하고 있었다.

미워해야 할 여자! 게이지는 마음속으로 되풀이했다. 어젯밤과 같은 난폭한 감정이 문득 움직여 피가 끓었다.

"왜 내 뒤를 쫓아왔어? 어째서 같은 기차에 타고 있었던 거야?"

게이지는 류코에게 물었다.

"당신을 찾으러 우에노 정류장에 갔었어요. 그런데 마침 당신이 그곳에 있었어요. 하지만……."

류코는 그렇게 말하고 아무래도 그때 게이지를 부를 수 없었던 주눅 든 자신을 돌이켜보며 말을 멈췄다. 게이지는 그때 비로소 류코의 얼굴을 찬찬히 보았다. 류코의 눈은 충혈 되어 있고 거친 피부의 뺨이 홍조를 띠고 있었다. 눈썹이 까칠까칠해져 있었다. 마치 과음하고 난 후의 거친 피가 그의 얇은 피부를 비추어 흉하게 나타난 것처럼 보였다.

그곳에 남자가 숙박부를 들고 들어왔다. 게이지가 뭔가 써서 남자 앞으로 내밀 때까지 류코는 도코노마에 걸려있는 매화 족자를 바라보고 있었다. 남자가 돌아가자 류코는 다시 무릎을 게이지 쪽으로 하고 얼굴을 물끄러미 보았다.

"그대로 당신을 만나지 못한다면 나는 죽으려고 생각했어요."

류코는 고개를 숙이고 중얼거리듯이 그렇게 말했다. 그 목소리가 떨리고 있었다.

"왜?"

"너무 그리워서 어떻게 해야 좋을지 몰랐어요."

고개를 숙이고 있던 류코의 눈에서 갑자기 눈물이 떨어졌다. 류코는 손수건을 꺼내어 눈물을 닦았다. 닦아도 닦아도 눈물이 흘렀다.

"당신은 어떻게 해서든 헤어지려고 생각했어요? 집을 나와서 나를 잊어버리려고 생각했어요?"

게이지는 대답하지 않았다.

"당신은 그렇게 할 수 있을지도 모르지만 나는 헤어지는 것은 싫어요. 나는 어디든 당신의 뒤를 따라갈 거예요. 헤어지는 것은 싫어요."

"그렇지만 당신이 나한테 요구한 거잖아? 당신이 헤어지자고 하지 않았어? 당신이 무슨 짓을 했는지 생각해 봐."

"아뇨. 아무튼 나는 헤어지는 건 싫어요. 안돼요. 당신과 헤어질 수 없으니까. 당신과는 헤어지지 않아요."

그 목소리가 눈물에 흔들려 억울한 듯이 숨을 몰아쉬고 있었다. 계속해서 뭔가 말하려고 했지만 목소리가 오열로 막혀서 나오지 않았다. 가슴이 찢어질 듯이 요동쳤다.

여자의 흥분한 말을 들으면서 게이지는 팔짱을 끼고 말없이 있었다.

여자는 나쁜 짓을 하고 있다. 자신을 버리고 다른 남자를 사랑했다. 자신이 상상도 할 수 없는 애정이 있는 달콤한 말로 다른 남자의 마음을 끌어 여자는 기뻐하고 있었다. 그것을 자신이 알고 있음에도 여자는 태연했다. 자기가 한 일은 자기를 위한 것이라고 말했다. 그것이 싫다면 헤어지자고 말했다.

류코의 행동에 대한 극단적인 분노와 증오가 갑자기 가슴에 치밀어 올라 입술이 떨렸다.

"당신은 생각하고 말하는 거야? 아무 생각 없이 말하고 있는 거야?"

"나는 생각하고 말하고 있어요. 오늘 내가 어떤 생각을 했는지 당신은 상상도 못할 거예요. 내가 어떤 생각을 하고 당신의 뒤를 쫓아왔는지."

류코의 눈물은 차차 마르고 목소리가 분명해졌다. 류코는 그렇게 말하는 자신의 목소리가 귀에 익지 않았다. 타인의 소리 같은 기분이 들어 문득 그 소리를 삼켰다. 그리고 게이지의 얼굴을 봤다. 갑자기 격한 힘으로 그녀의 육체 위에 어떤 감각이 덮쳤다. 류코는 그것을 어떻게 할 수도 없었다. 사지에 경련이 일어나고 호흡이 거칠어졌다. 류코는 입술을 깨물면서 계속 게이지의 얼굴을 응시하고 있었다.

"나는 어떻게든 헤어지려고 생각했어. 그대로 만나지 않겠다고 생각하고 있었어."

"나를 죽인다고 말하지 않았어요? 어째서 그렇게 하지 않았어요? 그런 생각을 하면 죽이세요. 죽여주세요. 나는 아직 그쪽이 좋아요. 당신에게 죽임을 당하든지, 그것보다도 좀 더 지독한 꼴을 당하는 편이 나아요. 이제 더 이상 견딜 수 없는 참혹함을……."

류코는 자신의 손을 꽉 쥐면서 몸을 게이지에게 들이대고 그렇게 말을 계속했다. 자신의 몸을 움찔했다. 자신의 몸 전체를 타오르는 불속에 던져버리고 싶다는 듯이 몸을 학대했다.

"태워서 죽여주세요."

류코는 낮고 강한 목소리로 그렇게 말하고 몸을 게이지에게 비벼댔다. 게이지의 몸이 그 영향으로 이쪽저쪽으로 흔들렸지만 게이지는 폭력을 휘두르지 않았다.

"나는 모르겠어."

"뭐가 모른다는 거예요? 알고 있잖아요. 나도 잘 알고 있어요."

"나는 모르겠어. 돌아가지 않겠다고 말은 했지만 그렇게 못할 것 같아 내일이나 오늘 아침에라도 되돌아가려고 생각하고 있었어. 아무래도 당신을 그대로 둘 수 없을 것 같았어."

게이지는 험악한 눈으로 류코를 봤다. 그러나 그 입 언저리에 창백한 미소를 띠고 있었다. 그 미소를 본 류코의 눈이 순간적으로 모멸의 빛을 품고 움직였다. 류코의 마음이 갑자기 냉담하게 분명해졌다. 류코는 잠시 입을 다물고 있었다.

"무슨 생각으로 당신이 내 뒤를 쫓아온 건지, 집을 나온 후 내가 얼마나 깊이 생각을 했는지, 당신과는 비교도 안 될 정도로 많이 생각했어."

류코는 그 뜻을 남자의 얼굴에서 알아내려는 듯이 조소를 띤 눈으로 응시하고 있었다.

"당신은 그런 고통을 나에게 주었어. 나는 이제 아무것도 할 수 없어. 나는 행복해질 수 없어."

게이지는 미워할 수밖에 없는 여자라는 것을 다시 마음에 새겼다.

"당신은 내 앞에서 자신의 행동을 후회하고 있는 거야?"

"아니, 후회 따위 하지 않아요. 절대."

류코는 냉담하게 잘라 말했다. 몸이 기울어져 게이지로부터 조금 떨어진 왼쪽 어깨가 올라가 보였다.

"후회하지 않는 거야? 그래. 그렇다면 모든 것이 끝났어."

게이지는 찢어질 듯한 목소리로 말했다. 게이지는 여자의 마음 속에 깔려있는 그 적의를 볼 수 있는 것 같았다. 이 여자를 어떻게 하면 좋을까. 게이지는 여자의 머리를 틀어잡고 거침없이 깊은 바닥으로 내리치는 듯한 무겁고 어두운 생각에 사로잡힌 채 손가락도 움직이지 않고 가만히 있었다.

"나는 오늘 아침 아버지가 있는 곳으로 가버릴 작정이었어요."

류코의 목소리가 낮고 쓸쓸하게 울렸다. 게이지는 문득 그 눈을 움직였다.

"당신에게 죽임을 당하는 것이 무서웠어요. 두려워서 견딜 수 없었어요. 그래서 도망치려고 생각했던 거예요. 이대로 만약 내가 당신의 뒤를 쫓아가지 않으면 당신은 어떻게 할 거예요?”

“나는 도쿄로 돌아갈지도 몰라. 아니, 되돌아갈 거야. 그리고 당신을 찾아다니겠지.”

“아까 K정류장에서 당신을 발견했을 때도 나는 당신을 만나고 싶지 않았어요. 그대로 돌아갈까 생각했어요. 그렇지만 역시 뒤따라오고 말았어요.”

류코는 말을 마치고 생각했다.

“그 일은 후회만 하면 되는 거예요? 당신 앞에서 사과하기만 하면 되는 거예요?”

“그렇게 하지 않으면 나는 당신을 용서할 수 없어. 당신의 진실을 확인할 수 없어.”

“그래요? 나는 용서받지 않아도 좋아요. 나는 나쁜 짓을 한 여자인 채로 당신에게 복수를 당하겠어요.”

류코는 웃으려고 했지만 웃을 수 없었다. 가슴이 미어져 눈물이 솟아올랐다.

“어떤 경우에도 당신을 만나겠어요. 당신이 좋을 대로 하세요. 내가 한 일이 당신에게 그런 고통을 주었다면 당신으로부터 어떤 복수라도 감수하겠어요. 좋을 대로 하세요. 내가 한 일을 결코 후회하지 않아요.”

류코는 결심한 듯이 단호한 표정으로 입을 다물었다.

양심의 가책? 그 일이?

류코는 스스로 자문해 보았다.

그렇다. 확실히 그 행위가 나 자신의 마음을 꾸짖음에 틀림없었다. 자신을 책망한다기보다는 스스로 부끄러웠던 것이었다. 그것은 자신이 사랑의 말을 한쪽에 보내고 있으면서 자신의 행위를 두 남자의 어느 쪽으로도 분명히 할 수 없었던 것을 비겁하게 생각하여 부끄러워했던 것이다. 한 사람에게 마음을 끌리면서 다른 한 사람에게도 마음이 남아있다고 하는 것은 한 사람을 속이고 또 한 사람을 우롱하는 것이 된다. 그것이 나의 마음을 질책하고 있었다. 나는 양쪽에 나쁜 짓을 했다고 생각했다. 그리고 나는 내가 한 짓으로 인해 괴로워했다. 나는 양쪽에 다 거짓을 토했다. 내가 두 사람의 혼에 집착하여 동시에 그 혼을 짓밟았다. 내가 한쪽에 육체를 허락하지 않았다는 것은 아무런 조건도 되지 않는 것이었다.

그렇지만 그 행위를 내가 게이지 앞에서 참회하지 않으면 안 되는 것은 아니다. 나는 결코 그런 일은 하지 않는다. 그것은 싫다. 그 행위도, 내 남자에 대한 사랑도, 모두 나의 것이다. 무엇 때문에 내가 게이지에게 뉘우치는 마음을 보일 필요가 있는 것일까. 나는 그렇게까지 해서 게이지의 마음을 얻을 생각은 없다. 나는 이 사람을 사랑하고 있다고 자신이 생각하고 있다면 그것으로 좋은 것이다. 나는 가만히 있으면 되는 것이다. 이 사람으로부터 후회하고 있다는 말을 하도록 강요당하는 것은 모멸이라고 생각한다. 나는 싫다. 게이지로부터 어떤 것도 용서받으려고 생각하지 않는다.

류코의 생각은 점점 무거워져 마음속에 퍼져갔다. 집을 나올 때 그렇게 게이지를 그립다고 생각한 것을 돌이켜보면 슬픔이 다가왔다. 눈물이 쉴 새 없이 흘렀다.

복수를 당할 때까지 자신은 게이지 곁에서 가만히 지켜보고 있어준다. 어떤 복수라도 감수하자. 오늘 아침처럼 두려워하며 남자의 손으로부터 도망치려는 듯한 비겁한 일은 결코 하지 말자. 복수를 당할 때까지 나는 가만히 있는다. 그리고 조용히 받는다. 그러는 편이 자신의 입장이 명백해지므로 기분이 좋다. 그쪽이 좋다.

류코는 그렇게 생각했다. 그리고 내일 아침 일찍 혼자서 도쿄로 돌아가려고 결심했다.

두 사람은 한동안 말없이 있었다. 바람에 복도의 덧문이 덜컹덜컹 흔들렸다. 바짝 마른 여자가 용건이 있어 왔다가 바로 나갔다.

"어째서 그런 짓을 한거야?"

게이지가 갑자기 세차게 내뿜는 듯한 목소리로 말했다. 류코는 뒤돌아보지 않았다. 이 남자에게 이제 더 말할 필요가 없다고 생각했기 때문이었다.

"애처롭게 좀 봐줘. 나를."

게이지의 눈에서 눈물이 떨어지고 있었다. 게이지는 팔짱을 낀 채로 오열했다.

6

게이지는 아직 푹 잠들어 있었다.

류코는 일어나 복도에 서서 밖을 바라봤다. 건너편에 정류장의
지붕이 보였다. 그 지붕 뒤에 산이 보였다. 하늘을 가로지른 꾸불
꾸불한 산의 윤곽이 류코의 눈앞을 가리고 있었다. 하늘이 연회색
으로 흐려 있었다. 류코는 산을 보았다. 그리고 산과 지붕 사이로
부터 한줄기 짙은 연기가 오른쪽으로 조금 피어오르고 있는 것을
물끄러미 보고 있었다.

그녀의 마음은 침울했다. 주변의 풍경처럼 단지 어두움만이 마
음에 가득 차 있었다. 류코는 다시 실내로 들어와 장지문을 닫았다.

기적 소리와 자동차의 울림이 멀리 하늘을 가로질러 사라져 갔
다. 남자인지 여자인지 분간할 수 없는 어린아이가 사투리 섞인 소
리로 노래를 부르고 있는 것이 바로 계단 아래에서 들려왔다. 주위
의 방은 어젯밤처럼 조용했다.

류코는 게이지 쪽을 보지 않고, 이불의 아래쪽에 양손을 찔러
넣은 채 앉아있었다. 그리고 남자의 눈물을 본 순간부터 그 정이
꿈처럼 허물어져 버린 일을 생각하고 있었다. 류코는 단지 마음의
문을 닫았다. 색채도 무늬도 사라져 버린 것 같은 쓸쓸함이, 깨어
져버린 사랑의 마음을 과감히 정리하고 있는 것을 그녀는 스스로

느끼고 그것을 조용히 바라보았다.

류코는 거기에 그렇게는 있을 수 없어 다시 일어섰다. 서서 뒷창문을 열고 밖을 보았다. 여관의 한 모퉁이를 돌아보니 작은 시냇물이 바로 눈 아래 흐르고 있었다. 깨끗한 물이었다. 물이 졸졸 흔들리며 흐르고 있다.

'이 물은 어째서 저렇게 흔들리며 흐르고 있는 것일까'라고 류코는 생각했다. 류코는 또 하늘을 봤다. 하늘은 역시 뿌옇게 흐려 있었다. 그리고 몸을 쭉 뻗어 울타리 밖의 상가들을 바라보았다. 상호를 임시로 쓴 작은 음식점의 종이각등이 하나 보였다. 그 길은 어젯밤 게이지와 걸었던 그 좁은 샛길이었다고 생각했다. 그 길로 똑바로 가면 작은 다리가 있고 그 다리 위로 구름에 가린 반달을 발견한 것이다. 차가운 바람이 살갗을 찌르는 듯이 불었다. 류코는 창문을 닫고 다시 어두운 실내에 앉았다. 노란 이불의 줄무늬와 벗어 던진 커다란 쥐색의 도테라*가 류코의 눈에 거추장스럽게 비쳤다.

류코는 바로 기차를 타고 도쿄로 돌아가고 싶어졌다. 게이지의 곁에 잠시라도 이렇게 앉아있는 일이 그녀에게는 견딜 수 없이 싫은 기분이 들었다. 그래서 게이지를 깨우려고 눈을 돌렸지만 잠들어 있는 모습을 보자 그대로 두고 자신만 집을 나갈까 하는 생각이 들었다. 류코는 아래로 내려가서 욕실에서 머리를 묶고 얼굴을 씻

---

* 도테라(どてら) : 보통 기모노보다 좀 길고 큼직하게 만든 솜옷.

기도 했다.

"눈이 와."

"눈이다."

그런 소리가 카운터 쪽에서 들려왔다.

2층에 올라와서 류코는 복도에 서서 눈을 봤다. 조금 전까지 아무것도 보이지 않았던 투명한 공간이 뿌옇게 싸락눈으로 파묻혀 있었다. 눈은 바람에 날리면서 내리고 있었다.

다음 기차가 올 때까지 아직 두 시간이나 여유가 있다는 것을 아래층에서 들었기 때문에 류코는 그 시간을 무엇을 하며 마음을 달랠까 생각하면서 실내로 들어와 옷을 갈아입기도 했다. 게이지가 일어나 류코 쪽을 보았다. 류코는 그것을 눈치 챘지만 가만히 있었다. 게이지는 잠자리에서 일어나 그대로 복도 밖으로 나갔다. 자신이 무엇인가 하려고 하는데 그것을 방해하는 미운 그림자 같은 기분이 들어 류코는 그 뒤를 바라보았다.

'어떻게 해서라도 돌아가자.'

류코는 그렇게 마음먹고 하오리의 끈을 맸다.

류코가 지금 바로 도쿄에 돌아간다는 말을 듣고

"그렇게 하는 게 좋겠어."

라고 말하며 게이지는 반대하지 않았다.

"당신은?"

"나는 2, 3일 여동생 집에 있을 생각이야."

게이지는 침착한 소리로 작게 말했다.

게이지는 아까 잠에서 깨어나서 4, 5일 류코와 함께 여행을 하며 같이 보내고 싶다는 생각을 하고 있었다. 류코는 틀림없이 그 계획을 들으면 기뻐할 거라고 생각했다.

여행을 하며 마음을 달랜다면 자연히 자신의 질투도 희미해지겠지. 류코도 자신의 집념에 괴로워하지 않고 서로 잠시라도 모든 것을 잊어버리고 아무 일도 없었던 날로 돌아갈 수 있을 것임에 틀림없다.

게이지는 그렇게 생각하고 새로운 기쁨에 넘쳐 잠자리에서 일어났다.

그런데 뜻밖에도 류코로부터 도쿄로 돌아간다는 말을 듣고 뒤집힌 것 같이 갑자기 불쾌한 생각이 들었다. 의혹의 검은 구름이 가슴에 퍼져서 신경이 위협당하는 것처럼 떨렸다. 게이지의 겨드랑이 아래에서 차가운 땀이 흘렀다.

게이지는 움푹 팬 눈을 감고 뭔가 마음속으로 계획을 세우고 있었다.

"그럼 그렇게 해요. 나는 집으로 돌아가 기다릴게요."

류코의 목소리가 평소처럼 명쾌하게 들렸는데도 게이지는 반감이 일어났다. 게이지는 대답을 하지 않았다.

두 사람은 또 밥상을 나란히 하고 늦은 아침 식사를 끝마쳤다.

시각은 벌써 12시를 지나고 있었다. 여종업원이 장지문을 여닫을 때 밖의 눈이 보였다. 눈은 보고 있는 동안에도 점점 더 내려 쌓여가는 듯 했다.

'어쨌든, 다른 사람을 사랑한 여자다.'

게이지는 끊임없이 그런 생각을 되풀이했다.

류코는 말없이 있는 자신의 머릿속에 어떤 번뇌가 어두운 그늘을 끌어들이면서 스쳐가는 것을 느끼고 있었다. 그 어두운 그늘 속에 류코의 정서를 자극하는 남자의 소리가 배어 있었다. 빛을 우울한 듯이 보는 아름다운 남자의 눈이 숨어 있었다. 류코는 그것을 자신의 눈으로 밀어 버리려는 듯이 때때로 하늘을 보고 눈을 깜빡였다. 류코의 가슴은 점점 지우기 어려운 괴로움에 파묻혔다.

"이렇게 눈이 오는데 돌아갈 거야?"

갑자기 게이지의 목소리가 들렸다. 류코는 멍하니 "네"라고 말했다.

"하루 더 여기서 묵고 가지 않겠어?"

갑자기 여자의 마음에 매달리는 듯한 그 소리에 전율을 느꼈지만 류코는 자신의 마음으로 그것을 강하게 물리치고 있었다. 그러고 나서,

"아니요, 돌아가겠어요. 당신은 나중에 오세요. 2, 3일 묵는다면 숙박은요?"

하며 게이지의 얼굴을 보지 않고 말했다.

게이지는 단념했다는 듯이 일어서서 창문 쪽으로 걸어갔다. 창문을 열고 쏟아지는 눈을 바라보고 있었다.

조금 전 류코가 그곳을 바라보며 어젯밤 정경을 회상한 것처럼 게이지도 처마가 낮은 찻집이 늘어선 거리를 보며 어젯밤의 일을 되새겼다. 그때 자신은 여자를 내동댕이치고 곧바로 가버릴 생각이었다. 자신의 뒤를 쫓아온 여자의 얼굴을 보고 의외라고 생각했지만 그 여자에게는 다시 말을 하지 않을 생각으로 그 거리를 걷고 있었다. 여자의 얼굴을 보자마자 바로 여자를 버릴 각오를 했었다.

게이지는 그때부터 자기 마음의 행적을 다시 한 번 돌이켜서 더듬어 보았다. 거기에는 여자의 손에 질질 끌려가는 미련한 자신의 모습이 있었다. 자신에 대해서는 육체 외에는 아무것도 남지 않는 것 같은 여자의 모습이 있었다.

"나는 바로 여동생 집으로 갈 거야."

게이지는 창문을 닫으면서 이렇게 말했다. 창문에서 불어오는 차가운 바람에 몸을 떨고 있던 류코가 창백한 얼굴을 들어 게이지를 보았다.

왠지 모르게 이것으로 헤어져 버릴 것 같은 기분이 들어 불쑥 슬픔이 다가왔지만 류코는 그것을 억제하고 미소 띤 눈으로 게이지와 마주하고 있었다. 웃고 있는 눈빛에 미묘한 거짓 주름이 겹쳐져 있었다.

"당신은 바로 갈 거야?"

"아직 한 시간 정도 시간 있어요."

게이지는 여종업원을 불러 여동생이 사는 A마을까지 차를 부탁했다. 게이지는 그 이상 아무 말도 하지 않았다.

"2, 3일 지나면 꼭 돌아오세요. 조금 떨어져 있는 쪽이 좋을 것 같아요. 우리 두 사람은…… 당신도 그 동안에 생각해 보세요. 나도 생각해 볼 테니까."

류코가 그렇게 말했다. 류코는 게이지로부터 떨어져 잠시 혼자 있고 싶다는 바람이 가득했기 때문에 오히려 그쪽이 좋다고 생각했다. 지금 게이지와 헤어져서 혼자가 되고난 뒤 자신에게 펼쳐질 모습들이 확연하게 떠올랐다. 자신은 거기에 대해서 누구의 방해도 받지 않고 깊이 생각할 수 있게 되었다. 그 결과가 어떻게 나타날지는 모른다. 게이지와의 이별? 새로운 사랑과의 헤어짐? 류코는 빨리 혼자이고 싶다고 생각했다. 이 어수선한 감정을 진정시키지 않으면 안 된다고 생각했다. 그녀는 침울해진 모습으로 게이지 앞에 앉아 있었다.

차가 바로 왔다. 게이지는 외투를 걸치면서,

"자, 그럼."

하고 류코에게 인사했다. 류코는 가볍게 인사했지만 너무 슬퍼서 말이 나오지 않았다. 자신의 얼굴에 집중되는 게이지의 눈이 언뜻 빛나보였다. 게이지는 방을 나갔다.

7

열차는 눈 속을 달리고 있었다. 눈보라가 모든 것을 어딘가로 끌고 가는 것처럼 보였다. 숲도, 산도, 들도, 나무도, 눈보라에 말려 올라가고는 그 모습이 숨어 버렸다. 때로 강의 흐름이 그 눈보라를 뚫고 광물과 같은 검은색을 그려내고 있었다. 류코는 창문에 얼굴을 대고 왕성하게 내리는 눈을 가만히 바라보고 있었다. 창문 밖에는 작은 물방울이 맺혀있었다.

어느 정류장에서나 사람들이 눈에 젖은 외투에 푹 싸여 우왕좌왕하고 있었다. 눈보라를 헤치고 왔다는 듯이 거만하고 웅대한 모습으로 열차가 연이어 정류장으로 들어오고 있었다. 그리고 또 눈을 휘날리며 나아가는 열차의 의기양양한 모습을 정류장의 사람들은 한결 같이 바라보고 있었다. 류코는 모든 사람의 눈에도 생기 넘치는 힘으로 가득 찬 빛이 흘러넘치는 것처럼 보였다.

뭔가를 지그시 응시하고 있는 것 같은 눈으로 생각에 잠겨있는 류코는 때때로 창문에 얼굴을 대고는 그 경치에 넋을 잃고 있었다. 따뜻한 증기가 그녀의 발끝에서부터 피부에 익숙해져 있고 쿠션에 몸을 떨어뜨리고 있는 그녀의 온몸에 피가 조용히 흐르고 있었다. 이 방에는 류코 외에는 아무도 없었다.

류코는 대담하게 어떤 생각에 그 마음이 완전히 빠져있었다. 그 생각은 그녀의 편안한 마음에, 부드럽고 조심스럽게 한쪽으로부터 스며들고 있었다. 가벼운 미소가 희미하게 그녀의 혈기에 동요를 일으키고 있었다.

"나를 버리지 말아주세요. 어떤 일이 있어도 반드시."

그렇게 말하는 남자의 소리가 젊고 싱싱하게 들렸다. 그것은 누구의 소리였을까?

류코의 피가 또 부드럽게 요동쳤다.

"버리지 않습니다. 당신을 버려야 한다면 나는 자신을 버릴 거예요."

류코의 귀에 또 젊고 발랄한 여자의 목소리가 들렸다. 그것은 누구의 소리였을까?

여자는 비둘기를 소맷자락으로 안고 있었다. 두 사람의 주위에 모인 많은 비둘기 중의 한 마리가 이상하게 여자의 가슴에 날아들어 휘감겼다. 여자는 이 갑작스런 비둘기의 사랑표현에 놀라면서도 꼭 안고 비둘기의 부리에 입맞춤을 했다.

"빨리 그 쌀을 꺼내줘요."

여자가 비둘기를 달래며 그 작은 머리를 쓰다듬으면서 남자에게 말했다. 남자는 유리 뚜껑을 열어 그 속에서 쌀과 콩을 수북 담은 작은 토기그릇을 꺼내서 여자가 안고 있는 비둘기의 곁에 가지고 왔다. 여자는 그것을 받아 비둘기에게 먹여주었다. 남자도 기쁜 듯이 보고 있었다.

"귀여운 비둘기네."

"그렇군요."

많은 비둘기의 무리가 능숙하게 두 사람을 둘러싸고, '구구, 구구'하고 울어댔다. 두 사람은 비둘기와 함께 놀고 있었다. 그 돌아오는 길에 남자가 한 말이 그것이었다. 여자가 대답을 한 말이 그것이었다.

류코의 추억이 연이어 아름다운 색을 품은 아지랑이와 함께 떠오르고 있었다. 괴로움이 깊은 남자의 마음이 류코의 마음에 집요하게 따라 붙었다. 그 무렵 한층 더 여자로부터 떨어지지 않으려고 단단히 달라붙은 남자의 정념이 류코의 가슴에 가련한 애처로움을 띠고 확실히 비쳤다. 우울한 빛을 띤 남자의 큰 눈이 문득 그녀를 엿보는 것 같은 기분이 들어, 류코는 깜짝 놀랐다. 누구의 눈이었을까? 그 환상의 눈에 기억이 없었다. 류코의 가슴이 희미하게 울렁거렸다. 자신은 지금 잠들어 있는 것은 아닐까 라고 생각했다. 그렇게 생각하며 류코는 지금까지의 의식을 더듬기라도 하듯 뒤돌아봤다. 피를 흔드는 어떤 생각이 꿈이 아니라, 그녀의 뇌리에 짙게 남아 있었다. 그녀가 그것을 알아차린 순간에 모든게 귀찮은 생각이 들었다. 그런 생각에 사로잡혀 자신이 울적해 지는 게 싫었다. 그렇지만 그렇게 생각하는 곁의 남자의 정념이 절실하게 애처롭게 그녀의 마음으로 엄습해오지는 않았다. 류코는 창문 밖을 봤다. 눈이 그녀의 눈언저리를 스치고 옆으로 지나갔다.

갑자기 이 여관에 손님이 많아졌다. 담배 연기의 강한 냄새가 방으로 들어왔다. 신문을 넘기는 소리가 들렸다. 뚱뚱한 남자의 말소리도 류코의 귀에 떠들썩하게 들렸다. 불빛이 매우 친근한 색을 띠며 실내를 비추고 있었다. 밖은 점점 하얀 눈이 쌓인 채 저물어갔다.

문득 류코의 마음이 확 열리고 갑자기 그 주위가 화려해졌다. 자신의 몸은 지금 완전히 자신의 것이다. 자신의 정신이 지금 완전히 자신의 것이란 의식이 팽배해졌다. 그녀는 마치 이 순간을 어찌하면 좋을지 모를 정도로 그 자유로운 기분이 기뻐서 견딜 수가 없었다. 무엇을 생각해도 좋았다. 무엇을 해도 좋았다. 누구를 버려도 좋았다. 누구를 배반해도 좋았다. 누구와의 정념으로 자신의 마음을 번거롭게 하지 않아도 괜찮았다. 자신을 생각하는 것은 자신을 생각하는 사람의 마음이었다. 기만당했다고 생각하는 것은 기만당했다고 생각하는 사람의 마음이었다. 우롱 당했다고 생각하는 것은 우롱 당했다고 생각하는 사람의 마음이었다. 류코는 지금부터 자신의 삶을 마음대로 움직여가는 것 같은 기분이 들어 크게 넓게 그 마음이 흥분되었다.

도쿄도 눈이 많이 왔다. 기차에서 내린 사람들은 정류장의 한쪽 구석에 모여 여기저기 차를 구하고 있었다. 눈 속에 무리지어 있던 인력거는 모두 앞 휘장을 통하여 케코미˚ 안까지 눈으로 가득 쌓여 있었다. 차부는 그것을 치우고 사람을 태우고 있었다.

"시로카네산코쵸白金三光町(지명), 간다니시키쵸神田錦町(지명)"

그렇게 말하며 청모자를 쓴 중매인이 차부를 부르고 있었다. 몰아치는 눈을 피하면서 승객들은 난처한 모습으로 서성거리고 있었다.

류코는 끝내 그곳 교외로 가기 위한 전차 정류장까지 가는 차를 구할 수 없었다. 류코는 눈 속에 그곳까지 달려갔다. 삽시간에 머리카락도 기모노도 버선도 눈에 젖었다.

전차가 그쪽에 도착해도 류코는 자신의 집으로 갈 때까지의 길을 눈을 뒤집어쓰면서 걸어갔다.

교외의 길은 무명처럼 하얗다. 걸음을 옮길 때마다 고마게타˚˚가 기모노의 옷자락을 물어 서벅서벅 눈 속에 파묻히면서 갔다. 온몸이 눈에 빠지면서 얼굴에만 차가운 것이 나풀나풀 내리는 것만이 느껴졌다. 그녀의 몸은 따뜻했다. 때때로 그녀는 하늘을 쳐다보거나 언덕에서 그쪽을 바라보거나 했다.

눈의 하얀 빛이 한없이 펼쳐져 있다. 가늘게 끝없이 내리고 있는 눈의 하얀 빛을 통해서 흐릿하게 구분할 수 있었다. 내리고 있

˚ 게코미(蹴込み) : 일본식 현관의 낮은 마루와 현관 바닥과의 수직 부분.
˚˚ 고마게타(駒下駄) : (굽을 따로 달지 않고) 통나무로 깎아 만든 게다.

는 눈 사이로 눈에 덮인 지붕이 살짝 드러나 있다. 류코는 오랫동안 그렇게 방황하고 있는 듯한 기분이 들었다. 고마게타에 힘을 주어 눈을 꾸욱 밟아 차며 걸었다. 한번 심호흡을 하고서는 몰아치는 눈에 반항했다. 그러나 집에 도착할 즈음에는 그 폭발해버릴 것 같은 기분이 응집되어 숨이 가쁘고 그대로 정신이 나가버릴 듯한 뭐라고 말할 수 없는 귀찮은 기분이었다. 닫힌 문을 열자 그 입구 조릿대에 있던 눈이 후르르 얼굴에 떨어지는 것을 맞고 현관에 주저앉았을 때는 반쯤 정신을 놓은 듯 맥박이 점점 사라져가는 듯한 느낌 속에 멍하니 있었다.

젖은 옷을 전부 벗고 머리를 빗고 자기 방에 들어갔다. 방에는 불이 아주 밝게 켜져 있다. 어제 아침 그녀가 모든 것을 버리고 나가려고 했을 때와 같은 위치에 여러 가지 물건이 움직이지 않고 그대로 있었다. 화장대 위의 기름병도 작은 어깨를 움츠리며 구석에서 빛을 받고 있다. 그녀는 울고 싶을 정도로 방안의 모든 것이 귀여웠다.

'너희들은 아무것도 모르겠지만 나는 어제부터 오늘까지 생혈을 짜내는 듯한 여러 가지 고통스러운 생각을 해왔다. 하지만 나는 다시 이 방으로 돌아왔다.'

류코는 이렇게 생각을 하면서 방안을 둘러보았다. 그리고 가정부가 준비해준 고다쓰 안으로 들어가 잤다. 오래간만에 자신의 유젠* 이불속에 감싸인 듯한 기분이 들었다. 자신의 피부에 익숙해진 잠옷의 부드러움이 어루만져 주듯이 그녀의 몸에 착 달라붙었다. 류코는 아무것도 생각 하지 않고, 밝은 불빛 아래서 편안하게 잠자리에 들었다.

잠깐 잠이 들었을 때 류코는 머리맡에서 무슨 소리가 나서 눈이 뜨였다. 가정부가 편지를 가지고 왔기 때문이었다. 히로조로부터 온 편지였다.

"나는 1시부터 5시가 지날 때까지 기다렸습니다. 왜 오시지 않을까 생각하고 생각하며 꼭 오실 거라는 생각에 한 시간 또 한 시간 기다리다 결국 다섯 시가 넘을 때까지 기다렸습니다만 오시지 않았습니다. 무슨 일이 있는 것은 아닌가 하고 걱정이 되었습니다. 병이라도 나신 겁니까? 바로 답장을 주십시오. 그렇지 않다면 내일 또 다시 그 정류장에서 기다리겠습니다. 나오실 수 있으시면 와 주십시오. 나는 기다리고 있겠습니다."

그렇게 쓰여 있다.

오늘이 그날이었다. 류코는 오늘 날씨가 좋으면 교외로 산책하자고 약속했던 말이 생각났지만 편지는 거기에 던져둔 채 바로 잠 들어버렸다.

---

* 유젠(友禪) : 날염법의 한 가지. 방염(防染) 풀을 사용하여 비단 등에 꽃·새·산수 등의 무늬를 화려하게 염색하는 방법. 혹은 그렇게 염색한 것을 일컬음.

8

　다음날 아침 류코는 생각보다 빨리 눈을 떴다. 바깥은 맑고 햇
빛이 눈 위에 밝게 빛나고 있었다. 낙숫물이 소란스럽게 집주위에
소리를 내고 있다.

　류코는 몸에 열이 있었지만 잠자리에서 일어나 창문으로 푸른
하늘을 보았다. 푸른 하늘은 자신의 입에서 내뱉은 하얀 입김을 아
득하게 내려다보고 웃고 있다. 빛이 가득히 넘치고 있었다. 류코는
그 빛을 눈부셔 하면서 거울 앞에 가서 얼굴을 비추어 보았다. 어
제도 그저께도 거울로 얼굴을 본적은 있었지만 꼼꼼히 자신의 얼
굴을 잘 보지 않은 듯한 생각이 들었다. 그 얼굴은 게이지처럼 수
척해 보이지는 않았다. 눈에 어두운 그림자는 있었지만 뺨과 턱에
살이 붙어있었다.

　잠시 류코는 밝은 광선이 내려 쬐고 있는 방안을 잠옷을 입은
채로 여기저기 걸어 다니고 있었다. 문득 어젯밤의 히로조의 편지
가 눈에 들어와, 그것을 집어 들어 다시 읽어 보았다. 어제는 아무
렇지도 않게 여겨졌던 일이 오늘 아침에는 상당히 가엾게 느껴졌
다. 눈 내리는 추운 정류장에서 4, 5시간이나 기다리고 있던 히로
조의 모습이 그녀의 눈에 생생하게 떠올랐다.

　류코는 무시할 수 없는 듯한 기분이 들었다. 오늘도 분명히 또

자신을 기다리고 있을지도 모른다. 자신은 그것을 어떻게든 해결하지 않으면 안 된다고 생각했다. 그렇지만 그런 생각 이외, 또 한편으로 류코의 마음에 어떤 잔인하고 못된 자포자기한 미소가 살며시 떠올랐다. 그녀는 무시해버리자고 생각한 것이었다. 그녀는 이 편지의 한 구절 한 구절로부터 그 사람의 생각을 더듬는 것도 귀찮고 번거로워

'어찌되건 상관없어, 어찌되건 상관없어.'

라고 마음속으로 계속 외쳤다. 이 일에 대해 생각하는 것은 마침 노출된 육체 위에 어떤 물체가 딱 부착되어 오는 듯한 기분을 주었다.

류코는 그 편지를 마구 구겨서 끝에서부터 지근지근 씹었다. 그리고서 자신이 벌인 일이 마무리 되지 않고 그대로 있는 것을 스스로 비웃으며 차갑게 바라보았다. 류코는 그 근처의 문을 열어둔 채 다시금 이부자리 쪽으로 들어갔다. 밝은 광선이 가루를 흩뿌리듯이 그녀의 눈으로 쏟아져 들어왔다. 류코는 바로 잠이 들었다. 그리하여 생생하게 기억이 나는 꿈을 꾸었다. 그것은 전혀 꿈이라고는 생각할 수 없을 정도로 밝은 환상의 모습이 움직이고 있었다.

류코는 키가 큰 노송나무 울타리를 따라 골목길로 들어갔다. 자신은 히로조 집으로 갈 작정으로 걷고 있었다. 신축 건물 5, 6채가 동쪽 방향 북쪽 방향으로 하나같이 지어진 그 일대의 막다른 길에 있는 히로조 집의 격자문도 사실 있는 그대로 꿈속에 나타났다.

류코는 격자문 앞에서 뒤로 돌아서 우물가 쪽을 보았다. 그 우물가에 밝은 해가 비치고 있었다. 거기서 히로조의 어머니가 빨래를 하고 있었다. 류코가 말을 걸자 어머니는 자기 앞으로 와서 어찌된 것인지 소리 없이 눈물을 흘렸다.

류코도 슬퍼져서 잠시 동안 울고 있었지만 자신은 어느새 히로조의 방에 들어가 있었다. 히로조가 자주 서거나 앉거나 했다. 류코는 심하게 다시 울었다. 소리를 내며 울었다. 히로조가 자꾸만 앉았다 섰다하고 있었다. 그 맨발이 생생하게 류코의 눈에 비쳤다.

'어머니를 보면 나는 언제나 이렇게 슬픕니다. 정말 언제 봐도 좋은 어머니에요.'

류코는 그렇게 말하는 듯한 기분으로 언제까지고 울었다. 그리고 조금도 울지 않는 히로조가 류코는 미웠다. 두 사람은 그 어머니의 일로 말다툼을 했다. 그 사람은 게이지의 어머니라고 히로조가 말했다.

하지만 류코에게는 히로조의 어머니로 여겨졌다. 그 얼굴도 히로조의 어머니와 닮았다. 상당히 어두운 구석에 앉아있는 그 어머니의 그림자가 보였다. 류코는 그쪽으로 가려고 일어섰지만 조금도 걸을 수가 없었다. 류코는 "어머니, 어머니" 하고 불렀지만, 그 어머니는 잠자코 있었다. 히로조는 그 어머니의 옆에 가서 무슨 말을 하고 있었다.

류코는 히로조가 그 어머니와 둘이서만 이야기 하고 있는 것이

유감스러운 기분이 들었다. 그래서 자신이 뭔가 말하려 하자 히로조가 어느새 자신의 옆에서 손을 잡으려고 했다. 류코는 그것을 자꾸 밀쳐내려고 하고 있는데 어머니의 얼굴과 모습이 바로 눈앞에 크게 나타났기 때문에 류코는 기쁜 나머지 자신도 모르게 소리를 지르며 그 어머니에게 기대려고 했다. 류코의 꿈은 거기서 끝났다.

어째서 그 어머니를 꿈에서 본 것일까, 류코는 알 수 없었다. 류코는 밝은 방안을 둘러보았다. 거기에 꿈에서 본 어머니의 모습이 확실히 앉아있는 듯 하여 그립기도 하고 기분이 나쁜 것 같기도 했다.

그때부터 류코의 몸에는 심하게 열이 나고 바로 꾸벅꾸벅 졸았다 12시가 좀 지났을 때쯤 손님이 왔다고 해서 일어났다. 온 사람은 히로조였다. 류코는 잠자리에서 나와 그와 만났다.

1층 객실에서 기다리고 있던 히로조의 얼굴은 창백했다. 히로조는 뭔가 서두르고 있는 듯한 표정으로 안정감 없이 눈동자를 여기저기 굴리고 있었다. 류코의 얼굴을 보자 쓸쓸하게 웃으며 가볍게 인사했다. 히로조는 망토를 입은 채로 앉아있었다.

"나는 어젯밤에 한숨도 자지 못했어요."

히로조는 떨리는 목소리로 그렇게 말했다. 류코는 기모노를 바닥에 질질 끈 채로 그 앞에 잠시 서 있었다.

"어떻게 된 거예요?"

류코는 다른 말을 하고 있는 것 같은 기분으로 히로조의 얼굴을 보았다. 갑자기 슬픔이 밀려오는 듯한 얼굴을 하고 히로조는 계속 밑을 주시하며 말을 하지 않고 있었다.

그 표정이 류코의 눈에 비쳤다. 이 사람은 무엇을 그렇게 슬퍼하고 있는 것일까 하고 생각했다. 꿈에서 본 히로조의 얼굴이 그녀의 머리에 떠올랐다. 류코는 역시 멍하게 선 채로 히로조의 얼굴을 보고 있었다.

"이렇게 찾아온 것은 실례라고 생각했지만, 참을 수 없었습니다—왜 어제 나오시지 않았습니까? 오늘도."

히로조는 말을 끝내고 류코를 쳐다보았다. 병에 걸린 듯한 창백한 모습을 보니 갑자기 걱정되었다.

"어디 아픈 데라도 있습니까?"

"네, 조금."

류코는 히로조의 앞에 앉을 수 없었다. 그 앞에 앉아 버리면 뭔가가 자연히 정해져 버릴 것만 같은 느낌이 들었다. 그래서 계속 서 있다가 기모노를 질질 끌면서 객실 안을 걸어 다니고 있었다.

"편지라도 주셨으면 그렇게 걱정하지 않았을 텐데."

히로조는 그 모습을 지켜보면서 중얼거렸다. 그리고서 바로 일어나서 돌아가려고 했다.

"돌아가는 거예요?"

"예, 이제 안심할 수 있으니까, 얼마나 걱정했는지 모릅니다. 정말 병이라도 걸리신 거라면 몸조리 잘하십시오."

히로조는 류코가 자기 앞에 올 것을 선채로 기다리고 있었지만, 류코는 멀리서 아무 말도 하지 않고 히로조의 얼굴을 바라보고 있었다.

"갑자기 찾아와서 미안합니다."

히로조는 갑자기 방문한 자신을 류코가 불편하게 느끼고 있다고 생각했다. 그것을 용서해달라고 응석부리듯 그렇게 말했다.

"미안합니다."

"아니에요."

라며 류코는 머리를 흔들며 멀리 서서 움직이지 않았다.

"자, 그럼 돌아가겠습니다."

히로조는 매우 아쉬운 듯한 얼굴로 방을 나가려고했다. 그러자 갑자기

"기다리세요. 거기까지 배웅할 테니까."

라고 류코가 큰소리로 말했다. 류코는 그대로 이층으로 올라갔다.

류코는 바로 준비하고 내려왔다. 깊이 생각하며 걷고 있는 것처럼 한 계단 한 계단 내려오는 그 발걸음이 더뎠다.

"건강 상태가 좋지 않아요. 밖에 나가면 안 되는 거 아닙니까?"

히로조가 자못 걱정되는 말투로 말했다. 그리고서 류코의 얼굴을 엿보았다. 류코는 대답을 하지 않고 먼저 서서 밖으로 나갔다. 눈 녹은 진흙길을 조심해서 걸어가야 했기 때문에 두 사람은 조금 긴 시간 말이 없었다. 류코는 그대로 아무 말도 하지 않고 정류장

까지 배웅해주려고 생각했다. 무슨 일이든 편지에 써서 보내면 된다. 그렇게 생각하며 류코는 불쑥 걸음을 멈추고 히로조 쪽을 보았다. 히로조는 바로 그 쪽으로 얼굴을 향해 류코가 뭔가 말하기를 기다리는 듯한 기색을 보였다. 그 입술이 빨갛게 예쁜 색을 띠고 있었다. 모자를 벗고 있었기 때문에 깊고 짙은 색 머리카락에 햇살이 반짝반짝 비추고 있었다. 류코는 자기도 모르게 히로조를 향해서 웃음을 띠었다. 히로조는 거기에 묘한 웃음으로 답했다. 그러나 그 웃음을 본 순간에 류코의 가슴에 암울한 그림자가 덮쳐왔다.

"우리는 이제 헤어지지 않으면 안 될지도 몰라요."

류코는 그렇게 말해버렸다. 히로조는 번뜩 떠오른 어떤 예시를 받은 듯한 눈을 하고 류코를 다시 쳐다보았지만 류코는 그 뒷말을 계속하지 않았다.

두 사람은 문이 닫힌 간이 음식집을 돌아서 언덕 위로 나왔다. 울짱에 서서 류코는 서쪽 하늘을 바라보았다. 하늘 전체는 맑아 있었다. 불빛이 쌓인 눈에 반사되어 눈이 아팠다. 작은 음식점의 종이각등이 나와 있고 거리의 하늘도 맑은 듯이 보였다. 류코는 며칠 전 심한 바람 속에 여기를 달려갔던 자신의 모습을 뒤돌아보며 괴로운 듯 아픈 생각에 잠겼다.

"무슨 일이 있었어요?"

히로조는 그렇게 말하며 류코의 옆으로 다가왔다.

"이대로 헤어지게 된다면 당신은 싫어요?"

류코는 먼 서쪽하늘을 보며 다시 물었다.

"그래요. 싫어요."

히로조가 또렷이 말했다.

류코는 죄다 말해버릴까 어떻게 할까하고 망설였다. 그렇지만 말할 수가 없었다. 엊그저께부터의 일을 전부 말할 수 있지만 자신이 게이지를 따라갔다는 것을 히로조에게 말하는 것은 싫었다. 거기에 생각도 못한 허영된 사람이 있는 것을 그녀는 부끄럽게 생각했지만 어찌할 수 없었다. 류코는 역시 서쪽 하늘을 바라보며 생각하고 있었다.

"당신을 만나는 것이 싫어졌어요. 요즘 왠지."

류코는 일부러 빈정거렸다. 잔인하고 자포자기한 마음이 생기기 시작했다. 류코는 조롱하는 듯한 웃음을 마음속으로 참으면서 얼굴을 히로조 쪽으로 돌리지 않았다.

"왜 그런 말을 하시는 거예요?"

히로조는 그런 말을 믿지 않는 듯한 분위기로 조용히 말했다. 언제나처럼 여자 손 안의 공처럼 아양을 떨려고 하는 남자의 순수한 감정이 거기에 나타나 있었다. 그것이 류코의 날카로워진 기분을 건드려 오히려 류코를 더 흥분시켰다. 류코는 걷기 시작했다.

"정류장까지 배웅하겠어요."

"그보다도 지금 말해주십시오. 왜 그런 말을 하시는 것인지."

"특별한 이유는 없어요."

라고 말했지만 생각을 바꿔서,

"그 사람이 전부 알고 있어요."라고 난폭한 어투로 쏘아 붙이듯이 말했다.

"그래요?"

순간 말하는 히로조의 목소리에 불안과 절망이 섞여서 울렸다. 가는 길에 햇볕이 부드럽고 따뜻하게 비춰지고 있었다. 때때로 생각지도 못한 곳에서 눈이 녹아 물방울이 떨어지기도 했다. 히로조는 그 이야기를 모두 들으려고 했으나, 류코는 어제의 일도 엊그제께의 일도 말하지 않았다.

두 사람의 관계가 깨졌다. 그런 슬픔이 계속해서 히로조의 가슴을 찔렀다. 히로조는 류코도 슬퍼하길 바라는 마음으로 류코 쪽을 강하게 보았다……. 그리고 그 얼굴 위에 조금이라도 감정이 움직이는 빛을 느끼고 싶었지만 류코는 냉정했다. 오히려 몹시 밉살스러운 굳은 느낌이 드는 표정으로 언제까지고 입을 열지 않았다.

"뭔가 말씀하지 않고는 견딜 수 없었겠지요. 류코 씨."

"예, 말했어요. 저는 참혹한 꼴을 당했어요. 죽인다고 말했어요."

그 말에 히로조는 두 사람의 다툼이 연상되었다. 무슨 일이든 아직 연마 되어 있지 않은 히로조의 순진한 젊은 마음이 무서운 일격을 만난 것처럼 일시적으로 떨렸다.

히로조는 "죽인다"고 하는 말의 뜻을 음미해보는 것조차도 무서웠다. 그런 무서운 악마의 손이 자기 때문에 류코에게 닥칠 것이라고는 히로조는 생각지도 못했다.

두 사람은 말없이 걷고 있었다. 그리고 정류장으로 갔다. 류코는 헤어지려고 했다.

"나는 싫어요. 이대로 헤어지는 것은."

히로조는 그 손에 매달리는 듯이 하며, 류코를 놓지 않으려고 했다.

"어떻게 하면 됩니까. 당신은 어떻게 하실 거예요?─오늘은 집에 안계십니까?"

류코는 말없이 있었다.

"저 류코 씨, 나는 각오하고 있어요. 나는 이제 부모님도 집도 생각하지 않아요. 나는 당신이 하자는 대로 하겠어요. 당신과 헤어지는 것은 싫어요."

히로조는 이쪽을 향해서 흰 손수건을 꺼내서 눈물을 닦았다. 그것을 소매에 넣고 다시 류코 쪽을 쳐다보았다. 언저리가 빨갛게 되어 있었다. 류코는 그 눈을 보고 있었지만 류코의 얼굴에는 아무 감동의 기색도 없었다.

"아무튼 두 길을 동시에 갈 수는 없어요. 어느 쪽이든 선택하지 않으면."

히로조는 말하면서 밑을 보고 서 있었다. 류코는 정류장에서 나와 울짱이 있는 곳에서 여기저기를 바라보고 있었다. 히로조에 대한 혐오감이 밀려와서 그녀는 참을 수 없었기 때문이었다. 왜 이렇게 히로조가 번거롭고 귀찮아졌는지 그녀 자신도 알 수 없었다. 류코는 먼 하늘에 눈도 마음도 내려놓고 있었다. 여기서 이대로 어디론가 가버리고 싶었다. 자기가 한 일에서부터 멀리 도망치고 싶었다. 그것이 비겁한 짓이라고 해도 도망치는 것 외에는 다른 길이 없는 듯한 기분이 들었다. 남자의 집념 깊은 사랑의 감정이 고조되도록 유도한 것은 류코였다. 류코가 남자의 마음에 치근거리며 장난으로 끌고간 그 사랑이 지금은 무엇으로도 충족시킬 수 없는 듯이 불타올랐다. 류코는 그것을 확실히 남자의 마음에서 도려 내어온 것처럼 현재의 눈앞에서 보았다.

그러나 '나는 나쁜 짓을 했어.' 그렇게 스스로 반성하는 것조차도 이제 그녀는 번거로워서 견딜 수 없었다. 그녀는 '귀찮아, 귀찮아'라는 생각으로 자신의 머리카락을 쥐어뜯고 싶다는 생각에 울짱에 꼼짝 않고서 있었다.

"어떻게 하면 될까요?"

히로조의 목소리가 가깝게 들렸다.

히로조는 그렇게 말하고 류코를 다그쳤다. 두 사람의 관계가 깨졌다. 그것은 히로조에게는 견딜 수 없는 슬픔이었다. 류코가 자신에게로 도망쳐 올 때까지 히로조는 이제 기다릴 수도 없었다. 그것이 유일한 하나의 소원이었다. 그리하여 그것에 의해 그 사랑은 한층 짙고 강하게 실제적으로 맺어지는 것이라고 생각했다. 히로조는 류코가 그것을 결심하기 힘들어하고 있는 것이 아닐까, 라고 생각했다.

"무엇을 생각하고 있는 것입니까?"

류코는 말없이 있었다. 때때로 뒤로 정류장으로 가는 사람이 지나갔다. 그 발소리가 두 사람의 마음을 밖으로 향하게 해 마음을 산만하게 했다. 두 사람은 아무렇지 않은 듯한 얼굴로 하늘을 보거나, 앞을 보거나 했다.

"저기, 무슨 생각을 하고 계신 거예요. 당신을 죽인다고 하면 나도 같이 죽임을 당하겠어요. 나는 무슨 일이 있어도 당신과 헤어지는 건 싫어요. 그렇게 할 수는 없어요. 나는."

류코는 갑자기 눈물이 나오려고 했다. 그러나 류코는 그것을 입술을 깨물며 참고 있었다.

"저는 이대로 돌아갈 수는 없습니다."

히로조는 그렇게 말했다.

전차가 스쳐 지나갔다. 류코는 그대로 조용히 돌아가려고 생각하면서 비로소 뒤돌아서 히로조의 얼굴을 보았다. 히로조의 얼굴에는 류코의 마음을 얻지 않고는 견딜 수 없다는 듯한 애달픈 슬픔이 서려있었다. 류코는 다시 고개를 떨어뜨리고 시선을 돌렸다.

햇살이 잘 비치고 있었다. 그 빛이 행복이었다.

"계속 이렇게 있어도 달리 방법이 없어요. 오늘은 이만 여기서 헤어지죠."

류코가 부드럽게 말했다.

"당신은 어떻게 살 거예요. 저는 그게 걱정이니까요."

"아무것도 걱정하실 건 없어요. 편지로 상세하게 말씀드릴 테
니까요."

류코는 그렇게만 말했다. 아버지가 계신 곳에 갈 거라고 결심
한 것이 가장 좋은 방법인 것처럼 생각되었다. 내일이라도 아니,
지금이라도 자신은 역시 모든 것을 버리고 멀리 아버지가 계신 곳
으로 가려고 생각하고 있었다. 류코의 마음에 정취를 품은 듯한 희
미한 슬픔이 흐르고 있었다.

"그럼 안녕히 가세요."

류코가 그렇게 말했을 때, 히로조가 갑자기 무언가에 놀란 소
리를 내었다.

"게이지 씨 아닌가요?"

히로조가 숨을 죽이듯 말했다. 류코는 뒤돌아보았다.

게이지가 어제 모습 그대로 고마게타로 진흙탕 길을 튕기면서 한
두 걸음 정도 앞서 걸어갔다. 게이지는 이쪽을 돌아보지도 않았다.

"눈치 채지 못하셨어요?"

류코가 히로조에게 물었다.

"아뇨, 당신을 보며 걸어가고 있었어요. 제 얼굴도 봤어요."

히로조의 얼굴은 창백한 기운을 띠었고 그 눈은 이상하게 빛나

고 있었다. 히로조는 게이지의 뒷모습에서 눈을 떼지 않았다.

"자, 그럼 당신은 돌아가시는 게 좋을 거 같아요."

류코는 억지로 밀어붙이듯이 히로조를 향하여 재촉했다.

"게이지 씨는 또 무슨 말씀을 하시겠지요?"

"상관없어요."

"제가 게이지 씨를 만나겠어요."

히로조는 결심한 것처럼 힘을 주어 이렇게 말했다.

"무엇 때문에……"

류코는 차가운 시선으로 조용히 히로조의 얼굴을 보았다.

"당신은 돌아가는 편이 좋을 거예요."

류코는 히로조가 게이지와 만나겠다는 그 말에서 어떤 주제넘은 것 같은 모욕을 느껴 마음이 불쾌해졌다.

"돌아가세요. 걱정할 일은 없을 테니까요."

류코는 말로 구슬리는 듯이 말했다.

"정말로 편지를 주실 건가요. 전 걱정입니다."

류코는 조용히 고개를 끄덕였다. 히로조는 류코의 손을 잡고 무언가 호소하듯이 류코의 눈을 주시하고 있었지만 한 마디도 하지 않고 류코의 곁을 떠났다. 류코는 히로조를 그대로 두고, 왔던 길로 뒤돌아갔다.

뜻밖에도 게이지가 길모퉁이에 서 있었다. 류코는 그에게 다가 갔다. 살의를 품은 그 눈과 마주쳤을 때 류코는 그것을 잠깐 되돌아보면서 조용히 지나가려고 했다.

"뭘 하고 있었던 거지?"

게이지는 뒤에서 말을 걸었지만 류코는 대답하지 않았다.

"어딜 가는 거야."

게이지가 바로 뒤쫓으며 팔을 붙잡았다.

"집으로 돌아가는 거예요."

류코는 얼굴을 바짝 가까이 들이대며 게이지의 얼굴을 빤히 보았다. 가슴이 쿵쿵 뛰고 피가 거친 조수처럼 몸이 동요할 정도로 그 얼굴을 보고 있는 것이 무서웠다. 그걸 꾹 참고 류코는 게이지의 얼굴을 노려보았다.

"이거 놓으세요. 뭐하는 거예요."

류코는 그 손에서 팔을 빼려고 버둥거렸지만 게이지는 놓지 않았다. 두 사람은 그대로 성큼성큼 걸어갔다.

"네가 말한 대로 태워 죽여줄 테다."

게이지는 신음하는 듯 낮게 말했다. 그 숨결이 크게 뛰고 있었다. 류코는 말없이 질질 끌려갔다. 공포가 전신을 엄습했지만 류코는 이상한 힘으로 그것을 눌렀다.

'어떤 어려움이라도 괜찮아요. 부딪쳐 볼 테니까.'

자신의 인생에도 그런 기적이 일어나는 것이다. 류코는 냉소적으로 그렇게 생각하면서 하늘을 보았다. 파란 하늘은 행복하게 빛나고 있었다.

구기자의 유혹

枸杞の実の誘惑

지사코(智佐慈子)는 구기자를 따려고 오늘도 들에 혼자 왔다. 어제는 친구 노부코(延子)와 함께 였지만 노부코는 오늘 머리가 아프다며 지사코가 가자고 해도 오지 않았다.

지사코는 들판 한구석에서 갑자기 빨간 구기자를 발견하고 나서는 매일 여기로 따러 왔다. 구기자는 크고 넓게 퍼져서 지사코의 손이 닿지 않는 곳에 빨간 산호같이 열매가지가 휘어져 있었다. 그 가지는 담쟁이 덩굴과 엉켜 잣밤나무 뿌리근처에서 자라고 있었다. 누가 세웠는지 들판 주위 사각 울타리에 구기자도 담쟁이 덩굴도 이름 모를 풀들도 모두 무성하게 자라 엉켜있었다. 사각 울타리는 담쟁이 덩쿨의 무게로 서로 엉키어 절벽까지 휘어져 있었다. 그리고 그 주위 잡초는 지사코의 오비(帯)를 덮을 만큼 무성히 자라나 있었다.

절벽 아래는 기차가 지나갔다. 아이를 업은 여자가 흰 앞치마를 가을바람에 나부키며 그곳에 서서 기차가 달려가는 것을 아이에게 보여주고 있었다. 구기자를 여기서 발견한 것은 지사코만이 아니었다. 들로 놀러 온 아이 모두 이 잣밤나무 구석에 언뜻언뜻 빨간 열매가 보이는 것을 발견하고 따러 왔다. 지사코는 노부코와 함께 일전에 여기에서 구기자나 있는 것을 발견한 것이다.

"꽈리를 만들려면 푸른 것이 좋아."

이렇게 말하고 두 사람은 푸르고 큰 것을 찾았다. 가지를 잡아당길 때 친구 노부코는 가시에 손이 찔렸다.

"가지채로 꺾어 버리자."

노부코는 아이처럼 흥분하여 그 손으로 가지를 잡아당겼다. 무리하게 꺾인 가지는 탄력을 받아 둔한 소리를 내면서 온힘으로 아이의 손에서 스스로 벗어났다. 잎에서 일제히 '솨악 솨악'하는 소리가 났다. 노부코는 두세 걸음 앞으로 잡아당기고 비틀비틀한다. 작은 가지가 자신의 손에 남은 것을 쳐다보면서 노부코는 실망했다. 지사코는 너무나 힘을 쓰는 노부코의 모습이 어쩐지 낯설었다. 그리고 둔한 소리를 내는 가지가 튀어서 되돌아오는 것에 지사코는 놀랐다.

"아, 무서워."

노부코도 웃었다. 노부코는 가지를 잡아당겼다는 것이 새삼 겁이 났다. 노부코가 꺾은 작은 가지의 가느다란 잎 속에 빨갛고 푸른 열매가 가득 숨어있었다. 두 사람은 웅크리고 앉아 복숭아색 메린스 헤코오비*를 풀 위로 끌면서 구기자를 손가락으로 하나 떼어냈다.

지사코는 그것을 작은 손 안에 따서 넣었다. 소매 안으로도 구기열매가 조금씩 들어가 있었다.

지사코는 "내일도 오자."고 했다. 두 사람은 사이좋게 집으로 돌아갔다.

두 사람은 다음 날도 그 다음 날도 함께 들로 구기열매를 따러 왔다. 들 가운데에는 남자 아이가 긴 잠자리채를 들고 잠자리를 고 있었다. 두 사람이 오는 것을 보자 나이가 조금 많은 아이는 지사코의 비단 리본을 잠자리채로 잡으려고 했다.

"큰 나비네. 큰 나비."

아이들은 주위에서 맴돌았다. 지사코는 멈춰 서서 양손을 얼굴을 가리고 울었다. 그들을 노부코가 쫓아냈다.

"아버지한테 이를 거야. 너희 집을 알고 있으니까 찾아 갈 거야."

제일 어른스러워 보이는 아이는 씩 웃으며 잠자리채를 거둬들였다. 아이의 허리춤이 부풀어있었다. 보라색 헤코오비를 매고 종아리를 반 정도 드러낸 조리를 신은 남자아이의 뒷모습은 너 다섯

---

* 어린아이 혹은 남자가 매는 한 폭으로 된 허리띠.

명의 아이들 그림자와 함께 들판 저쪽으로 점점 멀어져 갔다.

"저 아이 집을 알고 있어. 놀래켰더니 그만 가버렸어."

"나, 리본 풀래."

지사코는 묶은 리본을 노부코에게 풀어 달라고 하고 그것을 접어서 가슴팍에 넣었다.

"나도 하고 있어. 보렴."

노부코는 세탁하여 주름이 져 있는 흰 리본을 하고 있었다.

"내 것은 더럽잖아. 너가 예쁜 리본을 하고 있으니까 놀린 거야."

둘은 손을 잡고 구기자 나무쪽으로 걸어갔다. 풀을 밟으며 큰 목소리로 두 사람은 노래를 불렀다. 메뚜기가 지사코의 옷자락에 날아와 붙었다.

"어머니가 모자를 쓰고 가라고 하셨는데, 깜박했어."

지사코는 쨍쨍한 햇빛을 보고 말했다.

두 사람의 부드러운 머리카락이 강한 햇볕에 타는 듯이 붉게 보였다. 팔랑팔랑 헝클어진 머리카락이 금색으로 섬세하게 빛나고 있었다. 둥글고 가는 두 아이는 풀 속으로 나란히 걸어갔다. 두 아이는 메뚜기처럼 뛰기도 했다. 작은 발에 신은 빨간 조리의 코가 풀어져 있었다. 짙은 가을 속에 옷이 올라가 백옥 같은 지사코의 둥글고 매끈한 종아리가 올라가 드러나 있었다. 앉을 때 지사코의 통통한 허벅다리가 기모노의 옷자락 사이로 보였다. 메뚜기가 허벅다리에도 날아와 붙었다. 불에 거슬린 솥 바닥처럼 풀숲 안은 가을의 뜨거운 태양에 익었다. 달구어진 풀에 묻은 먼지가 두 사람의 발에 와서 잠시 숨을 내쉬었다.

그날도 가늘고 작은 손가락과 손가락이 긴 시간 구기자를 따고 있었다. 따고 따도 구기열매는 끊임없이 두 사람의 작은 눈의 한계를 뛰어넘어 위로 아래로 가지가 엉켜 올라가거나 쳐져 내려오거나 늘어나 있거나 했다. 훨씬 높은 곳에 열매를 맺고 있는 구기자를 두 사람은 언제까지나 쳐다보고 있었다.

"저기에 저렇게 많이 열려있어. 저렇게.

노부코는 이렇게 말하고는 이삼일 전과 같이 잡아당겨 보려고 했다. 지쳐서 두 사람은 돌아갔다. 들판 위는 저녁 가을빛이 스며들어 있었다. 먼 하늘 끝에 붉은 저녁놀이 물들고 있었다. 새가 날갯짓 하고 둘의 머리 위를 날아갔다.

두 사람은 근처에 살아도 같은 학교에 다니지는 않았다. 지사코는 노부코가 가는 학교보다도 조금 인지도가 있는 학교에 다녔다.

노부코가 다니는 학교보다도 5,6쵸(町) 떨어진 곳이었다. 두세 골목 사이에 살고 있는 두 사람은 학교 이외의 놀이 친구가 되어 있었다.

학교에서 돌아와서 둘이 얼굴을 맞대면 누가 먼저랄 것도 없이 금방 구기자를 떠올렸다. 들로 가서 구기자를 따오는 것이 둘은 무엇보다도 재밌었다. 그리고 즐거움이었다. 따온 구기는 그대로 꽈리도 만들지 않고 어딘가로 자연스레 없어지고 말았다. 그래도 두 사람이 얼굴을 맞대면 금방 들의 구기자나무를 화젯거리로 아이다운 홍미가 일어났다.

"따러 가자."

둘은 손을 잡고 들로 나갔다. 빨간 구기열매가 둘의 사이를 더욱 돈독하게 만들었다.

노부코는 사오일 계속되자 구기자에 질렸다. 질려도 지사코가 가자고 하면

"응, 가자. 많이 따오자."

라고 이야기하면서 갔다. 학교에서 돌아오면 반드시 지사코가 왔다.

"이제 지겨워."

돌아올 때 노부코는 이렇게 말하고 도중에 구기열매를 버리고 올 때도 있었다.

지사코는 어김없이 구기자를 그리워하고 있었다. 밤이 되어 잠자리에 들 때면

'내일도 노부코와 들에 가야지. 구기열매를 따러 가는 거야.'

이렇게 생각하고 기대하면서 잤다. 여자가 보석을 사랑하듯한 마음이 지사코에게 있어서는 구기자를 생각하는 마음으로 모였다. 지사코는 구기자가 예뻐서 참을 수 없었다. 잣밤나무 그늘에

자라나고 있는 구기자 나무에 지사코의 어린 아름다움을 감상하는 마음이 가시지 않았다. 그것을 친구 노부코와 사이좋게 둘이서 따라 가는 즐거움과 기쁨으로 지사코는 떠올릴 때마다 작게 가슴이 요동쳤다.

일요일에 지사코는 점심을 먹자마자 노부코 집으로 갔다. 노부코는 바로 나오지 않았다. 지사코는 창문 아래 서서 노부코가 나오기를 기다리고 있었다. 노부코의 집에서는 막내 남동생이 크게 울고 있었다.

"나 머리가 아파서 못가. 내일 봐."

노부코는 창문으로 얼굴을 내밀고 말했다. 장미빛을 머금은 지사코의 밀짚모자가 창문에서 멀어져 갔다.

"미안해. 지사코."

노부코가 나른하고 갈라진 목소리로 말했다.

"응."

지사코는 끄덕이며 노부코 집을 나왔다.

지사코는 혼자서 언덕을 올라왔다. 언덕 위에서 모자 끈을 입에 물고 지사코는 발을 한번 돌리고 언덕 아래를 보았다. 언덕 위에 아무도 다니지 않았다. 지사코는 쓸쓸했다. 집에 돌아가려고 생각했다. 끈을 입에 문 채로 지사코는 몸을 흔들면서 서 있었다.

하지만 지사코는 걷기 시작했다. 지사코는 구기자가 새삼 그리왔다. 구기자가 나 있는 곁에 풀과 울타리가 지사코의 눈에 몽롱하게 떠올랐다. 지사코는 거기로 가서 조금이라도 보고 싶었다. 지사코는 허둥지둥 달려갔다.

주택의 울타리를 세 번인가 네 번 돌아서 지사코는 들판 입구로 나왔다. 들은 한가득 빛을 공간에서 빨아들이고 있었다. 가을의 햇빛이 빛나고 풀 위에 흐르고 하늘이 푸르고 풀밭은 연한 붉은 빛으로 타고 있었다. 뭔가 모르는 맑은 대기의 바닥에서 무거운 소리가 들판 주위를 떠다니고 있었다. 조용하고 쓸쓸한 바람이 익은 동판에 물을 붓듯이 들판을 빨아들였다. 지사코는 풀을 밟고 혼자서 들을 가로질러 갔다.

지사코는 놀랐다.

일전에 자신의 리본을 잠자리채로 잡으려 했던 아이가 거기에서 있었기 때문이다. 아이는 오늘은 대 끝에 흰 봉지가 붙은 것을 갖고 있었다. 아이는 혼자서 추운 듯이 있었다. 지사코를 보자 남자아이는 살짝 웃었다. 지사코는 지금도 모자 끈을 입에 물고 있는데 남자 아이가 웃자 자신도 미소 지었다.

"어디로 가니?"

남자아이는 얼굴을 들이밀며 지사코에게 물었다. 남자아이는 검은 겹옷을 입고 있었다. 그리고 보라색 헤코오비를 매고 있었다.

"여기에 열매 따러."

지사코는 답했다. 남자아이는 "그래."라고 말하고 지사코의 모습을 잠시 보고 나서 자신이 갈 방향으로 가버렸다. 검은 윤곽에 엷은 황색 날개를 가진 나비가 남자아이의 뒤를   았다.

지사코는 구기자가 있는 쪽으로 걸어갔다. 뜨거운 풀숲 안의 숨결이 지금도 지사코의 발에 걸렸다. 지사코는 흙투성이가 된 발로 풀을 밟았다. 황색 작은 나비가 지사코의 발 근처에서 날아올랐다. 지사코는 외로워져서 낮은 목소리로 노래를 부르며 갔다. 지사코가 걸을 때마다 털썩 내린 한손이 복숭아빛 메린스 헤코오비와 함께 흔들렸다. 빨간 줄무늬 플란넬의 색이 빛바래서 햇볕아래에 아무렇지도 않게 드러났다. 지사코는 점점 구기자 쪽에 가까워졌다.

잣밤나무에서 바람이 갑자기 불어왔다. 지사코는 바람을 맞으면서 구기자 나무 아래에 서서 빨간 열매를 눈으로 찾고 있었다. 잣밤나무가 그늘이 되어서 구기자에는 물같이 그늘이 흘러내리고 있었다. 빨간 열매는 지사코의 마음에 그리움으로 먼 곳에 자라나 있었다. 가까운 곳에는 이미 손에 잡힐 정도의 열매도 남아 있지 않았다. 지사코는 팔을 뻗쳐 열매를 조금 땄다.

하나 따고 그 열매를 손위에 올리거나 애써 딴 빨갛고 큰 열매를 아래로 떨어뜨리며 그것을 풀 위에서 주워 올리기도 했다

노부코가 없는 것이 외롭고 시시했다. 지사코는 혼자서 이런저런 장난을 하고 있는 사이에 외로움이 점점 밀려 왔다. 구기나무도 말없이 고개 숙이고 있었다. 지사코는 조금의 열매를 소매에 넣고 돌아가려고 했다.

돌아보자 어느 사이에 그곳에 남자가 한명 서 있었다. 남자는 작은 보자기를 안고 있었다. 흰 바지를 입고 있었다. 남자는 지사코에게,

"혼자서 뭘 하고 있어?"

라고 물었다. 지사코는 그 사람이 모르는 사람이라는 생각이 들자 무서웠다. 지사코는 말없이 남자의 옆을 지나가려고 했다. 남자 뒤에는 햇빛이 붉고 흔들리고 있었다.

"무엇을 하고 있어?"

남자는 다시 지사코에게 물었다. 그 목소리가 떨리고 있었다. 지사코는 이 남자와 같은 나이의 오빠가 있다. 자시코는 오빠를 연상했다. 그 때 지사코의 마음이 부드럽게 움직였다. 지사코는 작은 목소리로,

"구기자를 따고 있어요."

라고 말했다.

"딸 수 있어?"

그 사람은 다시 물었다. 지사코는 고개를 저었다. 마른 장미 조화가 모자 위에서 소리를 냈다.

"내가 따 줄까?"

남자가 말하고 한손으로 구기자 가지를 꺾었다. 그 가지는 지사코가 노부코와 함께 항상 올려다보고 있던 높은 곳에 있는 가지였다. 두 사람이 손이 닿지 않는다고 생각하고 단념했던 가지였다.

그 가지는 남자 손에서 가볍게 부러졌다. 가지는 부러져도 언제가 노부코가 부러뜨린 때와는 달리 굉장한 소리를 내며 꺾였다. 가지의 힘보다는 남자의 힘이 셌다. 남자는 가지를 지사코에게 건넸다.

"좀 더 따줄까?"

"아니요."

지사코는 다시 고개를 저었다. 가지에는 휠 정도로 많은 구기자가 열려 있었다. 누구의 손에도 닿지 않았던 익은 새빨간 열매가 구슬목걸이마냥 무수하게 열려있었다. 노부코와 둘이서 쳐다보던 가지는 이렇게 자신의 손에 있다. 가지가 뽑힌 흔적이 둥글게 나있고 울타리를 통해서 먼 하늘의 일부가 희게 보였다. 지사코는 가지를 손에 들고 즐겁게 생각했다. 지사코는 "고마워요."라고 남자에게 인사했다.

남자는 수건을 꺼내 검게 더러워진 손을 닦았다. 지사코가 걸어가자 남자도 함께 따라 왔다. 지사코는 큰 가지를 땅에 끌면서 말없이 갔다. 주의를 하며 걷는 잔걸음의 지사코가 귀엽게 보였다. 남자는 지사코의 손을 잡고

"이쪽으로 돌아서 가자."

라고 말했다.

"어디로요?"

"저쪽에서 내 뒤를 따라와. 더 좋은 구기자가 있을지도 몰라."

라고 남자가 상냥하게 떨리는 목소리로 지사코에게 말했다. 구

기가지를 든 지사코의 모습은 남자의 큰 몸의 그늘이 되어 나란히 갔다. 가늘고 부드럽고 아름다운 지사코의 등에 내린 머리가 검게 파도를 일으키고 있었다. 모자챙 아래로 의심을 품은 지사코의 별과 같은 아름다운 눈이 때때로 나란히 걸어가는 남자의 얼굴을 엿보았다. 남자의 흰 이마에 햇살이 비추고 있었다. 두 사람은 들판 뒤로 뒤로 길을 돌아서 내려갔다.

태양이 새파랗게 반딧불처럼 빙글빙글 회전하고 있었다. 내려가는 길에서 선로 너머 저편의 인가 지붕이 보였다. 집 지붕에는 새파란 태양에서 노란 햇빛이 독처럼 흐르고 있었다. 기차가 지나갔다. 검은 매연은 구기나무의 옆에 선 잣밤나무에 부딪히며 나부꼈다. 매연으로 들판이 순간 어두워졌다.

지사코의 날카로운 울음소리가 뒤쪽 들이 있는 한쪽 구석에서 일어나 울타리를 따라 오솔길로 울려 퍼져 들린 것은 그로부터 이삼십 분 지나고 나서였다. 마침 오솔길을 지나던 우편배달부는 그 울음소리를 들어도 그냥 지나쳐버렸다. 지사코의 집 근처 여자가 시장에서 돌아오는 길에 그곳을 배달부와 지나치면서 지사코의 울음소리에 멈췄다. 여자는 울타리 옆으로 가서 소리 나는 쪽을 보았다. 구석의 무너져 내린 창고 옆에서 지사코의 빨간 줄무늬 플란넬이 여자 눈에 보였다. 여자는 거기에서 안으로 들어갈 수 없어서 그대로 지나가 버렸다. 여자는 울고 있던 소리가 지사코의 목소리

같다고 생각했다. 그 여자가 지사코의 집으로 가서 알려주자 지사코의 젊은 이모는 놀라서 뛰쳐나왔다.

들을 우회하여 여자한테 전해들은 창고 옆까지 달려왔을 때 지사코는 모르는 남자가 보호하고 있었다.

"지금 학생 같은 남자가 도망갔어요."

남자는 그렇게 말하고 헝클어진 히사시가미* 를 한 젊은 이모를 보았다.

"무슨 일이에요?"

이모는 가쁜 숨을 쉬며 그 남자에게 물었다. 남자는 여자아이의 고함 소리에 놀라서 지금 울타리를 뚫고 들어온 참이라고 말했다.

"지사코 무슨 일이야?"

이모가 어깨에 손을 올렸을 때 지사코는 스며들듯이 울고 있었다. 모자가 떨어져 밟힌 채로 였다. 구기자 가지가 창고의 벽에 세워져 있었다. 빨간 열매에 햇볕이 강하게 비추고 있었다. 이모는 지사코의 발아래에 두세 방울 핏물이 떨어져 있는 것을 얼른 알아차렸다.

"어머, 피가."

어떤 일을 직감한 이모는 생각지도 못한 자신의 수치심에서 오

---

* 메이지 말기부터 다이쇼초기에 걸쳐 쓰인 말로 앞머리를 내려 빗은 여자머리를 일컫는 말.

는 모순된 증오와 분노로 가슴이 떨려 지사코를 쳐다보았다. 지사코는 소리를 높여 울었다.

"어디 다친 것 아니야?"

남자는 이제 마흔을 넘긴 듯한 사람으로 보였다. 빨리 집으로 데리고 가라고 젊은 여자에게 말하고 자신은 떨어진 양산을 주워 그 사람은 가던 길을 갔다.

"가엽게도."

주위 사람 서너 명이 들로 달려왔다. 돌아가는 남자는 그 사람들에게 이렇게 말하며 지나갔다. 들 출구에서 남자는 경관을 만났다. 남자는 이쪽을 멀리 바라보면서 경관에게 손짓으로 뭔가 말을 하고 있었다.

젊은 이모는 지사코를 업고 그곳을 떠났다. 땅에 떨어진 모자의 끈을 한손에 들고 있었다. 지사코는 이모의 등에서 계속 울고 있었다. 주위 사람들은 옆으로 다가와서 모두 "무슨 일이에요?"라고 물었지만 이모는 아무 말도 하지 않았다. 이모는 수치심을 담은 파란 입술을 꽉 다물었다.

이모는 달려온 경관을 만났다. 경관은 지사코를 업은 이모를 데리고 현장으로 돌아갔다. 벽에 세워 둔 구기 열매가 경관의 칼에 닿아 옆으로 넘어졌다. 잎이 시들시들 생기를 잃었다. 비밀은 구기 열매의 빨간 색 안에 언제까지나 파묻혀 있었다.

지사코는 얼음주머니를 머리에 대고 매일 누워 있었다. 뜻밖의 열이 나서 꿰맨 상처가 좀처럼 낫지 않았다.

"정말 위험한 일을 당했네."

어머니는 병문안 오는 사람에게 부끄러운 기억을 떠올리며 언제나 얼굴을 붉혔다. 지사코의 오빠는 잠들어 있을 때 지사코의 베개를 발로 찼다. 지사코가 깨면 다시 그 얼굴을 발끝으로 찼다.

"병이 난 애를."

어머니가 제지해도 오빠는 듣지 않았다. 꺾은 꽃을 밟아 뭉개는 반감이 스무 살 오빠의 마음에 잠재해 있었다. 오빠는 여동생을 볼 때마다 화가 스멀스멀 올라와서 가슴을 때렸다.

"이런 애, 죽어버려."

라고 말하고 침을 뱉었다. 친척이 와 있을 때 오빠는 특히 심하게 화를 냈다.

젊은 이모는 그때 일을 알고 있기에 다시 모두가 물었다. 비열한 호기심이 묻는 사람들의 눈에 빛나고 있었다. 젊은 이모는 누구에게도 먼저 말하기를 싫어했다.

"저는 싫어요. 그때 이야기를 하는 것은. 저도 아무 생각이 없었으니까요."

"피가 떨어져 있었다고 하던데? 피를 봤을 때는 당신도 깜짝 놀랐지요?"

"네, 깜짝 놀랐어요."

미혼의 이모는 그 이야기가 나오자 파랗게 질린 얼굴이 되었다. 그때와 같이 수치심이 담긴 입술을 꼭 다물고 그 이상 대답하지 않았다.

그 중에서 아버지만은 지사코를 가여워하고 있었다. 그리고 외부의 상처가 지사코의 마음에 영원한 상처가 되진 않을까 걱정했다. 일이년 후 지사코의 마음의 경과에 따라서는 지사코가 평생 거쳐야 할 길을 정하지 않으면 안 된다고 생각했다. -종교의 길로 넣을까하는 생각이 갑자기 아버지 머리에 스쳤다.

"저 아이는 이미 불구자와 같아."

이렇게 말하는 연민이 아버지의 마음에 한없이 눈물을 가져왔다.

친척이 들르면 불량소년의 횡포를 문제 삼으며 모두 입을 모아 말했다.

"그러니까 여자 아이는 정말 걱정이에요."

여자들은 이렇게 말했다.

"친척들 사이에 좋은 이야깃거리가 생겼네."

라고 생각하면 어머니와 지사코가 원망스러웠다.

"그런 놈한테 대낮에 당하다니, 다섯 살, 여섯 살 어린아이도 아니고, 열세 살이나 되어서 정말 헤픈 여자야. 저애가 멍청해서 그래."

라고 어머니는 여동생에게 말했다.

그때 흉기로 협박받았다는 사실은 어느 정도 시일이 지나고 지사코가 겨우 자리에서 일어나고 나서 지사코가 말했다. 지사코는 좋지 않은 얼굴빛을 하고 마루에 앉아 멍청히 뜰을 쳐다보고 날을 보냈다.

"이 아이는 뭐라도 씌인 걸까요? 마치 멍청하게 앉아있기만 해요."

젊은 이모는 언니에게 속삭일 때가 있었다. 학교도 갈 수 있게 되어 건강이 회복되었지만 지사코는 싫다고 집을 나가지 않았다.

"가기 싫다고 하면 쉬게 해줘."

아버지는 집안사람들에게 지사코의 기분을 상하지 않게 두라고 말했다. 또 격동이 지사코의 마음에 그대로 남아있었다. 아버지는 지사코의 주위를 가능한 조용히 해두고 싶었다. 하지만 아버지가 하루 집을 비운 사이 지사코는 집안사람들로부터 끊임없이 공격당했다. 어머니는 히스테리컬하게,

"너는 이제 내 자식이 아니야."

라고 강하게 말하기도 했다. 어머니의 감정은 그 사건에 대한 원망과 증오로 타오를 때가 종종 있었다. 어머니는 그 원망을 지사코에게 정면으로 퍼부었다.

"나는 너를 훈육하지는 않을 거야. 너는 친척 사이의 웃음거리야. 나도 웃음거리가 되었어."

어머니는 막내 여자아이를 무릎근처로 끌어당기면서 지사코를 향해 화가 풀리지 않는 눈으로 보았다. 지사코는 그런 때 집구

석에서 혼자 울며 지냈다.

"너는 불구자야. 아버지도 이렇게 말씀하셨어."

집안사람들은 지사코를 향해 말했다. 젊은 이모도 지사코에게 일부러 다가오지 않았다. 지사코의 옆에 가면 누구나가 수치스러워 했다. 지사코에게는 다정함과 장난을 아무도 보이지 않게 되었다. 엄격하고 고약한 얼굴이 지사코를 괴롭혔다.

지사코는 누구와도 말을 하지 않았다. 아침도 저녁도 지사코는 딱딱한 돌 속에 갇혀있는 듯 했다.

"불구자."

이런 말이 지사코의 영혼 속에 슬프게 웅크리고 있었다. 지사코는 말없이 멍히 집구석에 있었다.

어느 날 아침 지사코의 마음에 빨간 구기열매가 문득 되살아왔다. 11월로 바뀌려고 하는 아침, 햇볕이 따뜻하게 뜰의 흙을 붉게 물들이고 있었다. 화분에 물을 주자 차가운 파도를 띄우고 있었다. 엽란의 그늘에 쓸쓸한 만추가 찾아와 있었다. 하녀가 막내여자아이를 업고 뜰에서 밖으로 나갔다. 지사코는 마루기둥에 기대어 그들의 뒤를 처다보았다. 지사코는 그날의 무서운 사건이 있고나서 거의 한발자국도 집밖의 흙을 밟지 않았다. 지사코가 나가지 않겠다고 아래보다도 나가지 말라고 하는 집안사람의 의향이 강했다.

"학교조차도 못가잖아. 안 돼."

어머니는 이렇게 말하고 지사코에게 결코 외출을 허락하지 않았다. 그때부터 벌써 3주일이나 지나 있었다. 지사코는 오늘 아침 처음 빨간 구기열매를 반갑게 떠올렸다.

들판 구석에 아직 빨간 구기열매가 있을 거야라고 지사코는 생각했다. 지사코는 들로 가서 보고 싶어졌다. 오후가 되어 해가 강하게 집 주위에 비쳤다. 지사코는 따뜻한 햇살을 맞으며 뜰에 있었다. 지사코는 오늘아침 하녀가 나가듯이 뜰에서 나무문을 돌아 밖으로 나갔다.

언덕을 올라 지사코는 혼자서 들로 갔다. 잣밤나무 곁에 구기자 나무는 그대로 가지를 뻗치고 있었다. 빨간 열매가 익어 검게 변해 있었다. 빨간 열매는 평소와는 달리 세상을 슬퍼하듯이 시들어 자잘한 이파리의 그늘에 작아져 있다. 차가운 바람이 그 사이를 지나갔다.

지사코는 반가운 듯이 구기자를 보았다. 하지만 따지는 않았다. 단지 빨간 열매를 쳐다볼 뿐으로 지사코는 금세 거기에서 돌아왔다. 지사코는 그 일을 잊고 있었다. 구기자의 아리따운 그림자에 남자의 손이 닿은 것을 지사코는 잊고 있었다. 지사코는 말없이 밖으로 나갔다 온 것이 나쁜 짓을 한 것인 양 괴로운 생각에 서둘러 돌아왔다. 거리는 사람들의 왕래로 시끌벅적했다. 사람들이 왔다 갔다 하고 있었다. 지사코는 나무문으로 뜰로 들어갔다.

지사코가 몇 분간 없었던 것을 집안사람들은 알았다. 사람들은 지사코에게 "어디에 갔었어?"라고 물었다. 지사코는 "들에 갔었어."라고 진실을 말했다. 어머니도 이모도 그것을 듣고 말없이 얼굴을 마주보고 있었다.

"들에 뭐 하러 갔어?"

지사코는 이모가 물어서 "열매를 보러 간 거야."라고 대답했지만 어머니도 이모도 그 대답을 진실이라고 생각하지 않았다.

그때 그 남자가 지사코를 불러 낸 것이 아닌가하고 어머니와 이모는 말했다.

지사코는 어머니와 이모한테서 "진실을 말해. 진실을 말하라"는 추궁을 당해도 말할 진실은 없었다. 지사코는 울었다.

"결코 밖으로 나가서는 안 돼."

집안사람들의 의심의 눈이 지사코의 신변에서 떠나지 않았다. 아버지도 지사코가 들에 뭘 하러 갔는지 이해가 되지 않았다. "열매를 보러 갔어."라는 것이 이해되지 않았다. 아버지는 지사코가 집에 있는 것이 따분해서 밖으로 어슬렁어슬렁 놀러 나갔을 거라고 생각했다.

집안사람들은 새로운 학기부터 다른 학교로 옮기는 것을 의논하고 있었다. 그때까지 지사코를 쉬게 했다. 공부한 것을 잊어버리지 않도록 잘 복습해 두지 않으면 안 된다고 아버지는 지사코에게 말했다.

지사코는 혼자서 쓸쓸히 공부했다. 지사코는 결국 구기자의 빨간 유혹에 매료당했다. 구기자의 빨간 그늘에 점점 지사코의 환각 속의 남자 손이 나타나게 되었다. 남자 손은 지사코의 촉각으로 확연히 느껴졌다. 그리운 빨간 열매 위에 조여 오는 남자의 손은 점점 커져 점점 넓어져 갔다.

그녀의 생활

彼女の生活

1

그녀가 닛타와 결혼한 것은 스물한 살 때였다. 두 사람은 우연한 장소에서 만나 알게 되었고 닛타는 그녀를 사랑하게 되었다. 마사코도 남자를 사랑하고 있었다. 닛타는 마사코와 결혼하려고 했으나 마사코는 그즈음 자신을 생각하는 총명한 현대 젊은 여성이 지닐법한 위험한 사상의 영향으로 결혼이라는 것에 대해서도 불안을 느끼고 있었다. 결혼자체에 대한 공포라기보다도 결혼 후의 자신의 자아에 대해서 마사코는 지나치게 생각하였던 것이다. 결혼 후 남편으로부터 어떤 대우를 받을까하는 의심으로 인해 젊은 그녀는 세간의 모든 부부의 생활을 새로운 연구의 시선으로 보게 되었다.

그러한 마사코에게 분개하지 않을 수 없는 여자의 굴욕만이 눈에 들어왔다. 모든 여자의 허리에는 굵은 사슬이 감겨 있었다. 마치 자아라는 것을 모조리 잃어버린 망령과 같이 창백한 얼굴뿐이었던 것이다. 어떤 여자는 남자에 대한 사랑의 질투와 생활의 권태로 인해 히스테리에 빠져있거나 어떤 여자는 하루 종일 아이 기저귀를 빠는 일에 시달려 물 한 바가지 긷는 일에도 가쁜 호흡을 하고 있거나 또 어떤 여자는 절대적으로 남편에게 복종하였다. 여자 자신의 심장은 남편과 아이를 위해 억압되고 착취당해 가장 맑고 신선하게 흘러야할 여자의 생혈은 오물이 쌓인 하수도처럼 탁하게 오염됐다. 여자들은 순수하고 진실한 사랑이라는 것을 사색할 여유도 없었다. 개나 고양이가 자신이 낳은 새끼를 사랑하는 것과 같이 본능적인 애정으로 단순히 아이들을 위해서 주의를 주는 것 이외에는 아무것도 알지 못했다. 또한 여자들은 가정의 책임이라는 것을 생각할 여유도 없었다. 여자는 가사에서조차 책임 같은 것은 조금도 느끼고 있지 않았다. 여자들은 누구나 무언가 자신의 앞뒤에서 다가오는 일에 무의식적으로 열심히 손을 움직이는 것에 지나지 않았다. 진실로 가정이 있는 여자에게는 잡무가 산처럼 쌓여있었다. 남자들의 남루한 생활이 여자의 면전에 아무런 유예猶豫도 없이 하루하루 쌓여만 갔다. 하루 일과의 대부분은 끝도 없이 계속되었다. 이리하여 여자들은 책임이라는 최대의 의미를 자신들의 생활 안에서 찾는 것조차도 힘들만큼 지쳐있었다. 축제에 쓰이는 장식수레 위의 인형이 뒤가 눌려지고 앞에서 끌어당겨져 허우적거리며 앞으로 나아가는 것처럼 여자는 모든 혼이 갇혀서 그

인형처럼 신체의 뒤가 눌려지고 앞으로 당겨진 채로 하루하루를 맹목적으로 보내고 있다.

마사코는 그런 여자의 생활을 생각할 때 전율했다. 자신은 무슨 일이 있어도 그런 여자의 생활을 따라가지 않겠다고 생각했다. 자신은 이 인생이 끝나는 날까지 자신으로서 살아가고 싶다. 남자의 이기심에 자신의 혼을 잃어버리는 것 같은 결혼생활을 추구하면 안 된다. 자신은 어디까지나 스스로를 존중하는 한 인간으로 살아 갈 것이다. 사랑이라는 비겁한 구실을 쫓아 결혼이라는 올가미에 걸리지 않겠다고 마사코는 결심하고 있었다. 마사코는 스스로가 물질적인 생활에서도 안전을 유지하려고 일하고 있다. 재능이 그리 뛰어나지 않은 문필로 생활비를 벌면서 마사코는 씩씩하게 자신의 자아발전 정신을 지키면서 공부를 계속하고 있다. 그런데 뜻하지 않게 젊은 그녀가 닛타를 만나 사랑에 빠졌다.

닛타는 마사코에게 구혼했다. 닛타는 사랑하는 여자의 전부를 소유하고 싶었다. 그러나 마사코는 한동안 대답하지 않았다. 총명한 그녀는 생각지도 않았던 사랑과 결혼의 일치에 고민하며 한번은 자신의 주장을 위해서는 사랑을 버려야만 하는가 하고 곤혹스러워했다. 그리하여 그것이 자신에게는 부자연스런 결론이라고 스스로에게 인식시키면서도 더욱 힘들어졌다.

"나는 어떻게 해서든지 자유롭게 살고 싶어요. 그래서 사랑도 자유롭게 자연스럽게 하려고요. 우리는 결혼해야 한다는 사랑의 의무감은 가지지 않았으면 해요. 결혼이라는 말은 잊어버리고 영원히 자유롭게 사랑을 즐기는 일은 안 될까요?"

라고 마사코가 닛타에게 말했다. 닛타는 그런 마사코의 말이 육체적 욕망을 알지 못하는 처녀의 공상으로 밖에 들리지 않았다. 닛타는 오히려 진지한 마사코의 태도가 재미있었다. 리고 자신이 마사코의 육체를 얼마나 강렬하게 원하고 있는지를 그녀에게 고백했다. 마사코는 닛타의 그런 노골적인 말에 얼굴이 붉어졌지만 남자의 욕망을 경멸할 수는 없었다. 그런 욕망은 자연스러운 것이라 생각하였으나 결혼할 마음은 들지 않았다. 남자가 육체적 욕망을 추구하는 감정보다는 결혼하려는 의지 쪽에 마사코는 도리어 남자의 비겁함과 추함마저 느껴졌다. 육체를 연인에게 허락하는 것은 마사코의 영원한 자유였지만 결혼에 응하는 것은 자신의 생애가 남자의 손에 의해 닫히는 것이라 생각했다. 남자가 자신에게 결혼을 조르는 것은 자신의 몸에 평생 가축과 같이 쇠사슬을 채우려는 것과 같다고 마사코는 생각하였던 것이다.

"결혼은 하지 않을 거예요."

라는 마사코의 대답에 "닛타는 그 생각은 잘못된 거야"라고 말했다.

"당신은 나를 이 세상의 평범한 남자와 동일하게 보고 있군. 나는 그런 남자보다는 여자에 대해 새로운 이해를 가지고 있다고 자부해. 나는 절대 당신을 열등하다고 생각하지 않아. 어디까지나 나와 동등한 위치에 있는 사람이라 생각하지. 나는 당신의 그런 독립적인 의지를 존중하고 있소. 물론 우리는 세상의 보통 부부와 같은 관계가 되면 안 되겠지. 당신은 나의 반려자이며 나는 당신의 친구요. 나는 지금보다도 더 당신의 자유를 인정하고 당신이 나아가려는 길을 열어주겠소. 당신을 자유롭게 살게 하는 일은 또한 나 자신을 자유롭게 하는 것이오. 나는 당신을 단순히 가정의 아내로 구혼하고 있는 것은 아니요. 당신을 아내로 맞이하는 동시에 영혼을 가진 여성으로서 존중하려는 것이 내가 생각하는 이상적인 결혼이오. 그것이 진실한 결혼이며 정신적인 결합이라고 생각하오. 그런 결혼이 아니라면 나 또한 결혼할 필요가 없소."

라고 닛타는 열심히 설명했다.

마사코는 남자의 말을 매우 기쁘게 생각했다. 진실로 여자를 이해해주는 말이라고 느꼈다. 단순히 자신을 이해해 주는 것이 아니라 여성에 대한 깊은 이해가 담긴 말을 연인으로부터 들은 마사코는 연인의 인격이 더욱 높이 느껴지고 그 감정을 숭고하게 느끼지 않을 수 없었다. 닛타가 말하는 결혼이야말로 진정한 결혼이다. 남자는 자신의 자유를 인정하려고 한다. 그리고 자신의 의지도 예술도 존중해준다고 한다. 마사코는 남자의 그 말을 믿지 않을 수 없었다. 자신의 연인은 진보적인 사람이며 이 진보적인 사람의 진보적인 이해에 의해 살아가는 자신은 여자들 중에서 가장 행복한 여자가 될 거라고 믿었다.

두 사람은 결혼했다. 마사코는 닛타의 집으로 들어가 명목상의 아내로서 닛타와 함께 아침 저녁을 보내게 되었다. 두 사람은 각방에서 지내며 허가 없이 출입하는 것을 서로 금하였다. 마사코는 자기 방에서 공부하였다. 남편에게 부양되는 것을 굴욕으로 생각한 그녀는 미약하지만 자신의 힘으로 무언가를 이루어내려는 것을 잊지 않았다. 닛타는 철학자이자 현대평론가였다. 그도 자신의 서재에 틀어박혀서 집필과 독서에 열중했다.

두 사람은 하녀를 집에 들였다. 청소, 세탁, 요리 등을 모두 마사코가 담당하기에는 벅찼다. 무엇보다도 가정주부가 되어 자신의 사상을 썩히는 일의 그 첫걸음이 바로 거기에 있는 것이다. 마사코도 닛타도 모두 그렇게 되는 것을 우려했다. 마사코가 공부시간을 줄여 가사를 돌보는 것이 닛타도 못마땅했다. 그래서 두 사람은 하녀를 들인 것이다. 그러나 젊은 하녀는 자주 바뀌었다. 두 사람이 생각하는 이상적인 가정부는 한 사람도 찾을 수 없었다.

집에 들인 모든 하녀가 깨끗하게 일을 하지 못했다. 그들은 무질서하고 불규칙하게 일을 했고 깔끔하지 않았다. 시키지 않으면 그들의 뇌는 녹슬 때까지 움직이려 하지 않았다. 그들은 충실하다는 의미를 다르게 생각하였던 것이다. 시킨 일만 열심히 하는 것을 충실이라고 생각하고 있었다. 시키지 않으면 눈앞의 일도 그저 방치하였고 시키지 않아도 솔선해서 하는 것이 그들에게는 주제넘은 일이라고 여겼던 것이다. 마사코는 주부적인 일면을 거울처럼 그들의 뇌에 비추어 굳이 시키지 않아도 말하지 않아도 잘 해나가는 그런 이상적인 여자는 도저히 찾을 수 없었다.

마사코는 금방 지쳐버렸다. 시키는 일에 지치고 일일이 가르치는 일에 지쳤다. 마사코는 서재에 있으면서 하녀에게 가사의 순서를 수없이 반복해서 말해야하는 번잡함에 신경쇠약에 걸릴 지경이었다. 무지하고 무신경한 하녀의 거동은 총명한 마사코의 신경을 긁었다. 하루 종일 이것저것 묻는 하녀와의 교섭을 하기보다 오히려 자기 혼자서 가사를 해치우는 것이 번잡하지 않으며 그래서 오히려 자신의 시간을 확실히 자신의 것으로 할 수 있다고 생각했다. 하녀는 남편 닛타도 함부로 들어오지 못하는 마사코의 서재에 노크도 없이 들어와

"저것은 무엇입니까? 이건 어떻게 할까요?"

라며 상담에 개의치 않고 마사코의 시간을 방해하기 일쑤였다.

마사코는 하녀를 내보내기로 했다. 자신의 공부시간과 가사 시간을 확실히 구분하여 부엌에 있는 동안은 자신의 뇌를 부엌일에만 사용하게끔 습관들였다.

그것은 꽤 쉬웠다. 닛타도 집안일을 분담하려고 했다. 그것이 자신과 동등한 자에 대한 의무라고 생각했다. 마사코가 부엌에 들어가면 닛타도 함께 부엌에 들어갔다. 마사코가 야채를 자르는 동안에 닛타는 곤로에 불을 붙였다. 마사코가 어질러 놓은 기구들을 씻으면 닛타는 그것들을 결벽에 가깝게 닦아놓았다. 집 청소도 둘

이서 하였다. 오히려 이 방법이 맛있는 식사를 가능하게 했다. 무지한 하녀에게 골치 아프게 일을 시키는 것보다도 단순하여 마사코는 마음의 평정을 찾게 되었다. 육체노동은 사색에 지친 뇌를 전환시켜 마음을 상쾌하게 만들어 주었다. 마사코는 가는 팔에 힘을 주어 꽤 넓은 집 주위를 깨끗이 청소했다. 흰 앞치마를 두르고 잘 드는 식칼로 야채를 다듬는 일이 어떤 때는 취미처럼 느껴졌다.

"집안일을 하는 것은 오히려 괜찮은 일이네요. 제 머리가 매우 섬세하게 움직이고 신경이 내내 톱니바퀴처럼 움직이는 것 같아요. 나는 스스로의 세심함에 기쁨을 느끼지 않을 수 없어요."

라고 마사코는 말했다. 마사코는 부지런했다.

그러나 그것도 오래가지 못했다. 아무리해도 처리할 수 없는 잡다한 일들이 그녀의 앞에 계속 쌓여갔다. 남편의 의복 세탁, 양말 기우기 등 그런 일까지도 마사코가 일일이 주의를 기울이지 않으면 안 되었다. 일은 정돈되었다가도 다시 엉망이 되기 일쑤였다. 손님이 올 때마다 마사코는 자리에서 일어나지 않을 수 없었다. 차와 커피 대접 등은 별것 아닌 일처럼 보여도 마사코의 하루의 시간을 조각하듯이 했다. 닛타도 처음에는 가엽다고 생각하여 일은 처리했지만 여자가 자기 시간에 대해 신경 쓰는 것처럼 남자도 또한 자기 시간을 신경 쓰지 않을 수 없었다. 닛타도 마사코도 마찬가지로 집안일을 맡기고 있었다. 닛타는 애써 여자의 잡무를 돕게 되었다. 자신의 소중한 시간은 이런 무의미한 잡무에 시간을 허비해야 할지 모를 일이었다. 닛타도 자신의 서재에서 그 문제를 생각하였다. 자연스럽게 닛타 스스로도 알게 모르게 집안일을 게을리 하게 되었다. 무엇보다도 자기에게 두 사람의 생계에 대한 중대한 책임이 있었다. 생계를 비롯하여 닛타는 지금보다 더 많은 일을 하지 않으면 안 되었다. 그런 매일의 일상은 닛타 스스로 사회에 대한 남자로서의 책임과 의무를 강화하지 않을 수 없었다. 닛타는 그것을 의식하면 할수록 너무도 자연스럽게 자신의 일은 중요하고 큰일이며 자신의 의복을 세탁하거나 요리를 돕는 일 같은 것은 매우 하찮은 일로 보이기 시작했다. 책상에 앉아 있는 그가 부엌에서 나는 소리를 듣고 급히 나오거나 하는 일은 아예 잊어버린 듯 했다. 마사코에게는 집안 일이 점점 늘어났다. 그리하여 집안일은 무엇 하나 간단하게 끝나지 않게 되었다. 쓰레기처럼 어수선하게 쌓인 일은 한층 무신경한 마사코를 괴롭혔다.

마사코는 어떻게 해야 할지 알 수가 없어 혼란에 빠지고 집 청소도 게을리 하였다. 하지만 한편으로 남편의 일에 대한 이해가 마사코로 하여금 가만히 있게 두지 않았다. 조금이라도 남편의 기분을 좋게 하기 위해서 마사코는 스스로 노력하기 시작했다. 총명한 마사코는 남편의 주위를 세심하게 신경을 썼다. 그러한 주의를 한시도 늦추지 않았다. 닛타의 순간순간의 감정과 감각은 마사코의 마음에 그대로 비춰졌다. 마사코는 될 수 있는 한 자신의 노력으로 남자의 감정을 평안하게 해야 한다는 생각을 잊지 않았다.

남자는 또한 외출을 자주 했다. 밖에서 많은 교제를 하는 닛타는 매일 나갔다. 마사코가 밖에 나가는 일은 드물었다. 근처에 물건을 사러 가는 일 외에는 치장을 하고 외출하는 것이 매우 힘들었다. 그것은 마사코가 집안일을 허술히 하지 않으려고 했기 때문이다. 마치 신경질적으로 마사코는 집안일을 처리하고 정리하고 한 시간이라도 더 자신의 공부 시간을 가지려 마음을   다. 집안에 틀어박혀 밤부터 낮까지 졸다가 깨다가 한 후 마사코는 멍하니 하늘을 바라보았다. 그리고 혼자서 여행할 때의 자유롭고 즐겁던 기분을 생각하며 그때의 하늘빛을 자아내고 있었다. 그러나 마사코는 곧 그런 생각을 접었다.

"지금의 나는 여행 같은 건 흥미 없어."

2

마사코는 자신의 공부에는 전혀 손을 대지 못했다. 그녀는 자기 방에 틀어박혀 현재의 자기생활을 생각했다. 어떤 때는 부부의 사랑조차 그녀에게 괴로움을 주는 것 같은 기분이 들었다. 알게 모르게 자기 자신을 반드시 닛타의 감각 안에서 찾으려고 하는 자기 감정의 비굴함에도 마사코는 스스로 혐오감을 느끼지 않을 수 없었던 것이다.

자신의 생활은 남자에게 종속된 것이다. 그것은 부인할 수 없는 두 사람 생활의 사실이었다. 여자의 자유를 인정하고 여자가 살아가려고 하는 길을 해방하겠다고 맹세하던 닛타도 역시 지금의 자신들의 생활이 여자의 자유를 빼앗는 것이라는 생각은 하지 않을 수 없었다. 항상 정열적이고 섬세한 예술적 감수성으로 인생을 즐기려하던 마사코가 기운을 잃고 창백한 얼굴로 매일 집안일에만 매달린 것을 보면서 닛타는 그 누구보다도 안타까운 마음을 금할 길이 없었다. 될 수 있는 한 번잡한 집안일로부터 마사코를 떼어놓자고 생각하면서도 닛타는 그런 노력을 하는 것조차 금방 지쳐갔다. 여자가 어떤 자만과 신념을 가지고 열심히 집안일을 해나가는 모습을 지켜보면서 마사코의 건강한 신념에 안심하며 얼굴을 돌리는 수밖에 없었다.

"공부는 가능합니까?"

"예, 할 수 있어요."

그렇게 대답하는 것을 듣고는 닛타는 말없이 안심할 뿐이었다. 자신을 위해서 호의와 애정을 보내고 있는 아내를 옆에 두고 있다는 생각에 닛타는 행복했다. 자신의 서재에 틀어박혀 자신의 일에 몰두하고 있을 때의 마사코를 보는 것보다는 아내의 모습으로 자신의 옆에 있어줄 때의 마사코가 한층 더 사랑스러웠다. 이런 사랑스러운 모습을 희생하면서까지 마사코가 서재에서 지내는 시간이 길어지기를 바라는 것은 적막하고 고통스러운 일이었다. 그렇지만 닛타는 그런 자신의 마음을 마사코에게 털어놓지 않았다. 그것은 자신의 사상적 동지에 대한 비굴한 생각이라고 그는 부끄럽게 생각하였던 것이다. 그래서 마사코에게 그런 감정을 바라는 것은 비굴하다고 닛타는 자신을 책망했다. 그래도 아내가 상냥함과 바쁨과 섬세한 손길로 집안일을 할 때 매우 아름답게 사랑스럽게 느껴지는 사실은 부인하기가 어려웠다. 마사코가 닛타를 위해 완전히 가정주부가 되는 것이 닛타에게 슬픈 일임에는 틀림없었지만 자신의 머리가 지쳐 있을 때 마찬가지로 사색으로 고뇌하는 마사코의 모습을 보는 것은 괴로웠다.

마사코는 남편의 마음을 전부 감지하고 있었다. 닛타가 항상 자신에 관해 느끼고 있는 모든 것을 알고 있었다. 자신이 선량한 아내의 모습으로 있을 때 기뻐하는 남편의 표정이 일순간 무의식적으로 드러나 그녀를 놀라게 할 때가 있었다. 마사코는 그것을 느낄 정도로 스스로의 생활에 실망했다. 닛타에 대한 마사코의 사랑은 자신에게서 착한 아내의 모습을 원하는 일시적인 요구에 등을 돌리는 일은 하지 않았다. 닛타의 만족 앞에서 선량한 아내로 있길 원하는 아첨이 언제나 그녀의 마음 깊은 곳에 퍼져 있는 것을 그녀 스스로 느끼고 있었다. 그것은 마사코에게 있어 무서운 타협의 시작이었다.

마사코는 너무 힘든 고통으로 자신의 생활을 올바르게 해석하여 진실하게 이해해 보려고 했다. 집안일에 서툰 자신과 그럼에도 불구하고 집안일을 처리하지 않으면 안 되는 자신의 상황, 남편에 대한 사랑과 남편 일에 대한 이해, ―그리고 무엇보다도 중요한 자신의 예술과 자유와 자신의 삶이 점점 결혼에 의해 착취되어 가는 괴로움 등― 마사코는 하나씩 하나씩 세어보고 써 보기도 하고 비판도 해 보았다. 부엌에서도 그녀는 도저히 일을 계속할 수 없을 것 같은 고통에 압도되었다. 그럼에도 총명한 그녀는 집안일에 몰입할수록 모든 일에 무신경하게 있을 수 없었다. 남편의 의복 식사 메뉴에 대해서도 점점 세심해져 갔던 것이다. 마사코는 자신의 그런 총명함에 더욱 괴로움을 느끼는 경우가 종종 있었다.

그녀는 그런 모순의 혼돈에서 도망치려고 혼자만의 시간이 있었던 시기로 돌아가려고 몇 번이나 생각했다. 자신이 혼자가 되면 자기 집에는 자신을 말없이 보살펴주는 친절한 어머니가 계실 것이다. 현재 자신이 부담스러워하는 집안일을 모두 어머니가 해주실 것이다. 자신이 옷을 세탁하고 다림질 하는 일이나 자신이 식사를 준비하는 일도 없을 것이다. 자신도 현재의 닛타처럼 자유롭게 일할 수 있을 것이다. 마음대로 공부할 수도 있다. 마사코는 독신 시절 주권자였던 자신의 생활을 그리워하지 않을 수 없었다. 마사코는 독신생활 때로 돌아갈 궁리를 했다.

"우리들의 사랑은 사랑이야. 두 사람의 생활이 떨어져 있다고 해도 서로 그 사랑이 불행해질 일은 없지. 오히려 서로의 마음이 혼란에서 벗어나야 조용하게 공부를 계속할 수 있어."

라고 마사코는 생각해 보았다. 하지만 그것은 이론에 불과했다. 반년 동안이었지만 함께 한 둘이 헤어지는 것은 큰 고통이었다. 그런 고통을 마사코는 감당할 수 없었다. 마사코는 생각을 고쳐먹기로 했다.

'너의 현재 생활의 전부를 지탱하는 것은 사랑이야. 사랑 이외엔 아무것도 없어. 그 사랑을 그대로 넓고 크게 사는 것이 현재 생활에서 가장 자연스런 일이야.'

이런 새로운 의지가 그녀의 머리에 가득 찼을 때 마사코는 눈이 번쩍 뜨인 것 같이 자신의 생활에서의 신앙을 확실히 붙잡을 수 있다고 생각했다. 사랑이 가득한 생활은 아름답고 순수하며 행복하다는 것을 가슴에 반복해서 새겼다. 그 신앙을 놓치지 않으려고 자신의 혼으로 붙잡으려고 했다. 자신의 지금까지의 생활은 모두 이 사랑을 중심으로 이끌어내려고 노력한 결과이다.

남자를 위해 머리를 빗고 화장을 하는 시간을 빼앗기는 것도 비굴하게 느껴졌지만 자연스럽게 남편에 대한 사랑으로 자신을 아름답게 꾸미는 것이라 생각하자 마음이 편안해졌다. 집안일을 할 때도 남편을 위한 부지럼함의 한 가지라고 생각하면 안정되곤 했다. 집안일을 괴롭게 생각하는 것이 오히려 비겁한 것으로 인식되었다. 자신은 모든 일을 가장 명확하게 마무리하지 않으면 안 되었다. 그것이 자신의 강점이었다. 집안일을 완전히 마무리하고 그리고 나서 자신이 살아가는 길을 열어가는 것이다. 한편으로는 영혼을 가진 여자로서 살아가는 길을 태만하지 않게 추구하는 것이다. 그것은 결코 자신의 생활이 모순 되는 것은 아니다. 충실한 사랑은 그 두 줄의 평행선의 조화를 이룰 수 있는 것이다. 마사코는 그렇게 생각했다.

이 생각은 마사코의 혼란한 생각을 진정시켜 주었다. 즐겁게 집안일을 한 후 편안하게 자신의 서재에서 천천히 자신의 일을 할 수 있었다. 그런 자신에게 유쾌함마저 느낄 수 있었다. 그녀는 또한 당연하게 닛타의 기분을 읽을 수 있었다. 두 사람은 여느 부부처럼 사랑하는 일이 점점 즐거워졌다. 남편의 품에 안기는 아내의 감정이 유순하고 조금도 이기심이 포함되어 있지 않은 것이 매우 아름답게 느껴졌다. 단순한 우정이라는 것─반대로 두 사람의 생활이 반려자로서 얽혀 동지애라는 이름이 붙여졌어도 그 불확실한 동지애와는 다른 남편으로서의 남자의 건전한 사랑은 동경하지 않을 수 없는 강한 무언가였다. 마사코는 그 강한 사랑의 힘에 매료된 때가 있었다. 그 사랑에 매료될 때 마사코는 자신도 모르게 남자에게 애교를 부리게 되었다. 그런 자신의 태도가 비굴하다고 생각되지 않았다. 남자의 성과 여자의 성이 자연스레 가진 욕망이 미묘한 힘의 차이로 인해 몸에 나타나는 것이 마사코는 한층 매력적으로 느껴졌다.

3

두 사람은 함께 2년을 보냈다. 둘의 생활은 잠시 동안은 행복하게 보였다. 그녀는 사랑의 신앙에 얼굴이 찡그려지고 자주 불만과 부당함을 나타내고 있었다.

그러나 그 사랑의 신앙이 그녀의 한쪽 손에서 떨어지려고 하고 있었다. 두 사람이 서로 사랑하는 것과는 다르게 두 사람은 다투지 않으면 안 되는 상황이 생활 안에서 몇 번인가 일어났다. 두 사람은 다투지 않으면 안 될 때 그녀는 자신이 진정으로 억울하지만 매번 그녀의 가슴에 애매한 울분이 가신 후 모욕감이 느껴졌다. 그녀는 괴로움으로 모욕감을 느낀 후 스스로를 바라보았다.

물론 마사코는 서재에서 하는 자신의 일에 소홀하지는 않았다. 집안일도 긴 시간동안 익숙해졌기 때문에 신속하게 처리한 후 더욱 서재에서 공부에 열중할 수 있었다. 그 무렵 결혼 전부터 그녀와 예술적 교류가 있던 친구들이 마사코의 집을 자주 방문하게 되었다. 모두 남자 친구로 마사코의 진실한 친구들이었다. 마사코의 뛰어난 재능과 훌륭한 예술적 감성에 경의를 표하는 정신적인 친구들로 마사코를 이해하는 젊은 사람들이었다. 그 친구들은 집을 방문하여 닛타와 대화를 나누기 보다는 마사코와의 대화를 더 즐거워했다. 마사코도 또한 자신의 예술을 잘 이해해주는 그들을 예전과 같이 반겼다. 집안일에 파묻혀 세상과 거리를 두게 되었던 마사코는 그들을 만나고 나서 새로운 흥분감을 느꼈다. 친구들은 모두 젊고 예술을 향한 동경의 눈빛은 빛나고 있었다. 그 눈빛을 지켜보기만 해도 마사코는 가슴이 뛰는 즐거움을 느꼈다. 친구들의 새로운 욕구에 불타는 말들은 그녀의 심장을 오랜만에 강하게 뛰게 했다. 예술을 향한 동경, 그 넓은 하늘에서 이 젊은 친구들의 손을 잡고 춤을 추는 생생한 즐거움. 그녀는 그 즐거움을 모두 맛보고는 갑자기 그들과 헤어지게 되었다.

그녀는 그 후 예술을 향한 모든 동경의 시선을 닛타에게 돌리며 그 격정적인 흥분을 무리하게 잠재우려 했다. 그때 갑자기 모든 것이 암흑에 둘러싸인 것 같은 실망감을 느껴야 했다. 그 이유는 그때의 닛타는 기분 나쁠 정도로 냉담하게 보였기 때문이다. 닛타는 불쾌함의 정점에 달한 얼굴을 하고 묘한 침묵을 지키고 있었다. 모든 고통을 이를 물고 참고 있는 듯한 남자의 날카로운 침묵이 그녀의 가슴에 밀려와 예술을 향한 동경의 슬픔에 젖은 가슴을 채찍처럼 때렸을 때 마사코는 그저 비참했다. 마사코는 헐떡거리는 압박의 호흡을 가라앉히며 왜 그가 그렇게 불쾌한 얼굴을 했는지 조용히 묻는 것 외엔 방법이 없었다. 닛타는 그 물음에

"그런 친구들과 교제하지 않아도 되지 않아?"

라고 대답했다.

"왜 어울리면 안 되나요."

"왜라고 할 것도 없지만 당신이 그들과 어울리는 것이 나는 괴로우니까."

"당신이 그런 말을 하다니……."

마사코는 전혀 이해해 주지 않는 남편의 말에 놀라 그저 가만히 닛타의 얼굴을 보았다. 그리고 조용하게

"당신은 조금도 진지하게 나를 봐주지 않는군요."

라고 말했다.

"그들은 나에게 있어서 가장 소중하고 고마운 친구들이에요. 왜 내가 그들과 교제하지 말아야 하죠. 이상하지 않아요? 나는 당신 친구들에 대해 그런 항의를 할 권리가 없다고 생각해요. 그건 당신도 마찬가지예요. 왜 당신이 그런 항의를 할 수 있는 거죠?"

"항의가 아니요. 당신이 젊은 남자들과 이야기하는 것이 나는 불쾌하기 때문이요."

"세상에. 뭐라고 할 수 없을 정도로 무지하군요. 비굴하군요. 그래서 당신은 나를 모욕하고 있는 거예요? 나의 자유를 인정하지 않는 거예요?"

마사코는 더욱 심하게 남자를 몰아붙였다. 그것은 잘못된 일이라고 말했다.

"왜 나보고 고독해지라고 하시나요? 외톨이가 되라고 하시나요? 친구를 사귀지 말라고 하시나요?"

마사코는 너무도 슬퍼져 울기 시작했다. 닛타가 몹시 잔혹하게

보였다. 동정도 이해도 없는 바위 같은 남자로 보였다. 그녀는 남자에 대해 증오로 가득 찼다.

"내가 틀렸다고 생각하지만 그렇다고 어떻게 할 수도 없어."

라고 닛타가 말했다. 그 추하고 무지한 질투를 닛타는 어찌할 수 없었다. 여자의 살아가는 길을 해방한다는 것은 상상할 수 없었다.

"당신이 백 명의 친구를 잃어버렸다고 고독하지 않아. 왜 고독이라는 것을 생각하지. 나는 당신의 백 명의 친구보다 더 많은 이해와 동정을 당신에게 갖고 있어. 당신은 친구가 없어도 괜찮아. 혼자가 되어도 괜찮다고 생각해."

마사코는 한층 더 심하게 울었다. 어떻게 이런 쓸쓸한 인생일까. 마사코는 남자를 저주하며 울음을 멈추지 않았다.

두 사람의 사랑이 둘을 예전으로 돌려놓았다. 닛타는 자신의 질투를 부끄러워하며 마사코에게 사과했다. 그것은 당연히 여자를 모욕한 일이었다. 마사코도 역시 분주한 일상으로 돌아갔다. 친구들과의 열렬한 대화를 그녀는 감격하며 닛타에게 자유로이 말할 수 있게 되었다.

'서로를 이해하는 것은 정말 유쾌한 일이야. 행복한 일이지. 그무엇도 마사코를 실망시켜서는 안돼.'

라고 닛타는 그때 맹세했다.

하지만 그것도 한때였다. 마사코가 마사코의 친구들과 만난 후 닛타는 어떻게 해도 불쾌감을 억누를 길이 없었다. 개운치 않은 그늘진 얼굴을 하고 닛타는 한동안 마사코에게 말을 걸지 않았다.

'그 사람 역시 괴로워하고 있어. 그 사람은 우리의 결혼이 어떤 것이었는지 잊어버렸어. 그도 어쩔 수 없는 보통 남자야. 여자를 새롭게 이해할 수 없는 사람이야.' 마사코는 혼자 닛타를 비난해 보지만 그 저변에는 남자에 대한 상냥한 동정심이 눈 녹듯이 흐르고 있는 것을 알 수 있었다.

그녀는 어두운 생활 절망 끝에서 좌절하지 않을 수 없었다. 그녀에게는 남편을 두려워 할 그 무엇도 없었지만 닛타의 불쾌한 얼굴을 보는 것은 참을 수 없었다.

"당신은 나를 믿지 않아. 나를 이해하지 않아. 나를 모욕하고 있어."

라며 몇 번이고 남자에게 소리쳐 보아도 그 질투를 제어하지 못하는 남자의 고통에 역으로 그녀는 동정심이 일어나 모든 것을 용서해 버리고 싶어졌다. 그 결과 그녀는 자연스럽게 친구들을 피하게 되었다. 아무 잘못도 없이 그녀와 친했던 젊은 예술가들은 전에 없이 마사코에게 쫓겨났다.

"지금 좀 일이 많아서……."

"지금 손님이 와 계셔서……."

마사코는 이렇게 얘기하며 조금이라도 닛타의 고통을 줄이려고 했다. 마사코가 친구를 만나지 않을 때 닛타는 매우 죄를 참회하고 있는 사람처럼 숙이고 마사코를 대했다. 그럴 때 두 사람은 더욱 깊이 사랑하였다.

그러나 마사코는 외로웠다.

'어떻게 하면 좋다고 할까' 마사코는 끊임없이 안절부절못하며 자신의 주위를 파헤치듯이 주시했다. 자신의 폭넓은 생활을 바라는 것과는 달리 점점 작게 좁아지는 것이 슬펐다. 유일하게 한 사람, 닛타에게만 기대고 있는 것에 마사코는 너무도 답답함을 느꼈다. 현재의 마사코에게는 닛타 외에는 아무도 사랑할 마음이 없다 해도 그녀는 그 주위의 예술하는 친구들을 탓하지 않으면 안 되었던 것이다. 그들의 사상은 그녀의 사상에 여러 가지 영향을 주었고 그리하여 저 밑으로 가라앉으려고 하는 그녀의 예술적인 욕망에 새로운 욕망을 이끌어 내었다. 그들은 마사코에게 있어서는 자극이 되었다. 마사코는 그런 소중한 친구마저 닛타를 위해 잃어버려야만 했던 것이다.

닛타에게도 많은 친구들이 있었다. 물론 이성은 아니었다. 닛타는 그 친구들과 만나기도 하고 방문하기도 하였다. 지금 마사코가 그 친구들과 절교하라고 한다면 닛타는 어떤 반응을 보일 것인가.

"저들은 나의 소중한 친구들이야."

라고 말할 것임에 틀림없다. 남자도 여자도 같지 않은가. 왜 닛타 자신은 친구를 사귀는 것이 가능하고 나는 친구를 가져서는 안 된다고 하는 것인가.

"내 친구들도 동성이었다면 아무 문제도 일어나지 않았을 거야."

마사코는 그렇게 생각했지만 진정한 친구로 삼고 싶은 사람이 자신 주위의 동성 안에는 한 명도 없는 것에 마사코는 낙담하였다.

닛타는 그즈음 외국의 긴 장편소설을 번역하고 있었다. 두 사람의 생활비를 위해서 닛타도 여러 일을 하지 않으면 안 되었던 것이다. 마사코는 무리하게 남편에게서 부양받으려는 것은 절대적으로 여자의 비굴함이라 생각했기 때문에 자신도 공부할 겸 쉬운 부분을 골라 번역을 돕기도 했다. 밤이면 피곤한 닛타를 위로하는 일도 게을리 하지 않았다. 낮 시간의 반은 가정 일에 매달렸다. 닛타도 마사코를 위로했다. 둘이서 닛타의 서재에서 마주하고 의자에 앉아 서로 번역의 의미를 찾아 가르치고 도우며 펜을 움직일 때 창밖은 6월의 상쾌한 바람이 불어 신선한 술의 내음 같은 나무 향기가 실내에 가득했다. 두 사람은 정말 행복했다. 특히 닛타는 행복했다. 그녀는 재능이 있다. 그리고 영리했다. 그녀는 나무랄 데 없이 온화하다. 그녀는 또한 다방면에 솜씨가 좋았다. 그리하여 일을 정리하는 수완이 뛰어났다. 그녀의 사랑스런 미소는 아름다웠다. 그녀의 주위의 남자 친구들의 방문도 끊어졌다. 그녀는 그즈음 완전히 혼자였다. 그녀의 모친조차 그녀에게서 멀리 떨어지게 되었다. 그리하여 그녀는 건전하게 근면하게 자신의 옆에서 일을 돕고 있다. 닛타는 행복한 생활이라고 생각했다.

"나는 절대로 다른 여자를 사랑하지는 않아."
라고 닛타가 마사코에게 말했다.

4

마사코는 점점 몸이 나빠졌다. 어디가 아프다고는 할 수 없지만 몸에 이상이 있다는 느낌이 들었다. 가슴이 답답하거나 두통이 생기기도 했다. 특히 뇌는 항상 병적으로 혼탁했다. 닛타는 마사코가 운동 부족 때문이라고 했지만 마사코는 변함없이 외출할 기분도 생기지 않았다.

마사코는 자신의 생활이 요즘 얼마나 안정되어 있는지를 생각해 내곤 무서운 생각이 들었다. 그 안정은 고질병에 걸려 만성이 된 병자와 같은 것이었다. 몸 안에 병을 키우면서도 그 병에 대해 조금도 고민하지 않은 것은 무서운 사실이었다. 그녀는 결코 행복하지 않았다. 그것은 두 사람의 사랑이 일치했을 때 마사코는 무한의 행복을 느끼는 듯 했지만 그 느낌은 이윽고 무서운 불행으로 변해갔다. 그리하여 어떤 경우에도 이기적인 경향이 있는 닛타의 사랑을 마사코는 예리하게 간파하지 않을 수 없었다. 그가 환경 탓으로 무의식중에 이기적이 된다고 마사코도 충분히 동정했지만 이

기적인 남자의 사랑은 마사코에게 끊임없이 불쾌감을 불러일으켰다.

그녀의 사랑에 대한 신앙이 전부 나락으로 떨어졌다. 사랑의 신앙은 그녀의 마음에서 점점 빛깔이 퇴색하기 시작했다. 그녀가 사랑의 신앙을 지키려고 했을 때는 일방적으로 이기적인 사랑을 자신이 포용하지 않을 수 없었다. 마사코는 도저히 그런 일은 할 수 없었다. 자신의 생활 의의를 사랑을 중심으로 거기에서 답을 얻으려 노력하는 것은 너무도 바보 같은 일에 지나지 않았다. 자신은 반드시 사랑하지 않으면 안 된다는 것은 아니다. 자신은 스스로를 위해서 그 사람과도 싸우지 않으면 안 된다는 각오를 하해야 한다.

사랑의 신앙은 자신을 타락시키는 것이다. '사랑의 신앙이라는 애매한 교리 아래 자기 자신을 잃어버리는 박약한 짓을 하면 안 된다'라고 마사코는 생각했다. 그녀는 그런 고정된 사랑의 속에서만 살고 있지만 다소 큰 야심을 그 영혼의 뒤에 숨기고 있었다. 그녀는 무언가 자신의 주위를 타파해 가지 않으면 안 되는 초조감을 느꼈다.

마사코는 남편의 일을 돕는 것을 그만두고 자신의 서재에 틀어박혀 있었다. 거기에서 마사코는 온 마음으로 자신의 예술창작에 몰두했다. 그러나 무서운 것은 그녀의 2년에 가까운 가정에서의 습관이 신경질적으로 그녀에게 여러 가지 일을 재촉하였다. 책상에 앉아 있는 그녀의 머리는 일의 순서가 뒤죽박죽으로 섞여 망상적으로 돌발해서 그녀를 괴롭혔다. 그리고 또한 그녀의 마음에서 완전히 닛타를 잊어버릴 수 없었다. 닛타가 외출하고 있을 때만 그녀는 안정할 수 있었지만 닛타가 집에 있을 때에는 그녀는 뭔가 그쪽으로 주의를 빼앗겨 사색을 방해받았다.

그녀의 창작의 붓은 조금도 나아가지 않았다. 서재에 있으면 말 그대로 멍하게 있는 날이 계속되었다. 마사코는 결국 자신은 자신의 세계를 창조할 수 없는 인간이라고 생각하여 홀로 슬퍼했다. 그녀는 히스테리 환자 같은 몸 상태가 되어 있었다. 그녀는 가끔 심하게 울거나 화를 냈다. 닛타의 몸 전체에 넘치는 활동의 힘조차도 질투가 났다. 그래서 자신의 생활을 끊임없이 침식하는 남자의 보이지 않는 권위의 힘이 그녀는 그저 증오스러웠다.

마사코는 남자에게 대들거나 반항하는 일이 많아졌다. 아무 근거도 없는 일로 난폭하고 무지하게 남자에게 싸움을 거는 쾌감을 알게 되면서 그녀는 그 순간만은 남자를 굴복시키는 자신감을 느꼈다. 그녀가 그런 무지한 감정을 발산하게 된 후 닛타는 그녀가 지금까지 숨겨둔 성질이 이즈음에서야 노골적으로 드러난 것이라 오해하고 있었다. 닛타는 그녀가 제멋대로 구는 것을 나무랐다. 이제 두 사람 사이에는 올바른 이해도 정신적인 그 무엇도 모두 없어져버리고 말았다. 이해하려는 일조차 두 사람에게는 모욕 그 자체였다. 가장 높은 삶의 길을 걸어가자고 약속하고 이해한 처음의 두 사람은 지금에 와서는 서로 야비하고 저급한 인간으로 취급하며 모멸을 주고 받았다.

"결혼이 나쁜 거야."

라고 닛타도 마사코도 생각하였다. 두 사람의 결혼에는 처음에 생각하던 영적인 무언가는 없고 정신적인 무엇도 없었다. 오직 육체적인 결합만이 있었을 뿐이다. 두 사람은 점점 동물적인 사랑을 계속해 가는 것이다. 마사코는 이렇게 극단적으로 생각하기까지 했다.

'아내의 복종, 아내의 충실, 아내의 정숙, 아내의 근신은 전부 결혼생활을 미화하는 중요한 수단으로 특별히 선택된 생활 작법의 하나야. 여자의 도덕이라기보다도 결혼생활의 작법이야. 그 작법을 배워 그 작법의 그림자에 숨어 있지 않으면 도저히 결혼생활의 폭적인 수치를 참아낼 수 없어.'

라고 마사코는 어느 날 반감적으로 종이 모퉁이에 적어두었다.

그러나 총명한 마사코는 얼마 뒤 자기 자신의 생활을 한 번 더 재정비하려고 노력했다. 현재의 생활을 버릴 수 없으면 그 생활에 잘 적응하지 않으면 방법이 없다고 그녀는 생각했다. 그녀는 자신이 한 번 발을 들여놓은 여자의 운명을 따라 그 안에서 더욱 자신을 새롭게 찾아내려고 결심했다. 그것은 비참한 결심이었지만 그녀는 그 결심에 의해 한 동안 정신적 방향을 정할 수 있을 것이라 생각했다.

그녀의 노력은 헛되지 않았다. 그녀가 오랜만에 쓴 평론이 발표되자 금세 몇몇의 젊은이들에게 호평을 받아 평판이 높아졌다. 결혼에 구속된 부인의 생활을 통절하게 피력한 그 문장에는 그녀의 철저한 사색과 솔직한 표현과 작열하는 감정이 잘 나타나 있었다. 젊은 그녀가 다른 여성들과 달리 어쨌든 그 사상의 강한 자각을 피력한 재능을 보이자 남자들은 그녀를 유망하다고 인정했다.

마사코는 그 글이 발표되고 나서 또다시 많은 사람들의 방문을 받았다. 한 번 그녀에게서 멀어졌던 옛 예술가 친구들도 찾아왔다. 그녀는 사람들을 새롭게 사귀는 것에 기쁨을 느꼈다. 이상한 것은 그녀에게 특별한 친밀감을 보내는 남자도 그녀 주위에 생겼다. 그녀는 그러한 남자들에 대해서도 경멸감은 느끼지 않았다.

가정의 사정은 그것과 동시에 오히려 좋아졌다. 닛타도 마사코가 결혼 후 처음으로 자기 일이 생겨 기뻐했다. 마사코도 그것을 보고 행복을 느꼈다. 마사코의 생활은 빛나기 시작했다. 그녀에게는 모든 것이 자랑스러웠다. 가정을 보는 그녀에게 예전에는 없던 자랑스러움을 느끼게 했다.

'여자가 가정을 돌보면서 다른 한편으로 남자와 같은 보조로 사회 속에 서려는 것은 확실히 남자보다 2배의 일을 해야 해. 힘의 차이는 별개의 문제로 하더라도 그 양에 있어서 여자가 남자보다 우월해.'

그러한 자긍심은 마사코에게 활동의 힘을 한층 더했다.

5

　두 사람은 또한 조용하게 사랑할 수 있게 되었다. 자신의 일상 생활에서는 아무것도 고민하는 일 없이 마사코는 쉼 없이 자신의 창조 세계를 바라볼 수 있었다. 어느 정도 중요하게 생각하고 있는 가정의 일도 그녀는 이즈음에는 그냥 내버려두게 되었다.

　마침 마사코가 자신에게 특별하게 접근하려고 하는 어떤 남자로부터 어렴풋이 유혹을 느꼈을 때 마사코는 거기에 넘어가면 안 된다는 괴로운 노력을 할 때였다. 마사코는 자신의 신체에 이상이 생긴 것을 알게 되었고 긴 시간 신경을 쓰면서 생활했다. 그리고 그것이 임신인 것을 알았을 때 마사코는 상상도 못했던 사실에 충격을 받은 듯 놀랐다. 마사코는 그날 하루 종일 자기 방에 들어가 울며 지냈다.

　"이제 이것으로 모든 것이 끝이야."

　라고 마사코는 생각했다. 슬픈 절망. 마사코는 자신들 사이에 아이는 절대 생기지 않을 것이라 생각했던 어리석음을 탓하기 보다는 그 후 자신의 생활에서 또 다른 책임이 생겨난 것에 끊임없이 절망했다.

　'나는 선량한 어머니가 되지 않으면 안 돼. 어머니의 책임을 다 하지 않으면 안돼.'

마사코의 그 절망에 닛타는 조금의 동정도 하지 않았다. 닛타는 자신들 사이에서 아이가 태어난다는 사실을 기뻐했다.

"당신은 내가 노예가 되는 것을 기뻐하는 건가요. 내 일생을 당신과 아이를 위해 희생하는 것을 기뻐하는 건가요."

마사코는 닛타에게 울면서 말했다. 닛타는 침묵했다. 아이에 대한 책임은 자신도 마사코도 함께 지지 않으면 안 된다. 단지 자신은 낳는 고통이 없을 뿐이다. 하지만 그건 자신이 어떻게 할 수 없는 일이다. 닛타는 거의 마사코의 눈에 음험한 남자로 보일 정도로 그것에 대해서 아무 말도 하지 않았다.

마사코는 또한 사람들에게 자신의 몸을 부끄러워했다. 특히 유혹을 느끼는 그 남자에겐 한층 더 깊은 부끄러움을 느꼈다. 그건 왜일까? 마사코는 그것을 생각하기조차 싫었다. "아이가 생기면 곧 어딘가에 맡기는 것을 약속해 주세요. 우리에게는 아이보다 중요한 일이 있잖아요."

마사코가 이런 말을 했을 때 닛타도 거기에 동의했다. 아이를 키우는 일이 마사코가 서재에서 하는 일에 방해가 된다면 그렇게 해도 좋다고 닛타는 말했다. 닛카는 물론 아직 태어나지 않은 그 아이보다 마사코를 더 사랑했다.

'왜 여자가 아이를 낳지 않으면 안 되는 것일까.'

마사코는 그 자연의 운명을 저주했다. 닛타에 대한 증오가 다시 그녀의 감정을 거칠게 했다. 마사코는 자포자기 상태로 매일매일 밖으로 돌아다녔다. 자신의 몸을 무언가에 던져 파괴시켜 버리고 싶은 짜증스러움이 그녀를 조금도 가만히 내버려두지 않았다.

그러나 그녀의 몸은 한층 건강해졌다. 뱃속의 아이는 어머니의 고뇌도 모른 채 나날이 자라고 있었다. 뱃속의 아이는 어머니의 사랑을 보채듯 미묘한 사랑의 온도를 뱃속에서 감촉으로 어머니에게 전하려 했다. 마사코는 몇 번이고 그 감촉에 자극을 받았다.

"자각. 결국 그것은 자신이 여자라는 것을 자각하는 것이야."

마사코는 좀처럼 그 절망에서 빠져나갈 수가 없었다. 그녀는 시작한 일도 내던져버리고 말았다. 그런 일에는 개의치 않고 10개월이라는 시간은 금방 마사코의 눈앞에서 지나갔다.

귀여운 남자아이가 태어난 것은 두 사람이 결혼하고 3년째 되는 겨울이었다. 닛타는 좋은 이름을 선택했다. 태어나면 곧장 다른 곳에 보낼 것을 주장하던 마사코는 아이가 태어나니 그 것을 잊어버린 듯이 말을 꺼내지도 않았다.

'어머니의 책임'

마사코에게는 그런 것은 아무것도 아니었다. 사랑하는 이를 사랑하는 것 이외에는 지금의 마사코에게는 아무 생각도 나지 않았다. 사랑하는 이를 사랑하는 것으로 그녀의 감정은 벅차 있었다. 한 순간도 그녀는 아이를 다른 사람 손에 맡길 수 없었다. 아름답고 자연스런 사랑에 그녀는 완전히 빠져 오직 사랑스러운 아이를 보는 것 외에는 어떤 상념도 떠오르지 않았다.

마사코는 그 아이를 위해 유모를 한 사람 두지 않으면 안 되었다. 마사코의 일은 한층 더 많아졌다. 그렇지만 마사코는 그런 일에 조금도 걱정하지 않았다. 아이를 위해 밤에도 자지 않고 지새는 일이 허다했다. 아이의 고통 어린 작은 얼굴을 살펴보는 일에 그녀의 주의는 잠시도 소홀함이 없었다. 아이에 대한 최선의 주의, 최선의 보살핌, 최대한의 조심스러움으로 그녀는 자신의 일은 생각할 틈이 없었다. 수면 부족으로 마사코의 눈은 핏발이 서고 피부는 거칠어지고 얼굴색은 창백해졌지만 그녀 자신은 조금도 피로를 느끼지 못했다. 닛타는 마사코의 참담함을 아침 저녁으로 볼 수 없어 아이를 다른 곳에 맡기자는 이야기를 꺼냈다.

"어째서요. 다른 사람 손에 맡겨야 하죠? 나는 스스로 키울 거예요. 정말 귀여운 아이예요. 어머니의 책임이라든지 희생이라든지 그런 것은 모두 초월했어요. 나는 이제 아무것도 생각하지 않아요."라고 마사코는 말했다.

6

또다시 그녀의 영혼이 야심의 세계에서 눈을 떴다. 마사코는 사랑스러운 아이를 품에 안고 있는 것만으로 그녀의 생활에 대한 욕망이 채워지지 않았다. 특히 닛타가 지금까지보다 2배로 일하지 않으면 안 되는 것을 보고 그러한 노력을 보고 마사코는 가만히 있을 수 없었다. 설령 물질적인 것이라도 마사코는 닛타를 돕지 않으면 안 된다고 생각했다.

마사코는 아이를 안고 자신의 서재로 들어갔다. 그렇지만 아이는 종일 마사코의 일을 방해했다. 마사코는 자신의 창작욕에 흥분하고 있을 때 그 사랑스런 방해물을 미워할 수도 야단칠 수도 없자 오직 아이를 안고 눈물을 흘릴 수밖에 없었다. 뭐라 할 수 없는 초조의 눈물이 그녀의 눈에서 떨어지고 그 뒤는 녹초가 되어 그저 갓난아이 그 작은 생명을 안았다.

아이를 보살필 때 유모는 아무 도움이 되지 않았다. 오히려 쓸데없는 참견을 할 뿐이었다. 닛타는 적어도 아이의 수고를 덜기 위해 그녀의 어머니를 모셔올 것을 상담했다. 장모는 좋은 사람이었지만 닛타와 마사코의 생활을 거의 이해하지 못하는 사람이었다. 세상 사람들 모두가 자신과 비슷한 생각을 가지고 산다고 확신하는 듯한 사람이었다. 닛타도 마사코도 어머니에게 늘 쓴웃음을 지으며 대하였다.

모친은 곧 딸과 손자를 돌보러 왔지만 아이를 키우는 일에 익숙하지 않은 그녀에게 묘하게 강압적인 권리를 행사하는 것이 마사코로서는 못마땅하였다. 마사코가 생각하고 있는 양육법과 모친의 양육법은 하나부터 열까지 달랐다. 마사코는 그런 일로 매일 모친에게 불평을 하거나 막연하게 모친에게 대들기도 했다. 그 사이에 끼인 닛타의 감정을 헤아리는 는 일도 마사코에게는 귀찮을 뿐이었다.

'만약 어머니가 닛타의 모친이었다면 나는 좀 더 참았을 지도 몰라.'

라고 마사코는 생각하면서 모친에게 돌아가시라고 했다. 모친도 장기간 딸집의 일을 도울 수는 없었다. 마사코 형제의 손자들을 돌보지 않으면 안 되었다.

마사코는 다시 아이를 자신의 옆에 끼고 있게 되었다. 아이를 등에 업고 책을 읽거나 젖을 먹이면서 글을 쓰는 일이 드문 일이 아니었다. 아이는 무럭무럭 자랐지만 가끔 열이 나 젊은 어머니를 놀라게 하거나 자신의 요구가 받아들여지지 않을 때는 울어버리는 참담한 모습을 보이기도 했다. 꼭 마사코가 결혼하여 한동안 서재에서 일이 손에 잡히지 않았던 때와 같은 상태가 되어 마사코가 생각한 일을 반도 하지 못했다.

'내 시간은 도대체 얼마나 될까?'

마사코는 또 자신의 시간을 생각하게 되었다. 집안 일에 매달리고 있을 때와는 다르게 아이를 돌보는 요즘에는 몇 시부터 몇 시까지 정해 놓고 자신의 시간을 제한하는 것이 불가능했다. 오직 아이를 돌보지 않는 불규칙한 틈을 타 시간을 만들 수밖에 없었다. 그리하여 그 틈새 시간에 자신의 일을 하는 수밖에 없었다.

그러나 역시 그녀의 생활상에서 제 2의 습관이 생겼다. 처음 집안 일을 적당히 하는 것이 가능 했을 때와 마찬가지로 아이에 대한 주의도 적당하게 처리하게 되었다. 무엇이든 크게 신경 쓰지 않게 되었다. 그녀는 아이를 돌보면서 사색하는 일이 가능해졌다. 부엌에 서서도 어떤 것을 구상할 수도 있게 되었다. 빨래를 하면서 생각을 정리할 수도 있게 되었다. 아이의 울음소리를 들으면서 그녀는 태연하게 책상에 앉아 일을 할 수도 있게 되었던 것이다.

그것은 진실로 신기한 생활의 힘이 아닌가. 그녀는 자신의 이중 삼중의 생활을 나누어 조화롭게 구분하여 융화시키고 조정할 수 있게 되었다. 옆에서 그녀의 생활을 보자면 충분히 비참했다. 그녀는 그 정도의 집안 일을 담당하면서 이전에 비해 많은 창작을 발표하거나 평론을 썼다. 그녀는 필연적인 여성의 운명에 대해 그 운명을 역으로 헤쳐 나가려는 노력과 의지만으로 그 속박에서 발버둥치는 듯 보였다. 비참한 생활 가여운 생활, 그러나 그녀 자신은 그렇게 느끼지 않았다. 자식에 대한 어머니의 자긍심, 남편에 대한 아내의 권리, 그리고 또한 자신의 예술에 대한 자긍심. 그녀는 또한 자긍심을 자긍심이라 해석하는 것을 피했다. 그것은 자긍심이 아닌 사랑이라는 이름을 붙여야 하는 것이었다. 자식에 대한 사랑, 남편에 대한 사랑, 그리고 자신에 대한 사랑이었다. 모두가 사랑인 자신의 생활은 그야말로 사랑 그 자체였다. 자기 생활의 힘은 사랑의 힘이라고 그녀는 생각했다.

그녀는 자신이 느끼고 깨달은 사랑이 얼마나 광대하고 무한한지 생각했다. 예전에 생각한 사랑의 신앙과는 달리 지금은 자기 자신이 사랑의 화신인 것처럼 해석되었다. 그녀는 기쁨에 빛나며 자신의 세계를 창조하는 일에도 게으르지 않았다.

마사코는 이 생활의 문제는 그녀에게 있어서 또다시 반복되지 않고 지나갈 문제일까? 그녀에게는 연이어 두 번째 아이가 태어날 것이다. 그리고 또한 그녀가 첫째 아이를 임신하고 있었을 때 어떤 남자의 유혹이 있었던 것처럼 같은 유혹이 그녀에게 다가올 것이다. 그녀의 예술적 정서는 모든 것에 대한 매혹, 유혹을 반드시 느끼게 될 것이기 때문이다. 그녀의 창조 세계는 그녀가 헤쳐 나가면 나갈수록 무한히 넓어질 것이다. 그때 그녀는 또한 현재의 사랑의 생활과 싸우지 않으면 안 된다. 지금까지의 생활에서 때때로 있었던 작은 싸움이 아니라 더 큰 싸움이 그녀의 영혼을 압박할 것이다.

그리하여 가엾기 그지없는 여성의 필연적 운명에서 도저히 도망갈 수 없는 것을 깨달았을 때 그녀는 또다시 신기한 '사랑의 생활'을 부르짖을 것이다.

산 길

山 道

"멧새가 울고 있어."

가을의 문턱에서 온천이 솟아나는 산길을 두 사람은 걷고 있었다.

"음."

남자는 걸음을 멈추고 나무 숲 속에서 새의 모습을 찾았다.

"여기 있어."

남자는 바로 찾았다.

"어디?"

여자에게는 좀처럼 새가 보이지 않았다. 파란 하늘 아래 금빛 햇살이 내리쬐는 나무 사이로 잔가지가 교차되어 있는 위쪽을 올려다보며 남자가 가르쳐 준 쪽으로 찾았다. 가느다랗게 무리 지은 잎의 모양이 모두 새처럼 보였다.

"어, 어, 여기에 있네."

남자는 여자의 뺨에 얼굴을 가까이 대고 새가 머물고 있는 나무쪽으로 시선을 끌려는 듯 여자 키에 맞추어 자신의 키를 낮추고 여자가 보이는 곳에서 그쪽으로 선 하나를 그었다.

"어, 봐. 여기에."

빨리 보지 않으면 새는 도망가 버린다. 여자는 초조했다. 어떤 나무일까? 하고 남자가 가리키는 손가락 끝을 따라 눈부신 빛을 쳐다보며 이쪽저쪽 눈동자를 돌렸다.

"못 찾았어?"

남자는 실망한 듯이 높게 올리고 있던 팔을 내렸다. 새는 여자를 애태우는 것처럼 바로 가까이에서 계속 지저귀고 있다.

"저 울음소리, 들리지?"

멧새는 민요 가수라고 남자는 말했다.

나무에서 나무로, 여자는 새의 모습을 찾았다. 파란 하늘에 철사처럼 가는 선을 그리고 있는 잔가지 끝에 나뭇잎이 팔랑팔랑 가을바람에 흔들리고 있다.

"아아, 있어."

뜻밖에도 나무 위에 있는 것을 발견했다. 거기에서는 깊숙이 보이는 잡목림 중 한 나무 꼭대기에 한 장의 잎을 그늘 삼아 새는 아름다운 작은 모습으로 하늘에 조각한 듯이 앉아 있었다. 펜촉 같은 부리와 작은 머리로 하늘을 들여다보는 듯이 움직이고 있다. 사정이 있는 듯이 고개를 갸우뚱하고 천지의 신비로움을 생각하고 있는 것 같은 영리한 모습이었다.

"저런 높은 곳에."

남자는 여자가 새를 발견한 기쁨에 다시 한 번 새 쪽으로 눈을 돌렸다.

"멧새란 반드시 나무 꼭대기에 있는 법이야."

라고 여자에게 가르쳤다.

"귀여운 새네."

마침내 찾은 기쁨과 두 사람의 눈이 잠시 그 새 위에 하나가 되는 즐거움에 여자의 얼굴에도 미소가 넘쳤다. 새는 놓칠 수 없는 선명하고 뚜렷한 모습으로 잔가지 끝에 가볍게 앉아 있었다.

"어, 날아간다."

남자가 다시 새의 행방을 가리키듯이 손가락질했다. 당황하여 날아간 곳을 여자도 눈으로 쫓았다. 남자의 사랑의 마음을 실은 채로 가버리고만 듯한 섭섭함에 여자는 새가 보이지 않게 된 나무와 하늘 쪽으로 끝없는 애정을 쏟았다.

새 때문에 소란을 피운 뒤 잊어버리고 있던 수풀 속의 고요함이 한층 깊은 고요함으로 두 사람의 발밑에 되살아났다.

"멧새는 귀여운 새네."

마치 남자의 가슴 속에 그 새가 있는 것처럼 사랑스러움으로 여자가 말했다.

"귀여운 새야. 저 새는 다른 새와 우는 소리가 달라."

작고 울림이 분명하지 않은 소리를 깊게 지저귀는 소리가 여자의 귀에 나지막하게 남아있었다. 의식하고 있는 시詩의 마음을 노래의 리듬에 맞추어 흔들고 있는 것 같은 울음 소리였다.

절벽 사이에 길게 자란 잡초가 길가에 깊숙한 음영을 만들고 있다. 두 사람 외에는 아무도 없는 한적한 길이었다.

"아름다운 길이야."

가을의 아름다움이 인간의 모습도 물들이고 있다. 남자의 머리카락엔 빛이 흔들리고 여자의 뺨에는 햇빛을 받아 핏빛의 붉은 색이 비치고 있다.

아직 여름빛을 띠고 있는 하얀 구름이 산 가장자리에 두둥실 떠다니고 있었다. 열을 빼앗긴 햇빛이 길을 따라 산에서 길 위로 빛을 떨어뜨리고 있다.

때때로 걸음을 멈추고 남자는 절벽 쪽의 산과 수풀을 바라보았다. 삼나무 숲은 여름의 깊은 색을 빛 속에 유지하며 확연하게 짙고 옅은 녹색을 띠고 있었다.

"저 삼나무, 예쁘네."

남자는 자신의 눈에 보이는 풍경을 하나씩, 하나씩 경치 속에서 집어내어 여자에게 가리켰다. 자신이 아름답다고 생각하는 감각으로 여자의 감각을 끌어들이는 것을 즐기는 것처럼

"음."

하며 여자와 어깨를 나란히 하고 자신의 시선으로 여자의 시선을 재촉했다. 여자는 또 남자가 끌어들이려고 하는 감각 속으로 순수하게 끌려들어가는 것이 즐거웠다.

"예쁘네."

남자가 느끼는 아름다움으로 여자도 숲 속 삼나무의 푸르름을 바라보았다. 남자가 아름답게 보는 것은 여자에게도 아름다웠다. 남자가 느끼는 짙은 녹색은 여자에게는 더욱 짙은 신선한 녹색으로 보였다. 남자가 말하는 자연의 묘사가 여자가 바라보는 산, 구름, 물의 모습을 사랑이 담긴 풍부한 색채로 느끼게 했다.

또 멧새가 어딘가에서 울었다.

"멧새야."

바로 새를 찾으려는 것처럼 남자는 소리가 들려오는 쪽으로 귀를 기울였다.

지저귀는 울음소리가 멀리서 들렸다. 남자는 여자의 손을 잡아 끌고 수풀 속으로 들어갔다. 여자가 밟고 지나가는 조리 밑으로 낙엽이 바스락바스락 소리를 낸다. 그 소리에도 남자 쪽으로 신경이 쓰여이는 여자는 작은 새보다도 자신이 놀라 남자에게 끌려가면서 남자의 숨죽인 발걸음을 쫓아간다.

새는 깊게 숨어 이번에는 쉽게 찾을 수 없었다. 남자는 여자의 손을 놓고 혼자서 나무 사이를 누비고 걸었다.

"저런 곳에."

남자가 여자를 불렀다.

"저기 좀 봐."

새를 찾은 기쁨으로 살며시 다가온 여자에게 새가 앉아 있는 나무를 가리켰다. 수풀 밖 산중턱의 한 그루 나무에, 새는 조금 전과 같은 아름다운 흑점을 놓고 있었다.

"정말."

방향을 가리키자, 한번 본 낯익은 새의 모습이 바로 여자의 눈에 들어왔다.

"같은 새일까?"

"조금 전의 새인 것 같아."

새의 날개 위에 남겨둔 사랑이 넓디넓은 공간에서 여자의 가슴으로 되돌아왔다.

서로의 가슴으로 끌리는 것, 서로 얽혀있는 것을 느끼면서 닿을 수 없는 거리를 두 사람 사이에 두고, 그것을 서로 몰래 들여다보고 있는 듯한 시간을 여자는 그만큼의 의미 있는 시간으로 지키려하고 있었다. 남자가 여자의 곁으로 찾아오면 그것이 무슨 뜻인지 알고 있어도 그 의미를 알려고 하는 것은 나쁘다는 마음으로, 여자는 남자를 맞이했다. 그런 날은 어느 정도 이어지더라도 아무 말도 하지 않고 이렇게 얼굴을 마주한 채로 사랑의 마음을 담은 술잔을 가만히 둘이서 받쳐 든 것 같은 내면적인 기쁨, 단지 이것만으로도 충분했다. 두 사람의 손가락과 손가락이 닿았던 순간에 사랑은 잔으로부터 흘러넘치고 만다.

사랑이 지나치면 결국 사랑을 잃어버리게 되는 것이 운명이라고 여자는 생각했다. 술잔에 따라져 있는 남자의 사랑은 남자 자신의 생활 속에서 비밀스럽게 나누어져 온 사랑인 것이었다.

흘리지 않으려고 한 사랑이 넘쳐 흘러버렸다.

누가 엎질렀을까? 여자는 그 일을 돌이켜 생각하고는 자신을 뒤돌아보고 그리고 그저 만나면 헤어지는 것을 생각한다. 발을 내딛어서는 안 되는 생활 속에 한걸음 안으로 들어간, 우울하고 무거운 마음으로 여자는 애정은 또 뿌리쳐야 한다고 생각하고 혼자서 이곳으로 왔다.

떨어져 있으면 여자는 아직 순수한 감정으로 남자를 생각 할 수 있었다.

"여기까지 와서 어디로 되돌리라고 말하는 것인가."

라고 남자는 편지에 썼다. 여자는 지금이라면 원래대로 되돌릴 수 있을 것 같은 기분이 들었다.

남자는 그것을 용서하지 않는다고 말하는 것일까. 자신에게 진실로 다가오는 남자의 사랑이 파괴된 눈으로부터, 새로운 사랑으로 어떤 파괴가 전해져 오는가를 남자는 생각하고 있는 것은 아닐까. 자신이 남자로부터 받아들인 애정은 남자만의 애정은 아니었다. 그 애정으로 살고 있는 것으로부터도 빼앗아 올 것 같은 애정이었다.

어째서 자신에게 말없이 그런 곳으로 혼자서 가버린 것일까. 그 마음은 알 수 있을 것 같기도 하고 모를 것 같기도 하다.

당신이 나와 같은 곳에 없는 것이 얼마나 쓸쓸한지, 그것을 알 리가 없다.

둘이서 여기까지 와서 당신은 어디로 되돌아간다고 말하는 것일까.

남자가 온천의 여관으로 왔다. 그리고 편지에 써 보내 온 것을 반복해서 말했다.

"이렇게 하고 있는 시간에 어떻게 헤어지는 것을 생각할 수 있지?"

그것이 이상하다고 말했다. 깊은 애정을 보이면서 당장이라도 그것을 버릴 것을 생각한다. 인간의 마음에 어떻게 그러한 사악함이 있는 것일까.

"애정이 정말로 있다면."

라고 남자가 말한다.

'정말로 애정이 있다면.' 그것만으로 충분한 두 사람의 생활이었을까. 남자는 여자의 진실이 부족한 것이라고 말한다. 남자에게 좀더 진실하기를 바란다면 남자의 생활은 어떻게 되는 것일까.

"두 사람의 생애에 헤어지는 날이 오지 않고 끝날 거라고 생각해요?"

어째서 그런 말을 듣지 않으면 안 되는 것일까라고, 남자는 말없이 여자를 봤다. 여자는 전의 일을 말할 수 없었다.

"당신은 무언가를 속이고 있어."

라며 남자가 말한다.

"그래요?"

여자는 의외라고 생각했다. 자신은 사랑을 속이고 있지 않다. 속이고 있는 것은 자신이 아니라고 생각한다.

"그렇다면 내가 속이고 있다고 말하는 거야?"

그렇다고는 말할 수 없었다.

"어느 쪽도 사랑을 속이고 있지 않아. 그렇지만 현실을 속이고 있는 것은 아닐까. 두 사람 다 현실을 속이고 있어."

현실을 속이는 것이 고통스러워 헤어지려고 하고 있는 것은 자신이 아닐까. 남자의 생활은 자신과 두 사람만의 생활은 아니었다. 남자는 현실로부터 등을 돌리고 있는 것이라고 여자는 생각한다.

'현실을 속이는 괴로움보다도 헤어지는 괴로움을 더 잘 견딜 수 있어.'라고 여자는 단언하고 싶었다. 남자는 헤어지는 것을 생각하는 여자의 애정이 남자보다도 부족한 것을 꾸짖고 있다. 현실로부터 등을 돌리고 있는 남자의 애정 쪽이 여자보다도 강하다고 말할 수 있는 것일까.

여자는 무리하게 남자가 등을 돌리고 있는 그 현실로, 남자를 정면으로 뒤돌아보게 할 수도 없었다.

남자는 현실을 속이지 않으면 안 될 정도로 여자를 사랑하는 마음이 강한 것이라고 말한다. 그런 슬픈 애정을 믿지 않으면 안 되는 것일까. 여자가 바라는 애정은 헤어지는 것은 아니었다.

"그렇다면 왜—"

여자의 후회는 그런 까닭에 남자와 헤어지는 것을 생각한 것이었다.

"헤어질 수 있어?"

지금이라면 헤어질 수 있다고 여자는 생각한다. 남자에게는 그것이 이상했다.

그 병은 단순한 병이 아니다.—라고 말하는 남자의 얼굴은 아프다고 생각될 정도로 창백하게 야위어 있었다. 여자는 남자를 위로했다.—그날 밤의 여자의 다정함을 남자는 회상하면서 그 어디에 '헤어질 마음'이 있었던 걸까라고.

그 온천의 산길이었다.

어젯밤, 두 사람만이 있을 때 남자가 여자에게 우울한 생각을 하지 않는다고 약속하게 했다. 가을 빛 속에 두 사람의 애정이 즐겁게 흩어져 있다. 가을은 두 사람에게 아름다웠다. 내일의 고뇌는 내일에 맡겨두면 되었다. 그것이 두 사람이 현실을 속이는 것이라 해도, 두 사람의 시간이 애정으로 가득하다면—

여자의 가슴에 향긋한 향수냄새가 나는, 가을 향기를 품은 여자의 향기처럼 남자의 뺨을 스쳤다. 여자의 방은 언제나 무슨 꽃

인가의 향기로 가득했다. 남자에게 익숙한 그 꽃의 향기와, 여자가 좋아하는 향수냄새가, 여자의 달콤한 감각으로 남자의 정을 녹아 들게 했다.

익숙한 향기는 그때마다 새로운 매력으로 남자를 사로잡았다. 바람이 사락사락 산 위의 수풀을 지나갔다.

물까치 소리가 떠들썩하게 가깝게 들리는 가운데 희미한 멧새의 지저귀는 소리가 들렸다.

"멧새야."

그리운 새 소리가 바로 여자의 귀에 들렸다.

"응."

산길은 나지막했다. 두 사람의 배후에는 겨우 인가가 내려다보였다. 먼 곳에서 그 소리를 들은 남자는 말했다.

"집에서 기르고 있는 새일지도 모르겠어."

"우는 소리가 안 들려."

남자는 새의 모습을 찾아 이쪽저쪽 잡목 속을 밟아갔다. 새는 그 근처에 없었다.

"역시 기르고 있네."

저 새를 기르고 있는 집은 어디일까라고 여자는 인가가 보이는 근처를 바라보았다. 죽림에 둘러싸인 남주南畵*에라도 나올 것 같

---

* 남주(南畵) : 南宗画의 준말. 에도 중기 이후 南宗画의 영향으로 독자적인 양식을 추구

은 운치 있는 두꺼운 초가지붕이 보였다.

"틀림없이, 저 집 안에 새집이 있을 거야."

그곳이 평화로운 남자의 숨겨둔 보금자리 같이 생각되었다. 새에게 정을 느끼는 마음이, 여자에게 옛날 동화와 같은 공상을 안겨준다. 그 집에는 남자와 함께 사는 다른 그림자가 있었다. 마음 구석에 몰아넣어 있던 그림자에 그 그림자가 겹치자 여자의 마음이 어두워졌다.

산길 속으로 먼저 올라간 남자가 길옆의 나무를 꺾어 여자를 위해 지팡이를 만들고 있었다.

"지팡이를 만들어줄게."

남자는 아픔을 잊어버린 것 같은 환한 표정을 짓고 있다. 그 얼굴을 보고 여자도 밝게 웃었다.

남자가 여자와 떨어져 있을 때 환상 속으로 끌어들이는 듯한 여자의 미소였다. 여자는 남자를 보고 미소 짓는 것을 잊지 않았다. 사랑의 기교는 진심으로부터도 생긴다. 어느 샌가 인위적인 아름다움으로, 그리고 인위적인 순수함으로, 남자의 가슴에 달라붙으려고 하고 있는 자신의 모습을 여자는 가식된 모습이라고는 생각하지 않았다.

여자는 몸을 구부려 길옆의 개미취를 땄다. 남자도 그것을 보

한 신흥 화가들의 작품.

자 같이 몸을 굽혀 꽃을 따서 여자의 손에 건네주었다.

'멧새를 길러볼까?'

여자는 남자와 헤어진 후 남자가 새 중에서 가장 좋아한다고 말한 멧새를 기르는 자신을 상상했다. 새의 위로를 받으며 지나가버린 사랑의 흔적 속에서 쓸쓸하게 사는 과감함이 지금의 자신의 생활에도 있는 것 같았다. 그리고 그 과감함으로 남자의 마음을 끌려고 하는 애절함이 눈물 같은 촉촉함으로 여자의 가슴을 적셔온다.

"헤어져."

말을—강한 자신일 때 헤어진다면 남자와 헤어지는 것을 생각하면서 여자는 걷고 있었다. 남자의 생각대로 애정의 밑바닥 깊게 가라앉은 뒤의 고뇌는 여자에게만 남아 여자의 마음에 다시 떠올랐다.

"아직, 지금은—"

맹목적인 사랑으로 자신의 마음이 무너져간다. 여자의 사랑의 경험이 그 애정의 과정을 여자에게 가르친다. 맹목적인 사랑으로 괴로워하는 것은 자신이었다.

자신의 발소리만 나는 것을 느끼고 주위를 둘러보았다. 남자의 모습이 보이지 않았다. 길은 외길로 사람이 숨을 만한 풀숲도 없었다. 주위에 시선을 보내면서 멍하니 서 있는 여자 앞으로 남자가 웃으면서 뒤에서 돌아왔다.

"당신 바로 뒤에 따라왔어. 내가 뒤로 돌아다녔던 것을 당신은 조금도 몰랐어?"

무엇을 생각하고 있었는지 남자가 물었다.

"헤어지는 것을."

"또."

남자는 담배를 꺼내서 성냥에 불을 붙였다. 거무스름한 연기가
음울하게 흐려진 눈썹을 스쳐 머리카락까지 번졌다.

"당신은 어째서 좀 더 나를 원하지 않아?"

"좀 더 당신을 원한다면 어떻게 되는 거예요?"

"어젯밤의 약속을 잊어버린 거야?"

남자가 느긋한 목소리로 말했다. 갑자기 뺨에 떨어진 사랑의
표시가 빛에 눈부시게 섞여 가을의 색채 속에 환하게 흩어졌다.

"저 구름."

여자의 마음을 그쪽으로 옮기려는 듯이 남자가 하늘을 쳐다보
면서 말했다.

"봐."

"저것은 벌써 가을 구름이야."

쳐다본 물색의 하늘에 하얀 잔물결구름이 무늬를 물들이고 있
다. 태양이 서쪽으로 기울고 있었다.

해 질 녘에 가까워진 풍경의 변화가 넓은 천지에 조금씩 움직
이고 있었다.

"벌써 저녁이 되었네."

그것을 느끼면서 여자는 먼 산을 봤다.

길이 두 갈래로 나뉘어져 있었다.

산에서 벌목한 나무를 쌓아, 차로 마을에 보내는 레일이 한쪽 길에 깔려 있었다. 두 사람은 레일을 따라 오른쪽으로 산길을 내려 왔다.

나무를 쌓은 차가 산으로부터 레일을 따라 내려왔다. 남편이 앞에 서서 차를 끌고 부인이 뒤쪽에서 앞으로 구부정한 자세로 밀고 간다. 두 사람은 거기에 시선이 끌려 두 사람의 앞을 지나갈 때까지 지켜보았다.

"부부네."

생활의 노고를 함께한 부부의 생활이 여자의 눈 속에 비쳤다.

그것을 쫓는다고 말하는 것도 아니었다. 같은 길을 차가 달려 가는 뒤쪽으로부터 계속 걸었다. 도중에 펼쳐진 수풀을 따라서 꾸 불꾸불한 길 쪽으로 차는 보이지 않게 되었지만, 두 사람이 그곳에 도착했을 때 차를 멈춘 부부는 나무 그루터기에 걸터앉아 쉬고 있 었다.

부부는 두 사람을 보자 인상 좋은 마을 사람들인 양 인사했다. 남편 쪽은 조각한 듯이 품위 있고 갸름한 얼굴이었다. 그것이 두 사람 눈에 띄었다. 오랜 핏줄의 계통이 그 얼굴에 남아있는 것 같 은 보통의 사람과는 다른 얼굴이었다. 왕조시대의 의관을 입은 그 림을 보는 것 같았다. 그 얼굴이 노동으로 초췌해지고 주름이 가득

했다. 부인도 햇볕에 그을렀지만 윤곽이 뚜렷한 얼굴에 풍부한 웃음을 띠고 다가간 여자를 쳐다보았다.

남자가 차 옆으로 다가갔다.

어느 정도의 무게일까, 그것을 시험해보려는 듯이 차 옆에 있는 어깻바대를 비스듬하게 걸치고 차를 끌었다. 조금도 움직이지 않는 것을 부부는 웃으면서 바라보고 있다.

휴대용 담배통에서 꺼낸 담배를 담뱃대에 채워 넣은 노인은 한 모금 피워 연기를 조용히 내뿜고 있다. 도시 사람의 장난에 호의를 보이는 품위 있는 웃음을 보인다. 여자도 미소를 지으며 차 뒤쪽으로 돌아갔다.

"내가 밀어 줄게요."

남자는 그것을 눈으로 응하고 다시 차를 끌었다. 여자가 미는 힘은 무거운 차가 흔들릴 정도의 힘도 안 되었다. 그것을 보며 재미있다는 듯이 부부가 웃었다. 남자도 여자도 자신들의 보잘 것 없는 우스꽝스러움보다는 한때의 재미있는 장난에 빠져 부부와 함께 즐거워하며 웃음을 나눈 뒤 곁을 떠났다.

하루에 한 번씩 저 레일을 왕복한다고 하는 고된 생활의 일부분을 그곳에서 보고, 그리고 자신들의 생활을 거기에 비춰보았다. 무미건조함이 인간 생활의 전부라 하더라도, 남편이 무거운 차를 끌고 부인이 그 뒤쪽을 밀며 하루 5리의 레일을 왕복하는 맞벌이 부부의 생활에는 순박한 사랑의 행복이 있었다.

차 위에는 부부의 도시락 보따리가 놓여 있었다. 저 식사를 부인이 준비하여 아침 일찍 마을을 나서는 것이겠지. 짧은 줄무늬 단의를 입고 검은 목면의 각반脚絆을 메고 짚신을 신은 부인의 모습이 여자의 눈에 남았다. 앞으로 구부정한 자세로 남편이 끄는 차에 조금이라도 가벼움을 주기 위해 있는 힘껏 밀고 가던 모습, 담배를 피우며 쉬는 남편의 옆에 부인도 걸터앉아 쉬고 있던 모습에 진실한 인간의 모습이 있었다.

남자가 차를 끌고 자신이 그 뒤쪽으로 밀었던 하나의 그림에 순박한 사랑의 생활을 곁들여 바라보았다.

'저 부인이 갖고 있는 애정은 내 속에도 있어.'

라고 여자는 생각한다.

"차가 조금도 움직이지 않았지."

남자는 걸으면서 생각난 것처럼 웃었다.

'그 부부처럼은 되지 않았다.'

한적한 주위 분위기를 깨뜨리는 멧새소리가 뜻밖에 두 사람의 가까운 머리 위에서 들렸다. 새는 바로 두 사람의 눈에 띄었다. 전방 산기슭 끝 나뭇잎이 흔들려 떨어져있는, 튀어나온 잔가지 끝에 새가 있었다.

"여기에 있어."

두 사람은 멈춰 서서 잠시 새를 쳐다보았다. 지저귀는 소리를 멈춘 새는 가만히 그 나무에 앉아 있다. 여자는 걸으면서 때때로 새를 쳐다보았다. 새의 모습에서 문득 쓸쓸함이 보였다. 단 한 마리 새의 모습이 인간의 고독한 모습과 닮아있었다.

"조금 전의 그 새일지도 몰라."

"어딘가에서 기르고 있다고 말했던 그 새네."

울음을 멈춘 채, 가만히 있던 쓸쓸한 새가 옆을 지나쳐가서 뒤돌아볼 때는 이미 어딘가로 날아갔다.

"없어졌어."

남자도 뒤돌아보았다.

해 질 녘의 옅은 햇살이 새가 날아간 후에도 나무 주변에 비치고 있다. 지나간 인생에 지울 수 없는 혼적의 작은 흑점을 사람 위에 남겨 놓으려고 하는 것 같은 새의 그림자가 아직 여자의 눈에 보였다.

■ 다무라 도시코

다 무라 도시코田村俊子(1884~1945년)는 1884년 도쿄 아사쿠사
浅草의 구라마에蔵前에서 사토佐藤 가의 외동딸 기누きぬ와
료켄了賢의 장녀로 태어났다. 생가는 당시 미곡상을 하고 있었는
데, 메이지유신 전에는 대대로 후다사시업* 을 했다는 설도 있다.

에세이 『냄새匂ひ』(1911년)에 의하면, 아버지는 도시코가 3살
때 한동안 집을 떠나 있었다. 어머니는 데릴사위로 들어온 남편을
싫어하여, 딸 도시코 마저 등한시했기 때문에, 가정부와 할아버지
의 첩의 보살핌으로 자랐다고 한다. 말하자면, 유년기에 채워지지
못한 심적 공허함이 결국은 예술로 관심을 키워갈 수 있게 하는 동

---

* 후다사시(札差) : 에도시대 하타모토(旗本) 고케닌(御家人)의 대리인으로 녹미(緑米)의
수령이나 처분 등 일체의 업무를 맡아서 하던 상인. 부업으로 쌀을 담보로 무사에게 돈을
빌려주던 것이 발단이 되어 금융업이 본업이 되었다.

▶ 「여류작가(女作家)」집필 무렵(1912년)의 다무
라 도시코(田村俊子).
(『女性作家十三人展』, 日本近代文学館, 1988)

기가 되었다고 할 수 있
다.

　도시코의 인간 형
성에 가장 큰 영향을 미
친 요소를 생각할 때, 우
선 에도江戸 정서가 진하
게 남은 시타마치*에서
태어나고 자랐다는 점
과 어머니의 영향을 들
수 있다. 그녀의 어머니
는 아내, 엄마로서의 생
활보다는 배우에 미쳐서

전 재산을 잃기도 했다. 집안이 몰락한 후에는 취미로 익힌 나가우
타** 나 기다유*** 로 생계를 이어가, 당시로서도 매우 자유분방한 여
성의 모습을 보여주었다. 이러한 요인들이 '다무라 도시코'라는
작가의 탄생과 문학 활동에 큰 영향을 가져온 것은 두 말할 나위가
없다.

---

* 시타마치(下町) : 도시에서 낮은 지대에 있는 시가. 상인이나 장인들이 많이 사는 곳으로,
　서민적이고 개방적인 기풍의 지역이다.
** 나가우타(長唄) : 가부키(歌舞伎) 무용의 반주음악으로 발전한 샤미센(三味線)음악. 또
　는, 에도(江戸) 초기부터 교토(京都)와 오사카(大阪) 지방에 있었던 샤미센음악의 총칭.
*** 기다유(義太夫) : 샤미센을 반주로 하여 이야기를 엮어 나가는 사람.

다무라 도시코의 문학 활동을 크게 대략 3기로 나누면 다음과 같다. 그 초기가 고다 로한幸田露伴의 문하에 들어가서 사토 로에佐藤露英라는 필명을 사용했던 시대로, 1903년에 처녀작 『쓰유와케 고로모露分衣』를 발표했다. 이 작품은 여자의 불행을 그린 소설로, 아직 도시코의 개성이 개화되어 있지 않은 작품이다.

도시코는 스스로 자신의 작풍과 문학수업 방법에 의문을 품고 로한 곁을 떠나게 된다. 도시코는 오카모토 기도岡本綺堂 등의 문인극에 참가한 것을 계기로 배우가 되어 여배우로서의 자기실현의 길을 모색한다. 배우로서의 예명은 하나부사 쓰유코花房露子였다. 그러나 무대에서 자신의 내적 욕구를 만족시키지 못하고 다시 문학으로 돌아온다.

제2기는 문단 데뷔작 『단념あきらめ』 이후 밴쿠버로 가기까지로, 다무라 도시코 문학의 개화시대이다. 1909년 로한 문하의 동문선배인 다무라 쇼교田村松魚와 결혼한다. 다음 해에는 쇼교의 강요에 의해 〈오사카 아사히신문〉에 응모한 『단념』이 당선됨으로써 직업작가로서 경제적으로 자립한 최초의 여성작가가 된다.

출세작 『단념』은 자아의식에 눈뜬 여자의 자립과 현실의 상극, 섬세하고 탐미적인 정서, 피어오르는 관능의 세계 등 도시코의 문학적 특질이나 경향성을 거의 다 갖추고 있지만, 형식면에서는 아직 초기의 문학을 완전히 탈피하지는 못했다. 그녀의 문학을 가장 대표하는 것은 『여작자女作者』 『서언誓言』 『미이라의 립스틱木乃伊

の口紅』『포락지형炮烙の刑』과 같이 남녀의 갈등을 그린 작품들이다. 직접적으로는 자신의 부부생활을 다루고 있지만 작가로서의 고통을 그린『여작자』외에 다른 3편은 여성의 새로운 자아의 모습을 '양성의 상극' 관계 속에서 추구하고 있다. 특히 아내의 모습에 이르러서는 이제까지의 '순종적인 아내'에서 '남자와 대치하는 여자'의 이미지로 일변시키고 있는 것이다.

▶ 고타 로항(幸田露半) 문하생이었던 다무라 쇼교 (田村松魚)와 다무라 도시코(田村俊子)의 결혼생 활은 도시코에게 문학적 성공을 거두게 하였으나, 후에 파경을 맞는다. 1911년 7월호「新婦人」에 도 시코의「우리들의 부부사이(私どもの夫婦間)」와 쇼 교의「친구 교제(友達づきあい)」가 게재되었다. (「別冊太陽近代戀愛物語50,平凡社, 1979)

그러나 다무라 도시코 문학의 매력은 남성과 대등한 입장을 고수하려는 여성의 자아의 절규와 반항을 표출한 작품에만 있는 것은 아니다. 도시코는 이미 훨씬 이전부터 여자의 성性에 눈을 돌린 작가라고도 할 수 있다. 예를 들면, 소녀가 성에 눈 뜨는 소재를 다룬『이혼離魂』, 『구기자의 유혹枸杞の実の誘惑』, 유부녀에게 홀

연 찾아드는 사랑의 유혹이나, 서른 살에 가까운 미혼 여성의 "회오리바람처럼 사납게 날뛰는" 고독한 성의 욕망을 다룬 『마魔』, 무기력한 남편과의 권태가 젊은 남자를 향한 정열을 부르는 『미지근한 눈물ぬるい涙』 등이 그것이다. 또 도회적이고 퇴폐적이며 방종한 미美의 세계로까지 승화시킨 소설로, 남자와 헤어진 후의 우울한 권태감이 감도는 『우울한 냄새憂鬱な匂ひ』, 에도시대의 정서와 풍속, 프랑스 작가 뒤라스의 『비의 밀회雨のしのび逢い』를 떠올리게 하는 작품으로, 다른 사람의 눈을 피해 사랑을 나누는 남녀의 모습을 차분하게 다룬 『시구레* 의 아침時雨の朝』. 마지막으로, 사랑의 유희와도 비슷한 레즈비언 러브의 관능적인 미의 환상이 독자를 매혹하는 『봄 밤春の晩』 등이 있다. 그 외 여자의 생을 차분히 응시한 작품도 많이 썼다. 아마도 도시코의 어머니가 모델이 아닌가 생각되는 『어머니의 출발母の出発』, 15세부터 가족을 부양하기 위해 지방에 게이샤로 나가, 가는 곳마다 남자에게 반하여 몸을 망가뜨려가는 한 여자의 허무와 비애를 묘사한 『압박圧迫』, 배우와의 정사에 미혹되어 모든 것을 잃어가는 부유한 미망인의 인생을 그린 『영화栄華』 등을 수작으로 들 수 있을 것이다.

근대적이고 날카로운 감성이 번뜩이는 작품을 꾸준히 써 나가며, 여성작가 중 제1인자로서 다이쇼 초기문단에 전성기를 누렸던

---

* 시구레(時雨) : 늦가을부터 초겨울에 걸쳐 오다 말다 하는 비.

도시코도 점차 창작력이 쇠퇴하여, 작가생활이 정체 상태에 빠지기도 한다. 또한 남편 쇼교와의 부부관계가 황폐해지면서, 도시코는 아사히신문사 기자인 유부남 스즈키 에쓰鈴木悦와 사랑에 빠진다. 이상주의자인 에쓰는 문학과 생활의 두 영역에 걸쳐 고뇌하는 도시코가 퇴폐 상황으로부터 벗어나서 한 인간으로서 새 출발할 수 있는 힘을 주었는데,『파괴하기 전破壊する前』에는 그러한 마음의 경위가 자세하게 그려져 있다.

▶ 다무라 도시코(田村俊子)는 쇼교(松魚)와 헤어져 문단과의 관계를 끊고, 인형을 만들며 스즈키에쓰(鈴木悦)와의생활을유지하였다. (1918년 34세 무렵)
(「別冊 太陽 近代戀愛物語 50, 平凡社,1979)

이제까지의 감성에 호소한 작품과는 달리 이지적인 문체로, 인습에 순종하여 살아갈 수 없는 여성의 결혼생활을 그린『그녀의 생활彼女の生活』과 함께 도시코의 새로운 문학적 경향이 싹튼다. 하지만 이 작품을 마지막으로 1918년 먼저 여행 가 있던 에쓰를 뒤따라서 캐나다 밴쿠버로 건너간다.

▶ 쇼교(松魚)와 헤어진 다무라 도시코(田村俊子)는 스즈키 에쓰(鈴木悦)와 열렬한 사랑에
빠져 그를 쫓아 1918년 캐나다로 건너간다.(1924년, 도시코 40세, 에쓰 38세)
(「別冊 太陽 近代戀愛物語 50, 平凡社,1979)

제3기 문학 활동은 캐나다 체류 시기 이후부터 만년까지로, 이 시기에는 도리노코鳥の子라는 필명으로 시가, 평론, 에세이 등을 많이 발표한다. 소설다운 것은 『목양자牧羊者』(1919년) 한 편뿐으로, 집필 정지 상태라고 해도 좋을 것이다.

구도 미요코工藤美代子와 S 필립스가 등장하는 『밴쿠버의 사랑晩香坡の愛』에 의하면, 도시코는 스즈키 에쓰와의 생활로 인해 태어나서 처음으로 마음의 안정을 얻고, 또 그녀의 내부 투쟁도 종말을 고했다고 한다. 덧붙여, 그녀의 에너지는 외계로 향하기 시작했고, 타인의 생활에 마음을 쓰게 된 것이 소설을 쓰지 못하게 된 이유라고 한다.

도시코의 이민문예移民文芸에 대한 공헌은 분명 하나의 문학적 업적으로 남았을 뿐만 아니라 15년간에 걸쳐서 캐나다에 사는 일본계 부인들을 계몽하는 데에도 기여했다. 1930년에 설립된 노동조합 부인부婦人部의 리더로서 활약하고, 교포 1세의 부인들에게는 처음으로 산아제한을 소개했을 정도였다. 게다가 건실한 사회운동가로 성장한 에쓰가 노동운동의 약진을 위해 설립한 민중사民衆社를 함께 경영하고, 그가 귀국한 후에도 사원들과 함께 운영해 나가기도 했다. 그녀의 활약으로 민중사는 성장했다. 아마도 일본으로 돌아온 후에 도시코가 프롤레타리아 작가들에게 먼저 다가가 교유하거나, 만년에 상해에서 「여성女声」을 발행하는 등의 변모는 이러한 캐나다 체류 경험이 있었기 때문일 것이다. 그러나 이와 같은 소위 '사회적 자아'로의 변신은 1932년 스즈키 에쓰가 귀국 중에 갑작스런 죽음을 맞게 됨에 따라 덧없이 좌절되고, 에쓰에게 자신의 모든 것을 걸고 있었던 만큼 그 후의 인생은 방랑의 연속이었다.

1936년, 18년 만에 귀국하여 사토 도시코라는 필명으로 평론, 에세이, 소설 등을 발표하지만 너무도 길었던 공백 기간은 왕년의 창작력을 회복시켜주지 못했다. 이후 친구인 사다 이네코佐多稲子의 남편으로, 19세 연하인 구보가와 쓰루지로窪川鶴次郎와의 연애가 발각되는데, 소설가 지망생에서 노동운동가로 전환하여 좌익의 문예평론가가 된 쓰루지로에게서 스즈키 에쓰의 모습을 찾은 흔적이 보인다. 이 연애를 다룬 『산길山道』만이 예전의 문학적 감성이 엿보이는 산문시풍의 소설로, 남자와의 미묘하고 슬픈 사랑의 감정이 덤덤하게 그려져 있다.

이윽고 사랑에도 실패하고 이 작품을 마지막으로 패잔의 심정으로 상해로 건너간다. 거기서 중국어 잡지 「여성女声」을 발간하고 사토시左俊芝라는 필명으로 매호 권두언을 집필하지만, 1945년 4월 16일 타국의 거리에서 뇌일혈로 고독한 죽음을 맞이한다. 향년 62세였다. 지금 가마쿠라鎌倉의 도케이지東慶寺에 잠들어 있다.

이후 1961년부터 뛰어난 여류문학자의 작품에 주어지는 다무라 도시코상田村俊子賞이 만들어져 1977년까지 총 17회 수여되기도 했다.

생혈生血

「생혈」은 1911년 9월 『세이토』 창간호에 발표된 작품으로 미개의 영역이었던 여성의 성을 통하여 내면적 고민을 대담하게 표현했다는 평가를 받고 있다.

주인공 유코와 아키지가 어떤 관계인지는 정확하게 묘사되어 있지 않지만, 유코의 의지에 따라 두 사람이 함께 밤을 지내고, 다음 날 아침을 맞이하는 장면에서 작품은 시작된다.

유코는 자신이 원한 행동이었지만, 육체가 더럽혀졌다는 의식에 빠져 "양팔과 양 다리가 쇠사슬에 묶여 있는 것" 같은 신체적 중압감과 감정적인 구속에서 벗어나지 못해 눈물 흘리는 반면, 아키지는 웃음으로 일관하는 모습에서 남녀의 심정을 단적으로 나타내고 있다.

유코는 뭔가에 대항하고 싶은 심정으로 금붕어의 눈을 찔러보지만 그와 동시에 자신의 손가락도 함께 찌르고 만다. 결국 자의든 타의든 남녀가 성관계 후 여성이 느끼는 피해의식은 사회적인 억압도 있지만, 스스로 인습의 굴레에서 벗어나지 못하고 있음을 동시에 지적하고 있다.

그러나 여성의 성은 남성에 의해 선택되어지는 것이 아니라 자유롭게 여성이 선택할 수 있다는 것을 드러낸 것이다. 여성이 남성의 소유물이 아니라 자신을 표현 할 수 있는 남성과 동등한 인간임을 각인 시키고자 하는 작가의 강한 의지가 내재되어 있는 작품이다.

미이라의 립스틱木乃伊の口紅

「미이라의 립스틱」은 1914년 5월『중앙공론』에 발표한 작품으로 부부의 결혼생활을 통하여, "남자의 생활을 사랑할 줄 모르는 여자와 여자의 생활을 사랑할 모르는 남자"의 갈등과 화해를 거듭하는 모습을 그리고 있다. 여주인공 미노루는 경제적 궁핍으로 힘들어하는 요시오를 도와 자신도 무슨일이든 해야 한다고 생각은 하면서도 현실과 타협하지 않고, 왠지 모르게 미래를 향한 빛이 찬란하게 펼쳐질 것 같은 생각에 빠져 있었다.

그런데 미노루가 요시오의 강압에 의해 쓴 작품이 현상공모에 당선되었다. 미노루는 그 상금으로 일시적인 경제난이 해소되었지만 예술의 혼을 담은 작품이 아니므로 스스로 권위가 없다고 생각한다. 그러나 그 작품이 계기가 되어 미노루는 예술을 향한 구체적 그림을 그릴 수 있게 된다.

작가는 미노루를 통하여 아내가 남편에게 구애받지 않고, 자신의 예술세계를 구축해 나가고자하는 내적 갈등을 표출하고 있다.

여작자女作者

    1913년에 발표된 「여작자女作者」는 다무라 도시코의 사소설이라 불릴 정도로 작가의 사생활적인 부분이 다수 반영되어 있다. 다무라는 근대여성 작가 중에서 최초의 직업작가로 정의되기도 한다. 그녀 이전에는 여성이 작가로서 문단에서 인정받고 생계를 이어가기는 어려운 상황이었다. 그러나 상황이 조금 나아졌다고는 해도 다무라가 작가로 활동한 시대 역시 녹록치 않은 환경임을 본 소설은 말해주고 있다. 소설은 좀처럼 진도가 나가지지 않는 글을 붙잡고 힘들어하는 여작자의 모습으로 시작된다. 그녀는 창작의 흐름을 놓지 않으려고 화장을 하거나 춤을 추거나 하면서 나름의 의지를 보인다. 그러나 그런 여자에게 같은 작가로서 활동하는 남편은 비웃듯이 "여자는 안 돼"라는 잔소리를 하며 비하하는 발언을 한다. 작품 속 에피소드는 실제 쇼고와의 일상을 옮겨놓은 듯 사실적이며 적나라하다. 여작자는 육아와 가사 등 생활 잡무에 쫓기면서도 "쓸 수 없는" 자신에게 조바심을 갖지만 남작자인 남편은 그녀와는 대조적으로 친구들을 불러 교류하거나 여유롭고 유유자적한 모습을 보인다. 생활에 치여 여작자로서의 삶이 무너져간다고 느끼던 그녀에게 '결혼은 하지만 나 자신으로 살겠다'는 친구의 말은 파문을 일으키며 남편과의 생활을 고민하는 것으로 작품은 끝난다. 이 작품을 발표하고 몇 년 후 작가 다무라 도시코는 쇼고와 헤어지고 애인 스즈키 에쓰를 쫓아 캐나다로 떠나게 되는 것이다. 그녀의 무모하지만 한편으론 과감한 행보는 어쩌면 평생 여작자로서 나답게 살고자 한 표현의 일환이었는지도 모르겠다. 즉 본 소설은 여작자 다무라 도시코 자신의 이야기인 것이다.

서언誓言

다무라 도시코의 초기작으로 「단념あきらめ」으로 문단에 데뷔한 이듬해인 1912년에 발표된 작품이다. 이 단편은 '나'의 친구 '세이코의 이야기'라고 전제하면서 시작하고 있다. 결혼한 지 1년이 넘은 세이코는 어제 남편과 연애 시절 하루를 지냈던 추억의 장소로 놀러 가게 된다. 거기서 두 사람은 사소한 오해로 언쟁을 하고 격한 감정에 서로 모욕하며 결국에는 헤어지자고 말해 버린다. 예전의 행복했던 기억을 따라왔던 두 사람에게 현실은 '지긋지긋한' 결혼 생활을 부각시키며 파경을 예고한다. 소설 마지막은 오늘 가출한 세이코가 '나'의 집 2층에서 지내며 남편에게로는 절대 돌아가지 않겠다고 맹세하는 것으로 끝난다. 제목의 '서언'은 글자 그대로 맹세의 말이지만 연애 혹은 결혼할 때 서로에게 '변함없이 사랑하겠다'는 서약의 말처럼 세이코의 마지막 서언 역시도 그저 변덕스럽고 허술한 말로 들린다. 다무라 도시코 문학은 남녀의 갈등을 그리는 작품이 다수이지만 이전과는 달리 다무라의 소설 속 기혼여성은 '순종적인 아내'에 머물지 않고 사랑을 갈구하면서도 남편에 저항하고 대등한 입장을 고수하려는 모습을 보인다. 다

무라 문학의 특성인 여성의 자립과 현실의 상극 등은 이 짧은 소설에도 여실히 표현되어 있다고 할 것이다.

포락지형炮烙の刑

「포락지형」은 1914년 4월『중앙공론』에 발표한 작품으로 부부 간의 상극을 테마로 하고 있으며, 여주인공 류코가 남자로부터의 자유와 독립을 남녀 간의 사랑으로 증명하려고 하는 신여성의 자아 추구를 위한 작품이라는 평가를 받고 있다.

류코는 남편 게이지를 사랑하면서도 젊은 연인 히로조를 사랑하는 것을 자유라고 생각한다. 게이지는 류코의 고백을 듣고 그녀가 잘못한 것이라고 인정하면 용서해 주겠다고 하지만, 류코는 게이지를 사랑하고 있으므로 그 행위가 죄악이 아니라고 맞선다. 만약 그것이 죄가 된다면 화형이라도 불사하겠다고 말한다.

그러면서도 내심으로 류코는 자신이 행한 일이 옳지 않다고 느끼면서도 자신의 의지에 의해 선택하고 결정한 것이므로 남편의 강요에 의한 자신의 행동에 대한 사과를 거부한다. 즉 남편의 소유물로는 살지 않겠다는 강한 의지를 표방하고 있는 것이다.

류코가 남편과 연인 사이에서 필사적으로 구하려고 한 것은 연애 그 자체를 획득하려고 한 것이 아니라 파멸을 두려워하지 않는 강렬한 자의식과 타인에 의해 점령되지 않은 자유로운 내면적 세계의 형성을 추구하고 있는 것이다.

구기열매의 유혹

다무라 도시코가 다이쇼大正 3년(1914) 서른의 나이에 발표한 「구기열매의 유혹枸杞の実の誘惑」은 제목대로 빨간 구기열매가 짧은 단편 속에 가득하며 또한 유혹적이고 농염하게 그려져 있다. 구기나무는 낙엽성 활엽관목으로 열매는 보통 8, 9월에 붉게 익으며 처음에는 달콤하나 나중에는 쓴맛을 낸다고 알려져 있다. 작품 속 지사코智佐子가 구기열매의 작고 예쁜 모양과 빨간 색깔에 매혹되어 초가을 들판을 매일같이 걷고 뛰어가는 장면은 인상적이다. 이제까지 이 단편은 소녀의 신체와 성性에 관한 이야기로 읽히고 있으며 빨간 구기열매는 '소녀'의 은유로 해석되기도 한다. 그러나 짧은 소설을 다 읽고 나면 한 세기 전에도 '그 일'을 당한 소녀에게 가장 가혹한 인물은 동성同性인 어머니이자 가족이었다는 것이 새삼 아프게 눈에 들어온다. 그리고 지금도 낯설지 않은 젠더의식과 구조는 100여년의 시간을 무색하게 한다. 열세살의 소녀 지사코를 유혹한 구기열매는 현재에도 여전히 매력적이며 다무라 도시코의 간결하지만 능숙한 단편은 빨간 열매보다 더 유혹적으로 다가온다.

그녀의 생활彼女の生活

「그녀의 생활」는 다무라 도시코의 실제 결혼생활을 바탕으로 한 작품으로 작품의 주제는 '남녀상극'을 그려내며, 나아가 결혼제도 심각성을 비판한 근대 일본의 진정한 여성해방문학의 최고봉이라는 극찬을 받고 있다.

작가로서 자아실현을 이루며 진정한 인간으로 인정받고 싶은 마사코는 결혼에 회의적이다. 하지만 그녀의 모든 것을 이해하며 그녀의 발전을 돕겠다는 닛타를 만나 결혼을 하게 된다. 서로를 간섭하지도 방해하지도 않으며 서로의 발전을 도우려는 두 사람은 각각의 서재에서 그러한 생활을 실천한다. 하지만 시간이 흐를수록 마사코는 스스로 경멸해 마지않던 일반적인 가정 주부의 모습으로 변해 간다. 마사코는 남편의 손님을 접대하고 주방 일을 돌보고 세탁과 청소를 해야하는 입장으로 자신도 모르게 그러한 모습으로 되어 간다.

그러던 어느 날 젊은 예술가들과 어울리면서 잊어버렸던 자신의 예술에 대한 열정과 자유를 만끽하게 된다.. 그러한 마사코의 모습에 불안해하는 닛타는 그녀에게 그들과의 만남을 제한하려하지만, 마사코는 이에 반발한다. 하지만 입신으로 인해, 출산과 육아가 또 다시 그녀를 가로막는다. 하지만 그녀는 그러한 생활을 사랑으로 극복하려고 노력한다.

이 작품은 결혼제도 안에서의 성차를 집요하게 추구한 작품으로, 가사와 자신의 일과의 사이에서 딜레마에 빠진 일하는 여성의 고통을 면밀하게 그려내고 있다.

산길山道

「산길」은 1938년 11월에 『중앙공론』에 발표한 작품으로 다무라 도시코의 실제남자 관계와 관련이 있다. 도시코는 쇼고와의 결혼생활에서 경제적인 현상유지를 위해 많은 작품을 쓰며 정신적으로 피폐해져 있었다. 이때 스즈키 에쓰를 만나게 된다. 끝내 쇼고와 헤어지고 에쓰를 따라 벤쿠버로 가서 생활하지만, 에쓰의 급사로 귀국하여, 사타 이네코의 남편 쿠보카와 쓰루지로와 연애사건을 일으킨다. 이 작품은 그 연애를 다룬 작품으로 쓰로지로에게서 에쓰의 모습을 찾는 흔적을 볼 수 있다.

작품 속에서 남자는 여자를 사랑하고 여자 역시 남자를 사랑하고 있다고 생각한다. 그러나 남자는 여자가 자신과 함께 있으면서도 이별을 생각하는 것을 알고 진정 이여자가 자신을 사랑하고 있는 지 의문을 가진다. 하지만 여자는 " 사랑이 지나치면 결국 사랑을 잃어버리게 되는 것"이 운명이라며, "만나면 헤어지는 것"이 필연이라 생각한다.

한편으로 시골에서 즐겁게 일을 하고 있는 노 부부의 삶을 자신의 삶과 비교해 보며, "저 부인이 갖고 있는 애정은 내 속에도 있다"고 생각하며 평범한 삶을 살지 못했던 자신을 되돌아 본다. 또한, 여자는 걸으면서 한 마리의 쓸쓸한 새의 모습에서 인간의 고독한 모습과 닮아 있음을 깨닫고 그 속에서 자신의 발견하게 된다.

| 작가 연보 |

1894년   도쿄 아사쿠사浅草 출생

1896년   고다 로한幸田露伴의 문하생의 들어감

1902년   로한으로부터 필명 로에露英라는 이름으로 소설
『쓰유와케고로모露分衣』를 발표
한편으로는 하나후사 쓰유코花房露子 라는
예명으로 배우로도 활동

1909년   다무라 쇼고田村松魚와 결혼 그의 권유로
『단념ぁきらめ』을 쓰기 시작

1911년   『단념ぁきらめ』으로 문단 데뷔

1918년   다무라 쇼고와 헤어지고 아시히신문日新聞 기자 스즈키
에쓰鈴木悦를 쫓아 캐나다로 건너가 밴쿠버에 정착

1936년   에쓰의 사망 후 귀국

1938년   사타 이네코佐多稲子의 남편 구보카와
쓰루지로窪川鶴次郎와의 불륜이 문단에 알려져 중국
상해로 건너감. 중국어 부인잡지『여성女声』을 주재

1945년   상해 노상에서 뇌일혈로 사망. 향년 62세

1961년   여성작가의 작품을 대상으로 한
다무라 도시코상田村俊子賞 제정

이상복

일본 대동문화대학 대학원 졸업(문학박사) 전 삼육대학교 일본어학과 교수.

일본 근대 여성문학에 관한 최다수의 논문과 번역활동을 하고 있다.

[주요 저·역서]로『일본최초의 여성문예잡지 세이토』(공역), 『뜬구름』(공역)『노부코』미야모토 유리코의 작품모음집 1 (공역), 『두개의 정원』미야모토 유리코의 작품모음집 2 (공역),『반슈평야』미야모토 유리코의 작품모음집 3 (공역),『처음 배우는 일본 여성 문학사』(공역),『단념』다무라 도시코 작품모음집 1 (공역),『미라의 립스틱』다무라 도시코 작품모음집 2 (공역),『일본 근·현대 문학사』(공저),『羅惠錫の作品世界』(공저)『전쟁과 검열』(공역),『남경사건』(역서),『혁명과 문학 사이』(저서),『조선인과 아이누 민족의 역사적 유대』(역서) 등이 있다.

최은경

동아대학교 국어국문학과 졸업

일본 도쿄가쿠게이대학 대학원 졸업(일본어교육 석사)

일본 오사카대학 대학원 졸업(문학박사)

일본 도쿄가쿠게이대학 외국인연구자

현 동아대학교 특별연구원

일본 근현대 여성문학 선집 4

다무라 도시코 田村俊子

초판 1쇄 발행일 2019년 3월 31일

지은이 다무라 도시코
옮긴이 이상복·최은경
펴낸이 박영희
편집 박은지
디자인 박희경
표지디자인 원채현
마케팅 김유미
인쇄·제본 태광인쇄
펴낸곳 도서출판 어문학사
　　　서울특별시 도봉구 해등로 357 나너울카운티 1층
　　　대표전화: 02-998-0094 / 편집부1: 02-998-2267, 편집부2: 02-998-2269
　　　홈페이지: www.amhbook.com
　　　트위터: @with_amhbook
　　　페이스북: https://www.facebook.com/amhbook
　　　블로그: 네이버 http://blog.naver.com/amhbook
　　　　　　 다음 http://blog.daum.net/amhbook
　　　e—mail: am@amhbook.com
　　　등록: 2004년 7월 26일 제2009-2호

ISBN 978-89-6184-907-4 04830
ISBN 978-89-6184-903-6(세트)
정가 16,000원

이 도서의 국립중앙도서관 출판예정도서목록(CIP)은 서지정보유통지원시스템 홈페이지(http://seoji.nl.go.kr)
와 국가자료공동목록시스템(http://www.nl.go.kr/kolisnet)에서 이용하실 수 있습니다.
(CIP제어번호: CIP2019014791)

※잘못 만들어진 책은 교환해 드립니다.